精进人的答卷

JINGJINREN DE DAJUAN

永康市精进文化协会 编

对外经济贸易大学出版社
中国·北京

图书在版编目（CIP）数据

精进人的答卷 / 永康市精进文化协会编. —北京：对外经济贸易大学出版社，2018.8

ISBN 978-7-5663-1959-3

Ⅰ. ①精… Ⅱ. ①永… Ⅲ. ①日记–作品集–中国–当代 Ⅳ. ①I267.5

中国版本图书馆 CIP 数据核字（2018）第 175720 号

精进人的答卷

永康市精进文化协会 编

责任编辑：王 煜

对外经济贸易大学出版社

北京市朝阳区惠新东街 10 号 邮政编码：100029

邮购电话：010－64492338 发行部电话：010－64492342

网址：http://www.uibep.com E-mail：uibep@126.com

北京华创印务有限公司印装 新华书店经销

成品尺寸：170mm×240mm 21.5 印张 316 千字

2018 年 8 月北京第 1 版 2018 年 8 月第 1 次印刷

ISBN 978-7-5663-1959-3

印数：0 001－5 300 册 定价：58.00 元

序

习近平同志在任浙江省委书记时，明确提出要坚持和发展浙江精神。今年是“八八战略”实施 15 周年，习近平同志要求浙江以此为新起点，保持战略定力，秉持浙江精神。其实，浙江精神时时刻刻都在影响着浙江各个领域的改革发展，更让永康这座五金之都焕发出了勃勃生机，不但铸就了“永商”这一集体符号，他们身上特有的品质也成了永康精神的主要源泉，他们既是永康精神的践行者，也是永康精神的传播者。

在永康有这样一个组织，他们中多数是永康企业家，他们是一群天生的奋斗者，他们每天都在书写着和生活有关的点滴，用点滴的积累为人生交出一份新时代的答卷，这群人有着共同而响亮的名字“精进人”，当他们邀我为此书写序的时候，我有些犹豫：或许他们的文字太过稚嫩，或许他们的感情太过直白。但是我却看到了行进中的“永商”们正用另外一种方式表达自己，记录这个时代。

众所周知，浙江历史文脉析出，从王充到陈亮、叶适、王阳明、黄宗羲、吕留良、全祖望、章学诚以至近现代的龚自珍、章太炎、鲁迅、蔡元培等著名浙江思想家所传递的人文精神反映了讲求实用、兼容并包、博采众长的特质。永康市精进文化协会的企业家们每天笔耕不辍，这正是浙江人文精神中的坚持不懈。

党的十八大以来，习近平总书记系列重要讲话中多次强调“企业家精神”。《精进人的答卷》正是一个永康企业家精神的汇聚之所。企业家精神是企业家这个特殊群体所具有的共同特征，他们之间的信息交流会因为志同道合而碰撞出企业运营智慧的火花，其智慧交集中的关键词是他们所具有的独特的个人素质、价值取向和思维模式的抽象表达，是对企业家理性和非理性逻辑结构思想的一种超越、升华。就单一企业而言，一种精神往往较为粗浅，有的表述甚至不够确切，但在这种精神相互传递的过程中，会出现相同理念不同表述、近似理念相同表述等情况。这本书的出版是持续打磨企业家精神，将共同的价值理想用更加精准的语言进行提炼、润色，让企业家精神的表述更加贴合企业实际，为企业家精神传播增添亮丽的色彩。

是为序。

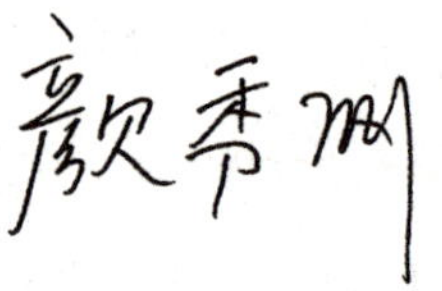

2018 年 5 月

目录

治　企

修　身

尚　　学

尚　器

童 真

治企

秉持工匠精神是企业成功的秘诀*
——参观加效焊机感受成功秘诀

颜秀丽

今天精进文化协会理事会议在加效公司举行。会议期间，理事会员考察了公司，并了解了加效焊机 24 年的光辉历史：1992 年成立，1993 年就生产出了第一台“点焊机”，2016 年又研发了品质、价格在同行业中首屈一指的明星产品。

24 年来公司专注于一个产业，追求精益求精，把这个产业做到了极致。正是秉持了始终如一的工匠精神，企业在营销中收获了服务自信：一是价格最低，比市场上同类产品要低很多；二是保质期限最长。在中国，加效电阻焊机的主变压器，保质期 5 年。

服务的自信源于底气和实力。而底气和实力来自工匠精神千锤百炼锻造出的一种气质，最终成就了企业立足一个行业，不断创新。

比如，公司将生产了几十年的电阻焊机取名“标准电阻焊机”，进行优化分工，在机箱不变的情况下，将变压器、控制器、气缸、焊机臂及焊头等组件进行优化，互配性极强，模块化设计根据不同的要求，随意搭配不同的组件，组装成不同规格型号取名叫“明星机”的电阻焊机。这种被称为加效式的创新，改变了传统电阻焊机设计的理念及生产工艺，既方便了制造生产，又方便了用户定制选配，更方便售后维修，延长了产品的保质期，最终赢得了市场。

* 2017 年 6 月 7 日，日精进第 1 671 天。

一花独放不是春，百花齐放春满园。公司不但自己发展，还做起了“师傅”，带起了“徒弟”。公司将对手变为合伙人，共同把产业的蛋糕做大。

洞见：“路遥知马力，日久见人心。如果你对我不好，一定是我对你不够好！”加效公司老总坚持用工匠精神管理企业，不断雕琢自己的产品，持续改进工艺，强调精益求精，强调对匠心、精品、完美的坚持和不断追求。这体现了一种持续精雕细琢、永不满足、永不妥协、永远跟自己较劲、追求完美的态度。这才是企业的成功之道。

勤于耕耘，收获丰足*

王美强

我始终相信，要把该做的事情做好做精，公司和个人的发展都会往好的方向前进，也就能得到业主及众多合作伙伴的认可，并得到长足可持续的回报。如今选择鸿泰装饰，等于选择放心的承诺已经为永康人所熟知。

一分钟的合约，一辈子的承诺

10 多年前我们用“选择鸿泰，选择放心”作为口号，可起初这仅仅是一句口号，没有实质性的举措。如何践行这句话，成了所有员工的疑问。和一位客户签合同时，业主对我说：“小王，愿这一两分钟签的合约能让我们成为一辈子的朋友。”那一刻，我深深地领悟到，做一家好的企业，就要做一个客户交一群朋友，满足客户的需求，做到为业主服务一辈子。从那起，十余年来，我们的合约写的都是鸿泰只要存在就保修，这也就是现在公司大门口雕刻的“一分钟的合约，一辈子的承诺”。

承诺在生活中无时不有，今天有人对你承诺，可能明天它就不存在了；又或者，当别人向你郑重地承诺时，你可能会忽略它，甚至认为它是一个玩笑，毫无价值。孟子云：“诚者，天之道也；思诚者，人之道也。至诚而不动者，未之有也；不诚，未有能动者也。”一诺千金，是一泓清泉，洗濯了积存心中的污流；是一束阳光，照亮了黑暗狭隘的道路；是一道阶梯，使我们的品德越来越高尚。承诺是一种智慧，是我们一生的财富。

---

* 2017 年 6 月 28 日，日精进第 1 228 天。

一次机会，创造一个奇迹

去年的今天因朋友的介绍，让我有机会与一位正准备装修的别墅主人见面，因为其别墅面积巨大吸引了 8 家公司前来竞标，这其中有的公司已经跟踪了两年之久，最短的也有一年，而且别墅的主人在经过几番斟酌之后基本与其中一家达成了初步合作意向，所以初见别墅主人的时候他和我说的第一句话就是："你或许没有百分之一的机会，或许就是白搞，因为你们太迟了，除非有奇迹发生。"我马上接了一句："您给我一次展示的机会就够了！"

就这样，我和我们团队一个星期便做出了六个方案，其中有一个方案大胆创新、打破常规将其购置的两幢排屋合并为一套大别墅，当客户第一次见到这一方案就做出了选择，客户拍拍我的肩膀说："当时还以为你说大话，现在看起来是有两把刷子！"

全案风格定位及设计制作一晃就是一个半月，前期家具、软装预定后，施工又是一个月，整个过程让我们和客户建立了家人般的关系，共同的付出，共同的期待，让彼此都找到了快乐。最终，两座只是钢筋水泥的"空壳"打造成一所 1 680 平方米别墅，一个有温度、有情感的温馨之家呈现在众人面前，这一最大胆的尝试，创造永康及周边最大的独立别墅，也成就了公司的发展。

洞见：让缘分成为友谊，让奇迹照亮现实！给他人一次机会就等于给自己一次机会，珍惜贵人给予的每一次机会；从毛坯建筑到竣工，大胆探索方案到作品的完美的融合，一步步地精耕细作才有今天的成果，勤于耕耘，必定收获丰足！

不忘初心，方得始终

陈秀强

每个员工都要好好地思考一下：第一，我出来工作是为了什么？第二，先付出，才能成长，才能回报！

人在做，天在看！因果不虚！心怀感恩和敬畏，才有自觉的行动。只有懂得先舍后得的原理才能真正有舍的感受。洞见：先舍后得，舍得越多收获越多，当你明白了舍的含义时才是真正明白什么叫厚德载物。

传道授业解惑者，称为老师。父母是我们的启蒙老师，读书时有我们的教师，事业上有我们的师傅，在各种领域都有自己的导师，心灵成长上可以找到我们的心师。

师者是为给人力量者、信心者、方法论者，问题剖析找到关键所在解决者。而非问题放大夸大者，更不是不负责任地对需求者的恣意误读误导。良医给人以健康，同理，具有真功夫的老师是我们的一盏明灯，照耀着我们成长，为我们解答问题。老师给的是心力，让我们在迷茫时不会迷失方向；老师给的是智慧，让自己逐渐成长，感谢老师的栽培，感谢心师让自己拥有无限的力量。

每个人每天的工作都极其普通。可能因为想得太多，所以做得就少了。做得多一点，胡思乱想才可能少一点。如此一直做下去，反而你可能心不乱，专注自己的工作，功夫技能必大长，价值自然会体现出来。

从工作中找到真正的快乐必须让自己全情投入工作，让自己享受工作带来的乐趣，从工作中成长，感谢给自己提供工作机会的人！

客户需求才是最大的卖点

胡勤学

我来到高档大气、宽敞明亮的 4S 店，看到清洁工很认真地打扫，工作很到位。八点十分，已经有工作人员在店里，却没有开始工作。我心急火燎地等到八点半才接单接待。

我当时的心理活动是：若不是车子趴窝动不了，一定不会再来这样的地方修理。为什么呢？不了解客户的需求，而客户想要的是快速处理完毕，节约时间。这个 4S 店没有张力的管理让我深思：没有温度，没有满足需求的服务都是无病呻吟，把并非工作重心的卫生保洁，当成是工作的重心，是多么错误的认知啊！

对比之下，我终于悟到一个生意很好的私人汽修厂的成功秘诀了。他们以满足客户需求为核心，是如此暖心和懂人：晚上开过来都没有关系，我们都有人，没车把我的车开去好了！

这就是温度，这就是服务。

要找准产品和服务的核心，不能在管理上本末倒置，这值得所有企业人深思。

挑战思维

吴健平

大部分人认为自己是要“做大事”的，因此都会觉得自己是不一般的人，自己都是对的，有朝一日能够飞黄腾达。

天生我材必有用，没错，有这份自信肯定是对的，老天也告诉自己一定具备成才的料，但是有一点要清晰，具备成才的料不一定就会成为人才。

我们认为所谓的“做大事”是一个综合的“结果显现”，而不仅仅是成功人士所做的一些大事或者大项目。其实大事、大项目里面有太多的“小事件”组成；每一个部门、每一件事情、每一项工作，每一天里面就有很多的“小事”组合在一起，每天用心做事，坚持磨炼，最终成就了所谓的“大事”。

动态思维

水不动是死水，人不动是废人。面对日趋激烈的市场竞争，是保持以往的传统观念还是以有效的“动态思维”来迎接这个变化的时代？以不变应万变的理念，也许在某些场景里并不是真正的有效。

且看企业经营管理的过程，外在的表现都是“动态”的，诸如每一个部门、每一个环节、每一项工作、每一个员工，包括每一批客户。

作为一个领导者，站在公心的角度上，如果是积极向上的，就必须要不断地动起来、努力地动起来、智慧地动起来。

动态的永远是有生命力的；在这个颠覆旧习的时代，一成不变的关系早已经被市场化打破，成为历史。

思维观念的维次

每天对待同样一份工作时，一个人的思维观念和工作态度将决定自己未来的人生高度。

有人对待工作的态度，只是为了挣钱，解决养家糊口、吃饭的问题；有人对待工作的态度，是为了通过这份工作不断地让自己得到练习，掌握技能、知识和体验到智慧，最终让自己成为不一般的人；有人对待工作的态度，却在想如何通过这份工作让团队得以有效的训练并有效地激发团队的工作效率，成为明星团队。

对待工作的态度决定一个人未来是成为员工、职业人员，还是卓越的领导者。思维决定出路，一切操之在我。

我们所遇见的成功人士，有一项共有的、明显的特征，那就是：不允许我以自己喜欢的方式存在，这个世界虽然很精彩，但也有太多的诱惑、太多的陷阱。

自己喜欢的东西、喜欢的方式往往都可能是与成功的目标相违背的，因为好走的路往往都是下坡路。

现实生活中，无论在哪里，想要得到更好的收获，有更好的成果，就必须要尽快改变自己的行为习惯，多做一些自己并不太喜欢的事，并且要有一直坚持做下去的精神；走老路可能永远到不了新的地方，改变才能更好地生存。

小女人超强的执行力*

吴广美

那一年，在深圳的课堂上我认识了一个叫颜秀丽的永康美女，她特意坐在我边上不断地感召我加入写“日精进”的群，当时碍于面子我没有考虑太多就答应了。

进去以后才发现每天写一篇“日精进”对没有文化的我来说是件多难的事，还要我在规定的格式、规定的时间内完成，如果一天“日精进”没写，当天晚上就会有人提醒，第二天马上公布昨日未完成者的名单，一天没有完成还要乐捐，好生让我心烦。

更气恼的是颜秀丽群主就像追踪器一样，只要你没完成“日精进”，随时随地打电话来，深更半夜老婆睡在身边也打，搞得我胆战心惊。我告诉她半夜打电话，老婆会误会的，可是她却不管：“只要你不写我照打，一直打到你发上去为止。”搞得我又气又恼又无奈。

作为思八达同学会的会长，思来想去，觉得退出没面子，但坚持下去却有压力，写又怕写不好，让别人笑话。后来，想出了一个法子，我把概述写好发给秘书，由秘书修改过以后再发到平台，每天让秘书监督完成。这样写着写着，不知不觉写了 1 200 多天，如今每天写“日精进”是我的必修课，也成了一种习惯，不需他人提醒。

洞见：这个瘦弱的女人让我又爱又恨，恨她每天跟得很紧，只要未完成就用尽所有的办法，直至达成；爱她则是因为没有她的监督就没有这么多天的体验，终于让我养成了每日自省的好习惯，让我一直在成长的路上。

---

* 2017 年 6 月 29 日，日精进第 1 294 天。

执行力是我在“日精进”平台的最大收获，这是许多企业最需要学习的。

执行力在哪里，结果就在哪里。一个企业如果有强大的执行力，什么事情都能执行到位，企业就有战斗力。人要对平台有敬畏之心，才会有源源不断、无穷无尽的动力！

机遇·热情·努力*

徐 浩

保险的意义，只是今天做明天的准备，生时做死时的准备，父母做儿女的准备，儿女幼时做儿女长大时的准备，如此而已。今天预备明天，这是真稳健；生时预备死时，这是真豁达；父母预备儿女，这是真慈爱。能做到这三步的人，才能算作是现代人。

——胡适

今天在温哥华 MDRT 的万人现场，这个全球最高的荣誉殿堂，我感到无比的荣耀。从事保险十九载，脚踏实地，以诚信服务为本，一步一个脚印，一年一个台阶，荣获了很多的荣誉。2015 年荣获国际龙奖 IDA 白金会员，美国百万圆桌协会 MDRT 钻星会员。

记得我刚刚从部队转业时，一个偶然的机会，接触到了保险事业，感到一切都是那么新鲜，一切都是那么催人奋进，这是一个充满希望、充满激情的事业。从事保险事业对我来说是一个新的开始，又是一个崭新的机遇，每个人的一生都会遇到很多机遇，但唯有抓住了机遇才是真的机遇，我对成功的理解是成功等于机遇、热情、努力。

做保险一定要耐心，要持之以恒，不要一遇到挫折和困难就打退堂鼓，我想只要功夫深，铁杵磨成针，只要坚持了就一定会胜利。

另一方面，对客户也要有耐心，只有不断地熏陶和感染，客户才能更好地接受我们。

---

* 2016 年 6 月 15 日，日精进第 859 天。

保险人应当提高修养。我们面向的是各种各样的客户，客户的多样性，决定了我们必须具备较高的修养。

我们要有一颗感恩之心，保持一种对工作的热情、对人的热情、对事的热情、对学习的热情，还有对生命的热情。

永远要保持一颗服务之心，只有超值的服务，才能体现自身价值。用心做好自己，学习优秀的别人。你用多少心，你就有多少成就。

用供给侧思维提升企业服务能力*

单泽喜

市场经济造就了自由竞争的时代，信息通畅，价格透明，物流方便，但由此带来生产能力过剩，尤其对实体经济的制造业和传统商业都是挑战。同时这又是一个机遇与挑战并存的时代，市场经济给了我们在竞争中发现机会的际遇。如何跟上时代的发展趋势，顺应潮流，抓住机会，把自己的企业做大做强，是摆在每一个实业人面前的现实问题。

对于一家企业而言，供给侧思维就是从提高企业管理质量出发，用创新的思路和理念提升企业运营水平，除了在市场需求一侧注重产品研发外，更要在企业内部这一供给侧往专卖店体系、网络推广和营销、品牌化战略去转变。就像我们群喜门业，虽然前路坎坷，但是迈出这一步，就要努力地走下去。为了更好地实现公司战略，我们在行业内首先提出“真情 100”服务，就是真正把服务做好，变被动服务为主动服务，简称群喜 12345 优质服务系统。

一个宗旨：用全心全意的服务，赢取用户满意笑容。

两大目标：让用户体验更暖心，让门业产品更好用。

三项纲领：专业主义为本，待客如亲为根，躬身力行为路。

四心承诺：用我诚挚贴心，坚持努力尽心，换得客户舒心，打造口碑信心。

五步标准：标准测量设计，标准物流转运，标准现场作业，标准回访督导，标准售后维护。真正让客户感动，发自内心为我们推广介绍，做我们免费的推销员，认可我们公司。

---

* 2017 年 1 月 16 日，日精进第 428。

洞见：用心服务，感动客户，好的服务是二次销售，这是群喜门业用供给侧思维优化企业内部管理、提升服务能力的真切体会。只有转变思路和观念，主动站在客户的角度提供全面系统的优质服务，尊重客户的真实体验，才会让企业在激烈的市场竞争中不会随波逐流，才会使实体企业走向品牌、品质之路。

感恩成就我们的“大世界”*

胡 悦

2015 年的一场主题为“感恩有您”的年会，一下子将我带到了 1993 年的 5 月 21 日。那是我们开创永康市解放家电总汇的日子。那天，在二十几平方米、只有一名员工的店铺中，开始了我追逐人生梦想之路。由一对夫妻携手创办的家电小船正缓缓起航。在这条铺满荆棘的路上有泪水、有痛苦、有欢笑，更有夫妻之间、员工之间相伴同行的 8 395 个日日夜夜。有了他们的陪伴，我才能载着一份感恩勇敢地逆风远航。

在这 8 395 个日日夜夜中，多少次曾有过想放弃的念头，每每准备停船靠岸的时候，爱人和员工们就像果敢的水手，从不言弃，所以他们的言行一直感化着我把好方向，再次出发。在航海的路上，这份感恩的心就像是驱动航船前进的动力，使我们这艘航船从一个胜利走向另一个胜利。

1997 年 10 月 19 日，这艘航船迈开了最为关键的第一步——永康市大世界家电商场（永富大厦）正式开张营业。这就从一艘小船，换成了一艘大船，更大的航船意味着更大的事业。在这里，我们创造了一个又一个不可能。海尔电视机日销售突破了 200 台以上！这一业绩在永康乃至浙江省都创造了销售的传奇。在那些日子里，大家同吃同住，一天十多辆大货车全由员工卸货。员工感恩这份工作，我也感谢他们的付出，正是这种相互体谅、相互感恩，才能凝聚起这股发展的力量，镌刻下奋斗的点点滴滴。金垛大厦新店装修时，为了销量与份额，送家电进乡镇，恰逢阴雨绵绵的 12 月，寒风凛冽刺骨，但是大家却在各个乡镇搭篷张罗吆喝。这些到现在都值得大家去怀念、去珍惜。

* 2016 年 1 月 27 日，日精进第 515 天。

2000 年 1 月 1 日，在大家的努力下，金垛大厦装修完成正式开业，永康市大世界家电商场从大船变成了巨轮，同时也迈开了企业真正腾飞的脚步。在这里，奇迹频出。年销售额从 2 000 多万元直线上升到 3.8 亿元。

在员工的努力下，在部门经理的带领下，单店日销售额突破了 1 200 万元的佳绩，轰动了整个浙江省乃至全国家电行业。大家的努力使企业挤进了永康市“纳税大户 200 强”的行列中，办企业的酸甜苦辣、艰辛不易只有自己知道，但感恩的心必须彰显。企业要勇敢地承担起一份社会责任。作为永康资历最老的家电零售企业之一，我们已连续十几年成为服务业的佼佼者，担负社会责任也必将一直持续到底。企业抽调青春活力的少壮派成立了针对孤寡老人的“大拇指”免费服务队，优质的服务得到了百姓的赞誉。

伴随着口碑的积累，在市场萎缩的大环境下，我们大胆尝试着跨界产品引进与销售，永康市大世界家电商场从一艘巨轮变成了一支船队。2015 年 12 月 19 日，永康市大世界家电商场（五金城二期）顺利开业。企业发展实现了一个更新的跨越。

洞见：企业二十多年的奋斗，回望三步走，步伐日益稳健，“不忘初心，方得始终”，感恩存在于个人与团队成员之间。感恩是企业良性发展循环的金钥匙。用感恩的心能够打开客户的心，打动了客户的心，也就拧开了企业发展的开关，也就触摸到了欣欣向荣的大世界。

情怀——企业长久的内涵*

黄文英

我本一布艺手艺人，只因一针一线做了 G20 元首夫人宴会桌布，我的布艺产品便成了浙商博物馆的官方收藏作品，为此，浙商博物馆的采编人专程来永康采访了我的布艺之旅。

都说情怀不能当饭吃，情怀却滋养我身累心不累。

我不喜对着镜头，只爱边品茶边追溯着我一路创业史，没想到这几位采编者年纪尚轻，资历却匪浅，他们采访过浙商灵魂人物马云、宗庆后、鲁冠球，抛出的话题有高度、有内涵。

循着采编组引导性的提问，时空再次把我拉回到了 17 年前进入酒店用品行业的抉择点，更让我回望了进入酒店布草生产的那个入口。显然，这 17 年我走得很累很慢，唯一略感欣慰的是，尽管伤痕累累的我拖着疲惫的身躯踯躅，却从未曾偏离方向，犹如当初取名七星岛一样。七星是天空中最亮的星，为人们指引方向，七星表示在酒店布草生产上对品质的追求；永不跟风、傲视独立称之为“岛”。

随着话题的深入，对行业未来的思考，深深触碰了我的情怀。自从有了《舌尖上的中国》，便激发了我塑造餐桌上的中国的想法，餐桌上应是创意的桌布、千年的瓷器、诱惑的美食，视野所及皆印象，融在一起便是耐人寻味的文化，一吃再也忘不了。未来是共享时代，这个时代更需要个性化的布草。宴会椅共享，最美、最有创意的宴会布草共享，一桌几十元就可换来个性化又美轮美奂的宴会印象，于是、宴会家具、宴会布草、婚庆礼仪、布草洗涤全整合

* 2017 年 6 月 26 日，日精进第 1 261 天。

了。只为酒店提供轻松、便利、美丽的宴会文化一条龙服务。

我真没想到，浙商博物馆的几位采编人，年轻却身怀浙商精神，几杯清茶论布艺，三日遍查七星岛布艺资料，我自己尚且未曾如此深度挖掘过创业史，与其说是感慨 17 年步履蹒跚，不如说是这几位年轻人再度激发了我的布艺人生情怀。

都说情怀不能当饭吃，可情怀能滋养我身累心不疲惫地一路往前。回头望了一眼入口，幸喜彼岸还在那个点上。

人对了，世界就对了*

姚巧英

人一辈子活成怎样，关键要看是否遇见对的人。26 岁时，遇到了我的师傅朱朱，她对我说：“姚巧英，你才 26 岁，你是一定可以成功的。你还这么年轻，必须要闯一闯。”其实当时我在原公司即将升为主管，因此颇为犹豫。但是师傅朱朱的另一句话深深打动了我：“给你一个舞台，这个舞台可以任你施展才华”。正是这句话令我终生难忘，想起就浑身充满力量。

第二天我就来到新华开始了我的创业之路。来到公司，师傅依旧不断期许我：“姚巧英，你到 30 岁不得了。”我信了。后来我师傅又说：“你 40 岁不得了。”我也信了。

回首这么多年，我不忘初心，坚守目标，看到团队成员一点点成长成才，我非常有成就感。一个团队要好，人要先选对，人不对要从头再来，人对了要培养训练，不然都是空欢喜一场。

洞见：感恩我师傅引领我来到新华，感恩我的师傅不断给我期许。期许的力量是无穷的，我也会像她那般期许我的徒弟成长。亲爱的伙伴们，人已经对了，我们只要去行动，世界就对了。成功就在脚下，我们一起行动吧。

---

* 2017 年 5 月 23 日，日精进第 1 133 天。

知足常乐*

应广周

这些日子，身、心特累，每天都有忙不完的事情。先是工厂资金的事儿。各方面成本的增加使得流动资金量开始剧增，这直接影响正常生产，让人无法安心。接着是操心新产品的研发。到底需要开发什么样的产品才符合市场需求，研发新产品的考察、定夺、打样、修改、开模等都令人伤透了脑筋。再者是员工管理。要使整个工厂的人事架构稳定，运行正常，那可真不是容易的事。紧接着的是采购、生产、销售等一系列的工作，虽各部门都有主管，可自己作为工厂的老板和总经理，全局还是需要统筹的。虽然目前工作已很忙了，收入也还可以了，但是内心还不满足，又和朋友整了个新项目，这样就更忙了，以至于开车时都想着问题，因此还刮蹭了车。

今天办事路过一公园，看到一乞丐，手拿破包和报纸，找一平整草地，铺开报纸躺下，从口袋里掏出一截香烟点上，然后抽着烟看着报纸，神情是那么满足、惬意、享受！相比之下，自己物质虽然比其富有，但满足感却不如他。

洞见：一切感受出自吾心，吾心愉悦就得快乐，吾心富足就不贫苦，一切随心，与外界无关，知足者常乐！

---

* 2016年9月26日，日精进第10天。

看势、跟势、趋势*

应广周

昨晚在广州乘“滴滴”遇到一位能驱“势”的司机。小伙 30 多岁，看着很厚道，说话有亲和力，虽不健谈但很容易把人带入他的话题。小伙主营袜子批发，偌大一个批发市场，由原先鼎盛时期单店铺年收益千万元以上到现在的四五十万，甚至很多店铺已亏本挣扎。“滴滴”算是他的第二职业，袜子批发工作基本交给老婆打理，但“滴滴”也不是他的主营业务，而是作为一个寻找商机、整合资源的平台。每次他乘载客户都有所选择。

1. 跑的距离比较远的（这样的客户一般比较有钱，资源比较多，因为“滴滴”这一交通工具费用还算高的）。

2. 高铁站，傍晚出行的（生意人事情多，时间紧，计划变化快）。

他乘载的基本上是生意人，而且跑的距离比较远，有充分的时间跟客人聊天，收集资讯，再根据客人的需求把他所掌握的资源相互对接，这样他就做成了许多本行和跨行的生意，这样精明的小伙子，让我佩服，我们互留了联系方式，今年他的收益已超过了袜子批发生意。

洞见：在信息爆炸和高速发展的社会，只有不断创新、不断整合有用资源，才可立于不败之地。

* 2016 年 9 月 23 日，日精进第 7 天。

客户给予我的感悟

陈浩宁

一次与客户聚餐，席间提到人生追求等话题。现代人大多温饱无忧，闲暇时还能与朋友小聚，大部分人都有很好的生活品质，那么他们为什么还在很努力地工作、进取、寻求突破呢？归根结底，还是古话说得好："不进则退，居安思危。"

从我有记忆起到现在不过二十几年，但是周围的环境和生活已经发生了翻天覆地的变化，最明显的是电子产品的更新换代，手机巨头诺基亚 5 年时间就销声匿迹了，而苹果也仅用了不到 5 年时间，就在国人中得到普及。这个时代变化好快，你不进步，等待你的就只有后退，甚至失败。保持学习能力，才能进步。

我有这样一位客户，经常到我这里采购材料，经过多次的接触，我们已非常熟悉，但总是把货款一拖再拖，有时因为他的拖欠给我造成了损失，我却难以启齿。生意做久之后，双方慢慢有了人情的成分在里面，常常因为难为情，而破坏了之前订下的规矩，给自己造成了损失，还不利于双方的持续合作。

不以规矩，不能成方圆。做企业，有好的规章制度才能管理好生产和工作；交朋友，要有自己的原则和底线才能识小人与君子；做生意，要有自己的原则，对生意伙伴也要有要求。

在金钱为王的时代，就算账面上有再大的利润，钱收不进来，账面上的数字也就形同虚设。和生意伙伴要约定双方满意的合作方式，并持续履行，才能形成良好的合作关系。

大度兼容，万物兼济

颜胜元

《爱丽丝漫游奇境》中红桃皇后说："在我们这个地方，你必须不停地奔跑，才能留在原地。"这真是说到我心里去了。

记得以前经常听哥哥和管理层干部说，辛苦这两年后面就好了。但两年后，一点没见真轻松了，反而需要更辛苦更努力了，这恐怕就是企业家的宿命。不动就能留在原地的前提是环境是静止不变的，但现在的世界发展越来越快，企业经营的老套路不停地被打破，昨天的好办法今天变得不管用，这不是老套路老办法不对，而是环境变了。

有些干部招人总是留不住人，不是抱怨招来的人能力不行，就是抱怨招来的人工作有问题，最终导致部门发展停滞不前，这其中不是招来的人有问题，而是干部本身有问题。部门经理能用什么样的人才，完全取决于经理本身的水平，如果本身认知水平不高，那出色的下属也会被埋没，而那些认知水平高的经理，却能把一般的人发挥到极致，成为优秀的人才。

这其中的认知区别，首先就是对于下属的成就之心，而非利用之心，用他也投资他，这就需要花精力、心血去支持与培育。其次就是拥有利他之心，当下属能力成长时，懂得让出舞台给下属，让成就归于下属，令其拥有存在感和上升的空间。

洞见：树欲静而风不止。作为经营者，与其被动地等待被淘汰，不如不停地去改变；与其被动地去改变，不如主动地拥抱变化。

作为更高的领导，不见得能力需要比下属强，在专属的领域里，只有下属比自己强才是成功的团队。作为团队的领导，在精神和宏观层面的认知上，却不可低于下属，因为那才是领导力的核心。所以，我们只有不停地提升自己的格局和认知水平，才有可能拥有出色的团队。作为干部如此，做老板更是如此。

娘子军团队*

李 君

团队是一个有口才又有实力的领袖带着一群会听话、能照做的有心人共同做事，真正的团队价值观永远是一致的，做事的过程中有各种声音是正常的，但领袖必须随时关注团队里的纯净度，也就是说让团队永远保持正能量，正能量的人和事要加大力度去宣传和倡导，作为榜样进行隆重的表彰，这样榜样的力量是无限的，这样的团队是积极的、向上向善的。团队不是团伙，团队是大家心往一处想，劲往一处使，团结一致，向着团队的目标排除万难，不找任何借口和理由一步一个脚印去完成，这才是有凝聚力的团队。团队的凝聚力是经过不断活动、不断磨炼而打造出来的。七彩服饰虽然都是娘子军，但在一次十家企业异业联盟的活动中大放光彩、勇夺第一。活动现场姑娘们分工协作，有人在门口迎客，有人负责给客户讲解介绍，有人则负责收费处收钱。正是因为姑娘们将细小的力量都汇聚在一起，并且有条有理地协作，使得我们团队以第一名的优异成绩创造了不可思议的业绩。这就是团队的力量，这样的团队让我骄傲和自豪！

洞见：单打独斗的时代已经结束了，取而代之的是团队合作。人是环境的产物，人都会被环境所影响，想要团队优秀先把环境创造好。打造一支有战斗力有凝聚力的团队是每个企业必需的。没有完美的个人，只有完美的团队。

* 2017 年 6 月 13 日，日精进第 1 235 天。

匠心精神

丁泽林

匠，工匠；心，用心；匠心，顾名思义，就是工匠的用心。他们用心地学习、钻研一门手艺，几十年如一日，永无止境；他们用心地打磨一件器皿，百日不怠，不眠不休，精益求精；他们用生命去传承，老手艺代代相传，老口碑经久不衰。

对德国人在工业制造上的匠心仰慕已久，此次的德国之行，我发现德国人的匠心不光充分体现在工业制造上，在生活与艺术中也无处不在。昨晚在大众集团总部观看的舞蹈晚会中，深深地感受到参演人员的匠心之魂。虽听不懂背景语言说的是啥，但看到演员的优雅熟练动作为之叹服，从德国千余位观众连续不断的掌声能够听出确是发自肺腑的赞赏。赢得经久的掌声背后，是演员的工匠精神支撑着他们，多年如一日的严谨训练。台上一分钟台下十年功。德国人产品质量过硬，靠的是多年的匠心打造，用一种耐心打造世界一流的技术，他们的产品绝对是业界的榜样。

洞见：匠心精神用到产品上可以让产品精益求精，匠心精神用在生活上可以演绎不同的人生。如果说人生是一场戏，那我们如何当好一名演员，值得每个人花一辈子去用心演练。德国人匠心独具的风格给人们留下了深刻的印象，也使我们收获了不一般的智慧。

今日探索：我要什么？*

陈家雄

人生迷茫没有力量，最主要是因为不知道自己要什么。或者只是随波逐流地过日子，在大潮中起起伏伏，某日突然细思极恐，不知人生为何而战。不如做个探索随想，为自己梳理人生的追求。

1. 心灵的成长：这是我从 2011 年坚持至今的方向。也是不断地让自己到达觉醒、悟道的坐标。我希望自己能够在哲学、心理学等方面有所提升。

2. 关系的合一：爱爸爸妈妈、兄弟姐妹、伴侣子女、朋友同学等所有来到自己身边的人。此后，会觉察自己对人的评判标准不断被放下并走向融合。

3. 健康的身体：多锻炼、注重营养和保健，自己健康、家人健康，同时随缘分享健康给更多需要的人。

4. 事业的成功：事业上多元发展，更要享受事业的过程，设定目标兑现敢于承诺敢于赢的初心。在电子商务、心理教育、营养健康领域实现成功。

5. 财富的丰盛：敞开接受从四面八方向我涌来的财富。很多时候没有实现财富目标是因为自己内心有潜在的抗拒，这些需要很深的自我觉察和反省。

6. 自我的实现：创造自己的价值。自我实现是个体的各种才能和潜能在适宜的社会环境中得以充分发挥，实现个人理想和抱负的过程，亦指个体身心潜能得到充分发挥的境界。美国心理学家马斯洛认为这是个体对追求未来最高成就的人格倾向性，是人的最高层次的需要。

只感恩，不抱怨；只恭敬，不傲慢。生活就是爱、关系、行动。

---

* 2017 年 6 月 30 日，日精进第 1 131 天。

管　理*

郑友俊

优秀的企业总有成功的方法。我们带着空杯心态来到义乌万达项目部参观学习，财务室有条不紊，寂静无声，抬头看见墙壁上挂着《财务部每月工作排期表》《财务部每周工作排期表》，我被他们的工作安排深深地吸引，每月工作详细列明工作任务、启动、完成过程、所需时间、责任人，并以图表形式列明，工作任务有月度节点倒排、会议纪要、各类报表、税务管理，涉及 37 项具体事务。周工作计划内容也包括上述各项，对财务的日常核算、资金、合同、会议详细细致，非常值得借鉴。对照检查自己，为了提高执行效率，分支行建立健全工作机制，充分发挥作用，就晨夕会、周例会，以及月度工作、季度安排做出了一系列的规范，部分同志感到不适应，对此有抵触心理，也就有了应付思想，推进管理的流程化就产生了偏差。万达的管理就是一个生动的例子，执行力拼的是细节，过程正确，结果一定正确。

洞见：工作没有借口，但工作没有标准、没有细节，也就等于没有执行。什么是管理？“制度化、标准化、流程化、专业化，这是我们管理工作的四化方向，制度是合规的前提，管理就是流程化，形成标准的操作步骤和规范动作，进而实现专业化的水准”，这是银行管理需要推进的地方。方向定了，干部是决定因素，管理细节决定成功，细节才是胜负的关键，将工作细化到每天、每周、每月，发挥人在管理中的积极因素，只有持之以恒地坚持，才能离成功更近一步。

推荐词：善于学习、总结别人的优点，并且回来立即执行，流程清晰，责任明确，重点突显，管理者当学郑友俊。

---

* 2017 年 2 月 28 日，日精进第 662 天。

真心成就客户*

朱明英

今天我们公司作为赞助商参加了一个启动仪式，也是想借此做个广告宣传与品牌影响力推介，我邀请了几个朋友与客户来参加。会议有个环节是在屏幕上播放我们公司的标识（Logo），因为太过仓促没有做很好的策划与准备，所以有些简陋与不完整。有个朋友在观看的过程中就立即给我们推荐了几组好词："××（公司名）软装，点缀生活的每一个角落!""用××（公司名），工作有韧度，生活有尺度，事业有高度，人生有风度!""××（公司名）——用艺术塑造软装世界!""××（公司名），用艺术塑造家居未来!"

他们的广告词真的挺好，只有真正在意你的朋友才能有此想法，真的从心底里感谢这些可爱的百忙中抽出时间来为我加油打气并一路支持我的朋友们，还有很多因为跟我们有了合作之后成为朋友的客户们。我会尽我最大的力量去回馈这些朋友的真心。我一直都认为只要把事做好，把品质抓好，就是对客户最好的交代与负责，其实，除此之外客户更需要的是尊贵的服务过程与精神上的享受和满足，当我们跟客户成为朋友，先让客户看到我们的诚心与用心，从而化解客户心里的顾虑，让他了解我们，信任我们，成交其实也是水到渠成的事。而且你会发现整个过程是开心的、快乐的，是倍有成就感的。

洞见：人与人之间的交往，其实就是心与心的交流。人与人之间交流的区别在于，打开心灵，用心交流，收获的自然是朋友和知己；只为了成交而交流，你接收的自然仅仅是顾客。朋友知己才会帮你出谋献策，顾客只会给你提出意见和要求。

---

* 2017 年 6 月 26 日，日精进第 564 天。

信　用*

陆　毅

早上坐滴滴顺风车去金华高铁站，碰上特别会聊天的司机，正巧我也爱聊天，所以我们就聊了一路。司机做了一年多的滴滴生意，碰到过形形色色的人，有好讲话的，有信用好的，但也有些人不可理喻，无理取闹，因此他现在开始挑着接单了，信任值显示低的他就不接。听他这么一说我才知道滴滴还有这项评分，我赶紧打开滴滴打车查自己的信任值，和他探讨了起来。原来影响信任值高低的因素有好多，以前我一直不知道，他说看我的信任值是 80 分，因此就很主动地接我的单了，表面上看是他接我的单，实际上是我的信任值让他下了这个决定。

我们又聊到一些生活中别的事情，比如很普遍的借钱这种事，看似借与不借的主动权在于别人，其实背后反映出来的是一个人的信用的问题，没有信用的人借不到钱是必然的，别人不是不愿意借给你，而是怕你不还，那么我们还能怪别人吗？碰上这样的人我们敢借吗？

洞见：信用打分实际上无处不在，银行会对我们的信用打分，朋友也会对我们的信用打分，信用度就是我们的名片，任何时候我们都要维护好我们的信用，要怀着敬畏之心对待它，因为它可以价值千金，也可以一文不值，如果透支我们的信用，不把它当回事，那么未来我们一定会承受它所带来的恶果。人无信而不立，这是必然的。

推荐词：信用是未来的通行证，程序化地做个好人，是未来社会必然的趋势，做个坏人成本太高。

---

* 2017 年 4 月 19 日，日精进第 707 天。

抓住最后一次机会*

胡莲娣

2016年末回访老客户，是新三板上市的一家行业优秀企业，沟通中发现董事长有咨询的意向，我便与他讲解我们服务的项目详情，首先帮他对接了老师，先调研，发现企业的问题需求和，合作事宜因元旦放假延迟到年后。年后我联系时，他说四月启动，我便没有再次联系，心想 6 月初他来我们课堂再详细聊。

等到今天课堂见面的时候，他主动对我说他签订了一家，还给我看了合同，他说我后来没有跟进他，他也忙。有一天三弦的同学带一个朋友到他办公室喝茶，顺便谈到企业状况，那个朋友是企业家讲师又经营过企业，他觉得不错，就谈了合作，刚好这几日签合同，还没完全订，听了我们课程又觉得我们专业，想和我们合作。当时我并没有心急，而是非常平静，毕竟客户对我说这件事是因为他信任我，不管客户选择谁我都会支持，当然我们能合作更好。于是，对接了辅导老师第二天中午与他沟通。辅导老师非常负责任，见面后，首先了解他的需求和竞争对方的情况，通过分析，让客户明了各方优势，最终让他选择，而非一味推销我们的产品，沟通后的效果非常明显。我们尊重客户选择，也尊重对方，因为有先入为主的规矩。约了两天后见面，他对我表态可能会与我合作，我很意外，他还没有完全决定，要再次与对方沟通，明日给我答复，不管他怎样选择，我都支持。

洞见：与人合作，讲究以诚相待，做好该做的事情，结果一定会水到渠成。尤其面对这种招标情况，心态好，非常重要。

---

* 2017年6月21日，日精进第710天。

主动出击*

郎美群

上周五，我们网销部的 Belly，在网上接到了一个询盘，一家上海的公司准备采购 2 万台拖把，但向我们采购的意向不是很大。

接到消息，销售部马上召开会议，分析市场，了解客户需求，最后决定主动出击。我们带了十几款样品，来到上海，经过两个多小时的交谈，我们百利莱拖把从二十几个厂家中脱颖而出。

本周二，该公司以姚总为核心的考察团就来到了我们公司考察，我们详细地向他们介绍了我们企业的文化与发展史，并带领他们参观了生产车间并详细介绍了生产流程，以及物料、质量的管控。

我们的合作在姚总愉悦的总结中，正式拉开了帷幕。她说：“刚开始，我们有好几个供应厂家可供选择，但最初打动我们的是你们的积极、主动，还有高效；最终让我们成为合作伙伴的是你们的品质、管理，还有公司的氛围，都让我们觉得，产品交给你们生产，我们放心，跟你们百利莱合作，一定会让我们的公司，福来运来百利莱，福、运、利三丰收。”

洞见：没有淡季的市场，只有淡季的思维。社会在进步，模式也要不断地创新，但万变不离其宗，那就是对于客户要用心经营，对于产品要严格把关，不断地创新。积极主动，方能赢得更大、更广阔的市场。

---

* 2017 年 6 月 16 日，日精进第 947 天。

绩效是双赢之道*

骆幸久

今天受邀到一家企业为他们设计员工的工资薪酬绩效机制。在与老板洽谈时，老板说："现在员工难管，不听话，不尽责，骆老师，你来就好了，帮我做出绩效考核目标，员工他们做不到，我就可以扣他们钱了，他就会听话去做。"我说："做薪酬绩效是双赢之道，目的是激励员工多产粮（企业增效益），多赚到钱（员工增收入），不是为了扣钱，压迫员工去做。哪里有压迫，哪里就会有反抗，这样对待员工的方式不好，员工流失率就大，企业就难以管好！以扣钱为目的的薪酬绩效，我做不了。"

1. 在公司现有的制度下，用目标数据说话，只要员工做得比以往好，他就能增收入，让员工多赚钱，企业一定比以往赚钱多，因为这些钱是员工节约或创出超额价值的分享。

2. 我们做薪酬改革，核心是让员工与企业成为利益共同体，就是将员工收入与企业效益、个人贡献全方位挂钩。但是，如何在企业效益中体现个人贡献？是老板的主观评判，还是用数据客观衡量？主观评判带有强烈的个人感情色彩，难以服众；数据衡量清晰直观，实事求是，说服力强。因此，薪酬改革的第一步，就是做经营数据统计分析，让数据说话。

3. 薪酬绩效的操作：结果导向，数据说话，效果付费，价值分解，薪酬分块。

洞见：企业主的出发点很重要，若是为了扣钱，工资薪酬绩效机制一定执行不好；若为了让员工多赚钱，企业主一定赚得更多，工资薪酬绩效机制才会执行好并良性循环。没有利益的趋同，就没有精神的共鸣。

---

* 2016 年 6 月 29 日，日精进第 354 天。

奋斗路上需要坚持*

范爱红

今天是从业 12 年的纪念日，静下心来回想过去，思绪万千。当初刚跟小妹来保险公司的时候，什么都不懂，从一位个体户转型做保险，真是隔行如隔山，为了完成每月的指标考核，只有不停地出去拜访客户积累更多的名单。记得那是我刚入行的第二周，我一个人去拜访一个陌生客户，到她店里刚要开始介绍保险的时候，她爸突然开口说："打住，我家不需要保险，你走吧。"当时我作为一个新人，听到这话心如刀割。心想，保险是一份爱心事业，介绍保险把保障送到千家万户是我的职责，讲不讲是我的事，保不保是你的事。但是为什么却得不到客户的认可呢？当时就是想不通这件事，晚上回到家也一夜都没睡好。我干这份工作是何苦呢？经过考虑，第二天早上来到公司我就向师傅和主管讲，我辞职不干了，主管拉着我的手说："爱红啊！你知道小树是如何变成参天大树的吗？"我没回答，一动不动，主管说："只有经过上千次的冷水浇灌和多年的风吹雨打，小树才能变成大树，不经过风雨哪有雨后的彩虹？不经过客户的拒绝，你哪来的锻炼？不锻炼你哪来的成长？这次客户对你说的话就当是锻炼的机会，拒绝越多，你的抗压能力就会越好，就当每次挣 50 元的学习费。"通过她的劝导我又开始新的一天的拜访，通过一次又一次的锻炼，一年又一年的坚持，终于在去年晋升为部门经理，拥有了一支自己的团队。

洞见：水滴穿石，不是水的力量，而是坚持的魅力，碰到困难要找正能量的人给你加持，而不是找消极的人互相宣泄负能量，想想自己当初加入保险行业时的初衷，不忘初心，方得始终。人就应该朝着自己心中的目标一直努力。

---

* 2017 年 6 月 26 日，日精进第 717 天。

沉　淀*

姚麟龙

万事唯坚持才有沉淀，曾经创办的炫舞盟，犹如昙花一现。如今舞道汇，已坚持十多年。十年前，我还是一个刚上大学的大学生，我选择了下海，进入淘宝，开始自力更生。这是一个红利期，会电脑的人，几乎都能在淘宝里面赚到钱。恰好在永康也有这样一个市场专门为淘宝商家供应各种时下流行的产品，当时我由于没有把控好品质，出现质量问题无法正确面对，我选择了放弃，选择远赴新疆逃避这一切。原本想着我喜欢新疆，向往那戈壁滩的广阔，那种放空的状态会让我兴奋不已。但是不善言辞、不抽烟、不喝酒就像是一面墙令我一次又一次地被隔绝在外，迟迟不能融入当地的生活中。而我又一次放弃了，恰巧遇见了现在的爱人，于是就找了借口回到浙江，做起了钢材生意。因为有很好的资源，所以没有走任何弯路，就直接奔向了赚钱的小康之路。23岁，一个正常少年没有毕业的年纪，我掌管着将近千万的现金流动，那是何等风光。所有人都羡慕的我却再一次被坎坷绊倒，因为新客户不够优质，老客户账期拉得很长，债务问题频出。我重新拾起最初的梦想，重新做起了淘宝，十年间，从 19 岁到 29 岁的社会历练，历经多方曲折，在 29 岁的今天，我明确了自己要走的方向。别人问我为什么又做淘宝，答案仅有一个：马爸爸的平台不需要我讨账，我能竭尽所能做自己想做的。

10 年的磨炼和不坚持，换来 3 年的摸索，明确了 30 岁以后的发展方向，很多人会觉得这种转换不值，放弃两段起步很好的道路，从零开始，我却庆幸自己的坚持，人生途中再有困难不会再畏惧，这一次坚持，我走一辈子。

---

* 2017 年 6 月 9 日，日精进第 300 天。

洞见：坚持走自己的路比什么都重要。有人认为年轻人频繁跳槽是一种不负责任的行为，但是年轻时失败比成功更重要。马云也曾说过，二十多岁的年纪就要多失败几次，不多几次尝试，怎么能知道自己的极限在哪。当有所沉淀以后，必定厚积薄发。

企业文化的力量*

吴家刚

因为赶订单交期，今天办公室全体成员都加班加点到半夜十二点多。我们公司作为一个专门为门企做全网营销的服务型互联网公司，在门博会前两个月业务量比往常的两倍还要多。这种情况要是放在以前，我们肯定是完不成的。如果只是硬性要求员工加班加点来赶工，员工不仅会想着要加班工资，而且效率非常低下。庆幸的是我们在今年年初导入了“以奋斗者为中心，以客户为本，急客户所急”的企业文化。

“以奋斗者为中心”，实行只讲功劳不讲苦劳的机制。奖励对公司有贡献的人，鞭策推三阻四的人。我们取消了加班工资，因为我们的价值观不认可苦劳，一般也没有同事会愿意加班。

“以客户为本，急客户所急”，就是以客户的需求为核心，为客户提供更多便利。答应门博会交付的软件，订单量再多也一定要按时交付。所以有的同事主动开始加班，后来渐渐地所有的同事都一起加班，每天都奋战到十二点。连续四十天，我能看出来很多同事体力都已经到极限了，于是我就叫他们先休息，但他们却说别的同事都在，他们不能一个人先走。大家一起坚持，终于在门博会开始之前，赶完所有订单。看着同事们发自内心的笑容，我十分感动。

洞见：只有统一目标、统一价值观的团队才有凝聚力，才有战斗力，才能克服很多我们平常不能想象的困难。因为我们没有内耗，力往一处使，而且大家都很有成就感。

---

* 2017 年 5 月 24 日，日精进第 709 天。

埋头苦干也要抬头看天*

陈文明

国家供给侧改革的去产能政策，直接影响到原材料的价格变化，材料价格事关企业的生产与生存。今天去了几家企业，深有感触。

上午我去了武义一家主要为门企的薄板和钢带加工的企业，去年下半年煤炭、钢铁、黑色金属材料大涨，门用薄板曾一度涨到 5 200 元每吨。但是今年一季度又连续下降，降回到 3 500 元每吨。这家企业日平均材料库存在 2 万吨左右，价格高占用资金就大，价格下调反而可以增加库存量。像这些吞吐量大的企业，一般做期货套期保值，并且它以赚取加工费为主，因此价格的变化对收入影响不是很明显。

但是下午去了另外两家门厂，情况就差别很大。一家相当规模的门厂老板说："到现在厂里还在用去年 11 月份购进的五千以上价格的板材，因为怕涨价去年花了大量资金去囤料，半年多过去了还没用完，估计今年由于材料下调白忙活了。"可见有资金又要有计划，更要有预测分析，而不是一得到原材料涨价的消息就疯抢材料。另一家企业规模不大，资金不充裕，生产材料随买随用，也不会太多库存，随行就市购材料，降价反而有利正常生产和竞争。但是这样的企业最担心材料涨价，材料上涨时就可能失势，利润空间可能会被价格的上涨挤掉了，小企业虽经营灵活但抗风险能力较弱。

洞见：材料还是那个材料，市场绝不可能有永恒不变的价格。不同的思维和经营模式，结果大不一样，埋头苦干却需时常抬头看天。抬头是多了解政策变化，多了解经济趋势，多学习经营之道，尤其在资本时代多了解点投资都是非常必要的！

* 2017 年 4 月 20 日，日精进第 141 天。

没有最好，只有更好*

吴金满

今天非常荣幸地参观了北京一家知名的防盗门公司，该公司是一家参与国家防盗门标准制定的新的外资企业。我们一行人来到公司门口，迎宾团队早已整整齐齐站在那儿迎接。走进公司，标准化的厂区加上花园式设计理念，整个环境非常大气、优雅、整洁、有序。公司常务副总郭总热情地带着我们走进车间参观，一边走一边介绍车间现场生产的工序流程、工艺上的设计理念、技术上的精髓，让我们在惊叹的同时受益匪浅。该公司的精益生产 6S 管理、标准化流水线等管理举措杜绝了不合格品进入下道工序，他们步步跟进、步步提升，通过超前的管理理念，严格的制度执行，让企业发展突飞猛进，创造了很好的效益。

通过参观北京的防盗门公司，我们得到了很多启发。作为同行业的领先者，他愿意把公司最好的一面敞开让我们学习，让我们一起进步，这是一个企业家所具备的非常可贵的精神。他们的公司让我们领悟到，一个人真正的强大是能够带动身边人一起强大，一个企业真正的强大是能够带动同行业一起强大。

企业需要精益求精，我们的公司也会不断地创新，不断地进步，用我们的匠心精神，用我们的优质技术实现企业高势位运行。我们将一路前行，一路精进，我们没有最好，只有更好。

---

* 2015 年 7 月 23 日，日精进第 333 天。

组 织 者*

郑 英

今天是销售特训营首日，本次由我们牵头联络金华地区门店一起出发去温州永嘉学习。5 月 23 日开始接到培训通知，我就有心锻炼一下年轻人，什么也没管，任由他们发挥。6 月 8 日他们还没动静，我召集团队了解情况，他们说没通知门店是因为特训营的时间还没定，只知道大概 20 日左右。加入特训营就意味着，我们的团队必须时刻准备着，我们只有走在前面，做好随时战斗的状态，才不会被灭在沙滩上。在会上，我定了负责组长，定了目标，小伙子们立即行动起来，开始安排人员打电话预约，确定参会人员、路线规划，与各门店沟通，确定来回车辆。

今天早上约定 7 点，不到 6 时 30 分就已有门店的伙伴到来，我着急叫人开门，安排接待客人。11 时 30 分金华团队安全到达温州，意味着这次的组织活动暂告一段落。

洞见：虽然这次组织活动还有很多瑕疵，但让我和团队伙伴们都成长了很多。过去，我凡事都要交代得清楚明白才安心。在这次的组织活动中，我只大概交代了事项，他们就主动完成了，这说明团队合作需要有领导，需要有步骤，组织时一定要先有框架，定下目标，分配任务，责任到人，每天总结、分析、规划，预先设想好各种可能性，做好万全的准备，然后想方设法去达成。

---

* 2017 年 6 月 21 日，日精进第 559 天。

回归本真*

蒋淑芬

今天上午有幸去了摩拜共享单车工厂，之前听过胡玮玮演讲中还原共享单车的设计理念：简单、结实、牢固。下午去了享骑共享电动车、酷奇单车工厂，交流中提起一路的产品变革提升，同样是还原最实用的原理，传统营销手段中产品的花哨、亮点似乎不复存在。小到一颗螺丝也要 304 材质不生锈、防盗、防拆，轮胎也是采用防爆胎实心胎，不会遇到我们之前自行车如爆胎、没气、损坏等常见的问题。同时将改善在凹凸不平的道路上骑行的减震效果，在座椅上也是下了很大的功夫去改良，抗震护臀，防下雨发泡等。产品单一经典，功能简单便捷。当然最大的成功是商业模式的成功，那就是共享，这同样是站在消费者的角度去思考，如何给大家带来方便、快捷。

今天我主要讲的是产品，这也让我想起多年前胡先生和我说的一番话，胡先生是加拿大驻中国的油烟机厂家。那时候我问："不是说你家的油烟机很好的，怎么不把产品推向国内市场？"他的回复很简单，加拿大的油烟机和国内的不同，他们的油烟效果特别好，但是款式很简单，国内是没人买的。

洞见：一路走来，时代在变化，我们中国也在变，我们的产品一定会越做越简单，返璞归真洗净铅华，我们也一定会还原简单、朴实、实用，还原大自然的平衡，还原人类的真、善、美。共享资源，共享大自然的美好，回归本真，大道至简！不忘初心，方得始终！莎士比亚说过，简洁才是智慧的灵魂。

* 2017 年 3 月 27 日，日精进第 457 天。

利　他*

陈文杰

近日永城连降大雨，造成多数车辆因积水受损，我也难逃一劫。昨晚 9 点，与老婆返程途中提及白天在洗车店被告知车内副驾驶有水，应该是空调水管堵塞让我先别开空调。话音刚落，“脚下有水。”老婆说。我赶忙靠边停车，一看：“哎呀！真的这么多水啊。”老婆提醒了一句，刚才我们没有开空调啊，看样子明天只好再跑一趟 4S 店了。

上午 9 点，来到金华 4S 店，与售后叙述漏水情况并准备检修，当问及需要多久能够修好，售后的回答需要四五天的时间。这下彻底把我难住了，车子就像我的腿，没有车子哪里也去不了，当我再次提及今天能不能先检查让我好开回去，可售后还是那句话，无奈只好返回永康。

时至中午，外面依旧下着大雨，我打开车门，清晰地看见车内门框与塑料件交界处不断地溢进雨水。知道了漏水的原因，马上与 4S 店售后取得联系，告诉他就是天窗漏水，如果现在过来，今天能不能疏通好先开回来。售后回答最快三天，便挂了电话。想起我的朋友 A 是做汽车修理的，便拨通了他的电话，讲了车子的问题后，他让我先过去检查一下。

来到武义某修理厂，几位钣金师傅马上动手给我的爱车检查问题，经过两个多小时的修理、疏通、检测，终于处理好了天窗漏水的情况。并告诉我车内的脚垫有积水，需要拆开座椅放置太阳底下晒干，这个过程需要几天的时间，如果不晒，时间久了车内会有异味。但碍于这些天天天下

* 2017 年 6 月 24 日，日精进第 559 天。

雨，放在这里也不能干，让我先开回去，等天晴了可以再开过来帮我把座位、地毯等拆开晒。

洞见：4S 店的售后告诉我需要四五天的修理时间把问题处理好，并没有错，但是他没能够真正站在客户的角度思考问题，想客户所想，急客户所急，真正的优质服务就是最大限度地方便客户，满足客户需求。

心中的那片海*

陈春爱

连续几年，一到春节长假我们就迫不及待地收拾好行李去海南度假，仿佛那片海可以为我们洗去一年的劳累，还可以为我们补充第二年继续努力工作所需的正能量，所以那片浩瀚的海洋已经成了我们心中的向往。

时间过得真快，不知不觉新年开工已经两个月了，忙过一阵后，像往年一样又将步入大约两个月的相对淡季。工作重点也要从怎样保质保量及时交货转变成怎样才能揽到业务维持工人活计，确保工人能安心立足本厂，以待下一个繁忙的高潮重新来临。

每年的淡季都非常折磨人，考验着我的忍耐力和自制力。每年的这个时候我就会特别小心翼翼地为人处事，常常会反省自己，会不会我在某些方面得罪了某些客户，会不会我的价格比别人高了，是不是产品质量需要提升，难道经济形势的严峻对我这个传统行业也会构成威胁吗，工人们会不会因为产量低而选择跳槽，等等。

这种时候，我们就不会光考虑这单生意能赚到多少利润了，考虑更多的是赚钱以外的因素，比如做好产品的责任、纳税人的义务、带着员工一起赚钱的担当，养精蓄锐，改变行业，提升行业。

居安思危，让我每年都能在忐忑中平稳地度过，让企业每年都会有一定的进步和改善。

洞见：

1. 人生的旅程就像大海的波浪起起伏伏，有高潮也有低谷，要保持良好的

---

* 2017 年 4 月 10 日，日精进第 134 天。

心态，“得意不忘形，失意不变形”。

2. 办企业赚钱固然重要，除此之外，还应该有更多的担当和奉献。

3. 简单的事情重复做，重复的事情认真做，看似容易其实很难，但只要全力以赴地坚持了、努力了，总会看到属于我心中的那片海！

勇攀高峰*

陈春爱

记得 2016 年初夏的一个早晨，中专班的同学们邀约一起爬石城山，对于平时只在香樟公园散散步的我来说，这绝对是一个挑战！

我顺着最容易的路往上登，不一会儿就已经气喘吁吁了，爬到山腰时，停下来换气的次数越来越频繁。眼睁睁看着同学们从我身边一个个超越过去，在快要爬到设有健身器材的拐角处时，实在坚持不住了，呼吸急促，头晕目眩的，连忙扶住树干歇了好一会才缓过神来，心中叹息岁月不饶人啊！认输下山？可一向不轻易服输的我不甘心被同学们笑话，就硬着头皮一步一步往上移，不料目标已近在咫尺，拐个小弯就看到同学们坐那里的凉棚下休息了，可见最后的坚持是多么的重要啊！

后来一有空就去爬，感觉一次比一次轻松，尝试着爬上了 980 米高地，在山顶上与五星红旗合了影，以一个征服者的豪迈之躯站在顶峰。再后来，同学带我从“老鼠跳”上山，仰头望望悬崖峭壁上的绳索，不敢跨出第一步，在同学们的鼓励下，紧握绳索颤抖着一步一个脚印地试着往上登，登过了一个又一个险峰，结果又跟五星红旗合了影，我再次超越了自己！难怪有人说：没有你做不到的，只有你想不到的。从那以后随便哪边上山都轻车熟路了，从此爱上了这座让我重新恢复信心的石城山。

洞见：

1. 办企业也像爬这石城山一样，要脚踏实地，循序渐进，不能给自己设限，贴标签，碰到困难的时候更应沉着冷静地适当调整。自信满满、全力以赴

---

* 2017 年 6 月 5 日，日精进第 191 日。

地往上冲，胜利就在拐角处，五星红旗正在顶峰召唤不怕艰难险阻的勇士。

2. 经过努力取得一定成绩以后，不再用年龄大了、要享受生活等借口来原谅自己的停滞不前，而是乘胜追击，百尺竿头更进一步，相信只要雄心不老就会有无尽的潜能。努力了，新的更高的目标一定能实现。

3. 归根的落叶尚可肥沃泥土，降落的夕阳亦在点亮繁星，要带好接班人，坚信后继有人，长江后浪推前浪，一代更比一代强。

服务需要换位思考*

陈　敏

我是一名医务工作者，在工作中，经常会听到类似的话："医生，麻烦你给我检查得仔细些；医生，我哪里哪里不舒服，你一定要帮我好好地看看；医生，我这里一直很痛，真的没问题吗？"每每听到类似的言语，我心里总有些堵塞，好像在他们的意识里，我们只是为了应付了事，没有什么职业操守的人，总是不被患者信任。心情好时，我会耐心地解释说："请放心，我们对每一个人都是一样细心的。"心情不好时，我要么默默做事不搭话，要么会不高兴地回答："您觉得我这样还不够细致吗？"

这样的事情经历多了，有时就会想，如果换个角度，如果我是病人是否也会这样呢？扪心自问，如果自己对自己的身体状况有担心、焦虑、害怕，可能也会如此，不是说不信任医生，而是希望借助语言的提醒，让医生引起足够的重视，以此给自己更多的安心与放心，仅此而已。当我能站在对方角度想问题时，我的心也就释然了。后来听到类似言语时，我就没有了反感，反而有了更多的耐心与体谅，并且会用平静、可亲的语气说："好，我给您仔细看看，请放心吧！"

洞见：改变惯常的思维角度，多站在对方的角度看问题，换位思考，看到的事物也就不同。

* 2017年5月2日，日精进第60天。

理解员工与沟通管理*

洪佳莉

公司刚起步，很多事情很杂乱，需要在运行过程中慢慢地完善。每个岗位都很关键，可用一个萝卜一个坑来形容，一旦有人请假，我就开始焦虑、指责，内心对请假的员工极度地不满，甚至抱怨，在无意间就和他们成了对立面，无法进行有效沟通。现实是不沟通不行，沟通了就容易变成妥协，作为管理者更加不能当作没看见、没发生。

今天，我和请假的员工进行了一次坦诚、真实的沟通，当我说出我的想法时，才发现其实员工因为请假，本身就处于愧疚的状态中，他也把想法说出来，他也知道公司的现状，过来请假的时候，内心充满了不安和歉意，如果不是有事，真的不会请假。

其实，当我们没有敞开心扉的时候，对方很难去表达自己真实的想法，从而导致彼此的误解会不断加深，而积极勇敢面对沟通是需要不断练习、练习、再练习的。这就需要管理者持续完善自己的沟通能力与管理能力。

洞见：人与人之间的交流，贵在真诚，人与人的沟通，赢在懂你。一旦双方形成了对立面，就会彼此消耗能量，消耗时间、体力、精力，而陷入更大的误区，一旦我们互换立场，换位思考，瞬间会形成一个共同体，企业管理不在于你多强势，而在于你对员工懂得多少。

---

* 2017 年 7 月 1 日，日精进第 98 天。

最正式的演讲*

徐美宜

我叫徐美宜，双人徐，美丽的美，风景宜人的宜，来自一家防火门公司，祝在座的各位佳人，和我名字一样，家庭事业和和美美。我今天演讲主题是：真诚是销售法宝。

2007年我弃医从商，从20多个工人做到现在400多个员工，从2 000平方米租赁厂房，做到现在自有厂房7万平方米，从年销售额100万元做到现在年销售额2个亿，从一个小公司做到现在成为全国防火门十大品牌公司，这都是源于我的真诚做人做事。大家想不想听，我是如何做到的？

今天分享一个我的故事。2007年我干起了管理公司和销售的行当，真是隔行如隔山。一天上午我突然接到一个电话，内蒙古客户要到我们公司考察，我既兴奋又紧张，立马说："好好，我马上过来接你。"当时我们公司刚刚起步，客户到我们公司之后，我和他简单地介绍了公司的产品、价格和生产工艺以后，客户就直接和我说："小徐，我们这次到永康后还要考察一下其他公司。""是的是的，李哥，你这么远来一趟不容易，货比三家不吃亏，既然来了需要多多了解一下，如果有需要，我这边可以安排司机接送你去其他厂家。"就这样，下午客户走了。第二天上午，我给这位客户打电话问他是不是需要到我们公司看看？他回复今天身体不舒服，就先不过来了。客户一个人，人生地不熟，而且还身体不舒服，我立马赶到他住的宾馆，简单询问以后，知道他是水土不服。我立马让妈妈送来了红糖生姜汤，我就陪着客户聊天，聊我怎么样弃医从商，白手起家创业，聊我的家庭和我的孩子。他也和我说了内蒙古风情、

* 2017年1月12日，日精进第2天。

风景，我们好像故人一样无话不谈。第三天早上，我正在想客户起床了没有，身体舒服点了没有，电话就打来了，他说："小徐，你看有时间吗，到宾馆来接我一下。"我说："好的，我马上过来接你。"到公司后，客户真诚地说："小徐，其实我这次是带着 4 000 樘门过来找厂家了，虽然你的公司规模不大，但是你的人品我非常认可，我相信你的产品会和你的人品一样，你一定能把我交给你的工程做好。"

就这样，真诚让我成就了我创业以来的最大一单生意。也就是这样，真诚让我成就了现在 400 多员工，2 个亿的公司年销售额，自有厂房面积 7 万平方米，还有杯业、警银亭等项目。也正是这样让我感受到真诚可以感动天感动地，可以感动人感动事。

我想告诉大家，真诚地做人做事可以让企业更加辉煌，让员工更加团结，让家庭更加幸福，让友谊更加长青。

在这里我祝所有在座佳人、大爱无私奉献的老师，事业蒸蒸日上，家庭福寿延绵！

修身

“爱”“心”“行”“驭”渐行渐近*

胡大军

公司企业文化墙上题写着四个非常醒目的大字：“爱”“心”“行”“驭”。

很多朋友过来时都会问我这四个字做何解释。我思绪澎湃，记得十五年前刚踏入汽车行业做销售时，全凭勇气和胆量，盯着客户下单，什么方法都用上了，就只为能够成交。开始还可以，后来慢慢发现任凭如何努力，业绩到了瓶颈期却始终无法突破。

有一次，一个客户告诉我，买车不仅仅只是需要价格和成交，更多的是对客户的一份责任和担当。这句话犹如醍醐灌顶让我豁然开朗：责任和担当需要自己用爱来付出，热爱汽车销售、热爱上门的客户，功到自然成。诚然，每次成交是一次爱的诠释过程，销售只是结果，爱才是一切成交的源头。我终于找到突破瓶颈的钥匙，那就是用我的爱去成交每一台车、每一个客户。我爱他多久，他就爱我多久，只要爱持续，生意也会生生不息，这就是做企业最基础的文化要素，也是“爱”的吸引力法则。

同样，心诚则灵，用心服务，当我们用心去做、去听、去说的时候，回流给我们的也是同样的用心。心要真，心真则友聚；心要平，心平则财广；心要宽，心宽则路平；心要善，心善则福至。心无不为之用，心才能动容。用心做人，用爱做事，做事业，过生活，交朋友皆是如此。这是“心”之法门。

正心方可行天下，也就是说一切只有去实践、去行动、去表达，才能真正得到自己想要的结果。言行一致，从知道到得到要靠行动，在实践中成长，从

* 2017 年 6 月 11 日，日精进第 1 229 天。

行动中收获。决定成败的关键还是行动，没有“行”一切皆为空，“行”还蕴含着知，知行合一就是把知识和实践相互融合，把实践的过程变成用知识指导实践、用实践丰富知识的统一，这就是“行”之法式。

“驭”是具有汽车企业文化特色的字，原来就有把控马头、驾驭车马之意。无论是驾驭企业还是驾驭人生，“爱”“心”“行”都是本，驾驭人生、引领未来的人，必定是一个有爱的、用心的、会行动的人。九万扶摇风力健，稳吹槎驭上天河，“远志骋怀出梦想，车驰天下始于行”的企业愿景正是基于远想车行“爱”“心”“行”“驭”企业文化的核心所在。

洞见：王阳明说：“惟天下之大诚，能立天下之大本。”远想就是以这样的信仰和精神，不断践行着属于自己的文化和理念。永远为客户着想，永远为员工着想，永远为社会着想，不断创造出价值的奇迹，用爱用心引领我们行动，没有平凡的企业，只有平凡做企业的人。你是谁并不重要，重要的是你是否一直在坚持自己的梦想。

凡事预则立，不预则废*

吴笑秋

中国古籍《礼记·中庸》说："凡事预则立，不预则废。言前定则不跲，事前定则不困，行前定则不疚，道前定则不穷。"

从事保险销售工作 19 年的我认为，合理、合适的时间和客户约访、递送保单是很重要的。

昨天就和客户约定了时间，今天上午 10 点去客户家送保单。早上 8 点 20 分从家出发去丽州商城，一路畅通，不拥挤，在离商城 200 米处的永康宾馆选择好了停车位，轻松步行去丽州商城。玩具店刚开张，早上店主心情特好，不需讨价还价就买到了经济、实惠又漂亮的玩具，然后再次确认约客户见面的地址，客户如约而至，小孩见到玩具甚是开心，客户拿到保单也很满意与认可，顺利完成上午的计划。

每个人都需要合理规划时间，如果只是不假思索，匆忙选择，急匆匆地上路，很简单地在想，不管什么路，先上路再说，实在不行再换，但偏偏就不去花时间思考和规划一下，如果我们选错了方向，走错了路，好的发展就会离我们远去。有的人即使选择了自己要走的路，但也只是根据自己现有的条件去选择，根本就没有对未来要走的路进行全面的规划与设计。或者虽有目标，但也只是考虑眼前的利益，放弃了长远的目标。结果，与当初的理想背道而驰。很多时候，我们仅仅知道走路是不够的，更要清楚该走什么样的路。西方有一句谚语说：如果你不知道你要到哪儿去，通常你哪儿也去不了。

人生就是一个始终自我规划而又不可松懈的过程。如果只是懵懵懂懂、一

* 2017 年 6 月 11 日，日精进第 1 021 天。

无所知地走下去，未来就很有可能过着或困窘或一成不变、或奔波或平淡无奇的生活。人生从来都不是一个轻松的过程，盲目的、散漫的、毫无规划与目标的生活，更是增加了人生的败笔。我们虽不能拉长太多岁月路径的长度，但终究可以通过人生的历练和自我的坚持来拓展生命历程的宽度，增加岁月的厚度。

洞见：一个人要顺利完成一件事，事先规划真的很重要。俗话说一日之计在于晨，早晨固然重要，但是一日之计更在于昨天的理念与思维，应更加顺应当今快节奏的社会；时间是最宝贵的，了解大众的出行习惯，反其道而行之，就会节省时间，办事更加顺心、顺利；基于商城一带停车位特别难找，远点停车后步行，办事效率会更高。一切的美好、一切的顺利、一切的成功，都是规划出来的。凡事预则立，不预则废。

人生两段论*

曹云龙

人生跌宕起伏，有高潮也有低谷，在波峰与波谷的交错中，形成了波澜壮阔的人生K线。其实环顾我们的创业历程，也不难发现在成就自我的道路上，人生K线有着一根明显的分界线，将成长的轨迹分成了两个部分。

第一段　在“创建自我”中发迹

许多人参加工作时，都怀着一颗出人头地之心开始奋斗，一步一步从最底层做起，从打工到创业，遍尝人生的酸甜苦辣，从“大多数人”成为“少数人群”，掘到了第一桶金，此时开心快乐的心境不言而喻。狄更斯说过：“这是最好的时代，也是最坏的时代。”没错，随着国家政策的不断利好与金融机构的大力支持，有的创业者欲望开始慢慢地膨胀，为了逐利，迷失自我，最终走向事业的毁灭；有的创业者因为跟不上行业节奏变化也会自我消失；有的创业者始终坚守自我做人的底线，持续在行业中处于领先地位，不断创新提升产品的竞争力，走在行业的前端，引领行业的发展。“剩者为王”是时代的写照，他们是当下许许多多行业的领头羊，推动着社会的发展，创造了许许多多的奇迹。

第二段　在“追求无我”中崛起

实现了财富自由后，人生该何去何从？有的成功者随着时间的推移，慢慢堕落，做了许多不该做的事，渐渐回归到原点；有的成功者希望把事业做得更

* 2017年5月30日，日精进第1 246天。

大，投资过多而导致融资过多，最后造成实业利润不够整体支出，过着水深火热的生活，苦苦支撑；有的成功者继续实实在在地做事业，十年如一日地做一件事，把事做到极致，忘记自我，只为照顾好自己身边的大家庭，更多地回馈社会，成为受人尊重的人。

洞见：人生“创建自我，追求无我”是不同的两个阶段，每个阶段需要看清自己，什么事能干，什么事不能干，一步一个脚印做好自己，在行业中全方位深入理解行业发展的趋势，居安思危，在危机中寻找机遇，不断创新，追求精、专、强，事业无论大小，均须顺应事物发展的自然规律，首先做好自己，方能回馈社会。

精进路上的领悟

陈莉萍

美丽“新”世界

在 2017 年第一次入职新人培训会上，我发现“90 后”已经成了主力军，都说“90 后”不好管理，他们在成长的过程中有很多的故事。“90 后”的父母大多是“60 后”、“70 后”，他们的父母为生计聚少离多，与孩子相伴的时间较少，“90 后”对社会的认知和“80 后”有着截然不同的看法，并非是他们不优秀，也不是他们叛逆，当他们能正确认识自己和社会时，一定能超越你我。因为他们这一代信息收取能力远远超过我们，适应快速发展的能力也超越我们。而我们需要做的就是，为年轻人搭建一个成长平台，让他们都能成才，这样我们的公司才能更好。

回 家 的 路

一年 365 天，除去节假日每天行走在家与单位的路上，一年至少也要走 730 趟，但路一样，路边的风景却不一样，当心花怒放时能看到美丽绽放的花朵和有特色的树叶。伤心时就什么也看不到，愤怒时甚至会讨厌看到这些花草。世界随心而变。心好了世界也好了，心坏了世界也变坏。

平衡的选择

一个人的能力体现在能否平衡各种人和事。家庭与事业需要平衡，经营家庭、事业都需要时间，时间分配需要做平衡，分钱分利需要做平衡，上下级关系需要做平衡，健康饮食需要做平衡。任何选择都需要首先进行舍弃，只有坚定目标，才能权衡利弊得失。

打造美丽，自己更要美美地*

李 君

七彩服饰成立于 2002 年，距今已有十五年了，店面从刚刚开始的三十多平方米扩大到今天的八百多平方米。这是一份美的工作，我的生活就是我的工作，我的工作就是我的生活，每天看到漂亮的衣服，穿上得体的服饰，心里就美美哒！特别是给顾客朋友搭配出与众不同的服装时，人衣合一，让人产生焕然一新的感觉时，心中就会升腾起无法用言语表达的成就感！还有顾客朋友回来反馈说：穿上七彩服饰后，别的衣服都不想穿了，穿上七彩服饰后，自己越来越自信了。这是对我们七彩服饰的一种认可与信任。这时立马觉得身上的责任更大了，因为一个女人决定一个家的幸福，为中国一百万女性做好形象，是我们七彩人的使命！没有丑女人，只有懒女人。尽可能把自己打扮得干净、精致、时尚、令人愉悦。三分长相，七分打扮！如果让自己的形象懈怠了、放松了、邋遢了，那么魅力也就减弱了。做一个精致的女人，不仅注重外表，更应该注重内心，只有这样的女人才是精致的女人，这样的女人才更使人赏心悦目！我们是时尚的传播者、美的打造者、形象的引领者。衣服是一种语言，可以表达女人内心的世界。不同的衣服，不同的搭配，呈现出不同的状态之美。有时候，换一件衣服，会让人换一份心情。

洞见：你的生活有多精彩，你的服饰就有多丰富。你的生活有多乏味，你的服装就有多单调。穿七彩服饰，做七彩女人，过七彩人生！感恩我的团队！感恩我的客户！我们很幸福，每一天我们用爱传递美，打造美。每一天我们都收获着认可和快乐。

---

* 2017 年 6 月 10 日，日精进第 1 232 天。

我们是一家人*

吕鸿旭

寒假第 21 天。凌晨到达深圳机场，等候行李虽然只有十分钟，却感觉极其漫长，红眼航班早已让我身心俱疲。无聊之时我找了一个自认为有趣的事情打发时间，我站在手推车上开车、倒车、转弯、漂移，驾驶着手推车操作着各种高难度动作……这看似有趣的一项运动让我乐此不疲。这时，一位机场保洁阿姨走近我，她提醒我注意安全，并一次一次强调这样推车的危险性，以及过去危险操作推车发生的事故。当时的我听不进任何话语，心里唯一一个想法就是让这个喋喋不休的保洁阿姨早点闭嘴，因为我很累，不想听她讲话，哪怕一个字，听来内心无比地不爽。后来我把这件事告诉妈妈，自己这时觉得保洁阿姨说得对，而今回想起来感觉非常温暖，当时的所作所为确实危险系数极高。那时正值春节期间，这些普通的劳动者没能回家陪家人，仍然坚守在工作岗位上，坚持为大家服务，这是多么值得我们尊重的奉献精神啊。当我们遇到这样一群可亲可敬的人时，保持微笑，多说一声感谢，哪怕是简单的一句问候，该有多好！我们的社会需要我们传递正能量。

洞见：应善待每一位辛勤工作的劳动者。工作没有贵贱之分，每一个人都是靠自己的双手打拼，努力让生活更美好，应该用微笑回应他们。

---

* 2017 年 1 月 30 日，日精进第 518 天。

生活中的小事

陈苏娥

经 营 自 己

女人一生的三大必修课：美丽、智慧、自立。美丽能让自己常保自信，智慧能让自己精进成长，自立能让自己获得尊重。无论身在哪个领域、处在哪个阶段，女人最不能放弃的就是自我成长。生命如水，哪一段都美。爱自己就要从每天的精致开始，如公主般美丽，如女汉子般工作，如女神般生活！

知 足 常 乐

近期认识一位朋友，为了供女儿去美国留学曾卖了两次房。现在女儿定居美国，已在美国成家立业，而他自己的生活却很一般，常开着电瓶车上班，新房未装修，住出租的单身公寓，可是他每天都笑呵呵，说自己过得很轻松很幸福，生活衣食无忧，工作顺利，女儿婚姻幸福。原来幸福可以这么简单，不需要开豪车、住豪宅！心态好一切皆好，知足常乐！

接受与自己不同的观点

不要因为别人和自己观念不同，就立刻拒绝；也不要因为事情未按自己设想发生，就切断进程。彼此尊重不仅仅体现在相互之间关系密切，更重要的是给予并等待对方表达自己的机会，尊重并允许对方发出不同的声音。放下评判，从容接纳，才会吸引到更美好的事物流向你。

改变自己

生活中，我常常犯一种错误：把最好的脾气给了别人，把最坏的情绪给了家人。生活、工作中有太多的不容易和不如意，只有那些惯着你的亲人才懂，他们深知你在水深火热中的挣扎与屈辱，所以宁愿委屈自己来忍让着你，即使是你的蛮不讲理和骄横跋扈。

只有最深广的爱，才能生成如此深沉的宽容。我们生命中最大的贵人何尝不正是我们的家人与亲人呢？改变自己的坏习惯！

无知，人生最大的敌人*

张嘉峰

一个朋友向我诉苦，他的孩子写作文总是不着边际，前几日孩子在作文中描写了大草原上牦牛奔腾的场面，让老师和家长都哭笑不得。我说："也许你不应该只是教育他写作文不要瞎编乱造，而是应该多带他出去看看，这样可能就大不相同了。"

是的，在教育中，万千语言都比不过一次体验。我有一位当老师的朋友曾带着她六岁的女儿去哈佛大学的校园参观，一天下来，小女孩竟然说："妈妈，长大以后我就要来这里上学。"后来，女孩初中毕业后就独自一人去了美国，大学果然就考上了哈佛。很多人都跟我的朋友说，你是老师，所以你女儿学习这么好。我的朋友把这个故事分享给他们，她身边的人纷纷效仿，竟然有一多半的家长都得到了同样的结果。也许有人说孩子去了没说想考哈佛，这方法也不是百试百灵。其实不然。

因为见识来自体验，在体验的过程中见识自然会增长。演员黄磊曾经说过，在教育女儿多多时，会有意引领她去接触更多的东西。他会带多多去他工作的话剧社，看剧组的工作人员忙碌，看演员在舞台上表演。他还在多多两岁时便定期带她到世界各地旅游。有人问他：孩子那么小什么都记不得，带她去那些地方有必要吗？黄磊则说，也许她记不得旅行中经历的事情、看过的风景，但他相信那些遇到的人、走过的路一定会在孩子未来的人生中显现出来。富养孩子，富的不是物质，而是体验，是见识。

在过去的二三十年里，我们一直在强调知识的重要性，知识改变命运，知

* 2017年6月7日，日精进第672天。

识就是力量。以至于很多人甚至为了学习知识而忽略了体验，放弃了外出体验的机会。在这样的错误观念下，诞生了一批又一批高智低能的人，虽走出了校园，却很难走入社会。

现在的人懂得太多，体验得太少，这样的人往往是痛苦的。因为有限的见识无法梳理无限的知识。知识与见识是相辅相成的，知识帮助我们增长见识，而见识则教会我们应用知识。所谓不观世界，哪来世界观。

有时，我们会觉得生活陷入困境，需要改变，而改变的良方也来自见识。我认识一个女生，名牌大学毕业，在一家知名教育机构做英语老师，形象出众、工作出色。她遇到一个男生，在她眼中，他见多识广，到过很多的地方，有着令人向往的自由的灵魂。然而，就像每一只自由的小鸟，都不会只停留在某一枝树杈。他走了。那段时间，是她最消沉的时期，生活简直暗无天日。最终她做了一个大胆的决定，辞掉当时的工作，花了两个月的时间到欧洲、非洲、西亚游历。我每天看着她的朋友圈，感受到她在一点点变化。她回来后，完全变了一个人，阳光、从容而又有一种坚韧和魄力。我为她感到高兴。

见识改变外在的窘境。当你的见识增加后，你再看那个人，曾经让你仰视的那个人，也许就没那么金光闪闪了。你们在同一个维度上，可以愉快地谈天说地，却不会因为他陷入对自我的怀疑。见识改变内心的困顿。当你经历了各种各样的风土人情，或者置身于广阔无边的自然当中，你的世界观、价值观都会悄悄地发生变化，很多不能理解的事情就都在见识的增长中变得明朗了。

我始终认为，每个人都是在坐井观天，这井沿就是思维的边界。井上的天是你已知的外部世界，而井外看不到的天则是你未知的外部世界。见识越多，你所能看到的天就越大。所以增长见识可以拓展我们思维的边界。

体验增长见识，见识生成智慧。我向来不提倡一味地攒钱，因为如果你把人生看作是攒钱、花钱的过程，你会发现到头来手中什么都没剩下，一次失败的投资、一次经济危机就能让你一无所有。但如果你把人生看作是买体验、卖体验的过程，体验只会越积越多，转变成见识，内化为能力和智慧。而这些能力和智慧随时可以给你带来财富，这才是你无法被剥夺的价值。

人生是体验的总和*

张嘉峰

人从生到死其实就是“体验”二字，你体验到什么，人生就是什么。如果你现在体验到的是痛苦，你人生的这一刻就是痛苦的；如果你现在体验到的是平静，那么你人生的这一刻就是平静的。

一个女人，有优秀的丈夫、健康的老人、可爱的孩子，周围的朋友无不羡慕她的生活，觉得她是不用为生活奔波忙碌的金丝雀。但当有人问她“你幸福吗”时，她却愣住，不知道怎么回答。她每天忙碌于家庭的咫尺之间，没有什么时间接触外面的世界，也无暇去想自己的事情。自己应该是幸福的吧，可是，她却给不出肯定的答复。其实答案很简单，答案就在几十年如一日而令她感觉虚无的生活中。纵然她仿佛有了所有女人都在追求的东西，但我们必须承认，生活的真实却往往是在她自己的体验当中。

生活中，我们总是喜欢凡事先问别人，仿佛那样就能少走很多弯路，获得知事做事的捷径。但其实无论得到怎样的信息都只是别人的体验，当别人告诉你他的体验时，你只能背负着他人的体验去体验。

曾经，公司来了新的同事，我问跟他打过交道的人：“这人怎么样？”对方说：“他吝啬得很。”于是先入为主，在我与他接触的过程中，我始终觉得他是一个吝啬的人。后来，我发现他只是很节俭，从来不穿时髦的衣服，也不会赶潮流买电子产品，但是会把家乡亲人寄来的土特产拿出来与我们分享，会在朋友有困难时询问需不需要他经济上的帮助。虽然，我最终化解了对他的误解，但一想起开始与他接触的数月当中把他视为吝啬的人时，总觉得歉疚不

* 2017年6月5日，日精进第669天。

已。也许是他与别人之间有什么误会，也许是每个人对于吝啬的含义理解不同，其间的缘由实在是复杂而不可名状，但我又有什么理由就此判断一个人。当我们带着别人的体验去体验时，就错失了第一次亲自体验的机会。

由于我到过的地方很多，朋友们总喜欢问我某个地方“怎么样，好不好玩”。这个时候，我往往不太想回答，如果我说这个地方很好，而你去过之后感觉不好，那你就会失望。如果我说这个地方不好，那我的答案必然会影响你出行的心情。就像一千个人眼里有一千个哈姆雷特，那同样也有一千个亚特兰大，一千个法兰克福。所以，对你而言，所有人的答案都不是真切的，只有你的体验才是最真实的。

但往往越是重要的事情，我们越是举棋不定，越是想从别人的口中得到令人心安的证实。正如当人们想要与一个意中人组建一个家庭时，也会不停地问别人或自己“跟他行不行”“以后会不会幸福”。其实，所有的答案都不在别人的嘴里，也不在你的嘴里，它甚至不在你的心里，而是在你的体验里。如果你现在体验到不幸福、不快乐、没有安全感，即使对方是一个各方面条件都很上乘的人，但未来在与这个人相处的过程中，你还是很有可能会持续体验到不幸福、不快乐和没有安全感。

如果说认知来自体验，那么幸福则来自继续体验。当我们不适、疲倦、痛苦时，我们就会本能地想要逃离、逃避，然而人生无处可逃，我们所有逃离和逃避的东西都会对我们继续追击。

一个孩子，在学校的一次演讲比赛中紧张得忘了词，因为羞愧和恐惧，他不顾所有在场的老师和同学，飞奔下台，逃出礼堂。然而这次丢人的经历成了他的一块心病。他变得不自信、很少说话，甚至上课不敢举手回答问题。在又一次演讲比赛中，他不敢报名，爸爸偷偷帮他递了报名表。他只能硬着头皮准备，比赛中他克服了紧张的情绪，成功地完成了演讲，从此之后，他又变回了一个活泼开朗的孩子，甚至比之前更加出色。

我经常会说，如果世界上存在一个能逃避的地方，那这个地方一定是人满为患，我们也别想挤进去。

人对于痛苦的记忆都是惊人的，尤其是你不敢直面它的时候。有人做过一项调查：失恋对人的影响到底有多大。大多数的人承认初次失恋带给他们的伤痛伴随了他们十几年甚至几十年，在之后的生活中也有很多初恋失败时留下的“后遗症”，以致后来的恋爱大多是不圆满的，结果往往不欢而散，草草收场，当然，那些经过协商的和平分手往往没有这么大的副作用。所有问题在解决之后就都不是问题了，而那些你想逃避的问题将会永远变成你人生道路上的绊脚石，无论经过这个地方多少次都会以同样的方式摔倒。

面对问题只能继续体验，在继续体验中找到出路。面临这些不快、痛苦、恐惧，你一定是如坐针毡，但你会在疼痛中或跨越它，或适应它，无论怎样，你终究会在继续体验中战胜它。

情比金坚*

柳小勇

听说远在成都的客户 89 岁父亲病危在床，心情万分焦急：在我脑海里浮现出来的是满头白发的老人，一向健硕的身体略显清瘦，去年下半年还与我在一起吃饭喝酒……如今，真的不敢往下想。

这位老者是我父亲在四川成都做生意时结交的第一批老客户，我们虽然不是亲人却胜似亲人，两代人前前后后从认识到合作 18 年了，彼此之间已不仅仅是买卖关系，更多是这么多年两代人在相处中建立的深厚情感。

今天下午我特意坐飞机后再驱车赶到四川绵阳他的老家前去探望。当飞机到达成都后，一行人便立即开着车经过高速再到国道最后进入乡村小路，三个多小时的长途跋涉最终在导航定位的帮助下顺利到达他们村里，远远地便看到在一处平房前一对熟悉的面孔好像在望着我们的车，我一踩油门快速开到他们面前，心里的急切溢于言表，双方迎面而来紧紧地握住了对方的手，在激动的笑容里我看见他的眼眶湿润的泪水，这一刻，无需言语却彼此间懂得对方的感受和心情，简单地寒暄过后，老人的家人把我引到老人的房间，他躺在平板床上虽然已经不能说话，可一看见我便紧紧抓住我的手。他的家人告诉我只有熟悉的人老人家才会伸手。我握着他的手说："安心休养，身体会越来越好的……"

我们久久握着彼此双手一切不言中！真心祝愿王老伯早日康复！

* 2017 年 6 月 19 日，日精进第 1 218 天。

阳光爱心社的公益之路*

徐美儿

“倘若 8 年公益路，我们只做物资型的支持，除了得到钱和物资之外，孩子们还能发生什么改变呢？”

因此，我与伙伴们分成两组下乡进行新帮扶对象的首次调查，同时也到所帮扶的孩子家进行回访。

首次调查

我们的调查是田野式的，按照调查名单，在地图上做好记号完成路线规划，无法联系上的，就进村挨家挨户地问，直到找到为止，不要错过任何一个值得走进的孩子，这是我们的目标。

如今，很多村子里都已经有了我们帮扶的孩子，许多居民都已经认识我们。当我们再次去寻访新帮扶对象时，村民会主动为穿着协会马甲的我们带路，并一路赞许我们给帮扶家庭带来的改变。

在村民的帮助下，我们很快找到了新的帮扶家庭。见面不久，孩子的妈妈就开始反复问我们：“啥时候可以参加活动？”原来，她看到村里其他孩子得到帮助，原本杂乱的家境得到了改变，听到孩子们每次回来都会分享参加活动后的喜悦，她早就希望能找到我们，希望自家的孩子也有机缘发生改变，却苦于没有机会。孩子妈妈说，爸爸不在家，自己身体又不适，希望儿子得到更多机会走出去。

---

* 2017 年 6 月 11 日，日精进第 804 天。

回 访

得到帮扶首先要满足因病致贫的条件。因为因病致贫的家庭很难具有立马改善之力，正如我们在回访中看到，多年下来，家境得以改善的，基本来自小辈们长大自食其力了，否则很难有大的改善。

前段时间接到一个孩子奶奶的电话，她告诉我们，孙子与他爸爸的关系很紧张，希望能够得到开导。当我们一踏进孩子杂乱的房间，心就紧紧地揪起来。经常接受爸爸暴力教育的孩子，如今他用冷暴力来表示不满。满屋子的香烟头、啤酒和各种罐子，隐藏了孩子内心的委屈。孩子用自己的方式来宣泄自己的情绪。今天是孩子中考的日子，他不在家。我们告诉他的奶奶，希望孩子回来的时候，能够给的是表扬，而不是数落。虽然奶奶满口地答应，但是我们心里依旧没有底，这么多年下来，操劳的奶奶已经习惯数落。

陪伴成长是一条漫长的路。但没有一个标准的模板，或者是统一清晰的答案，更多的是过程带来的感受，正如我们感受到孩子发生的改变。我们必须坚信陪伴之下，孩子一定能发生改变。

欣慰的是，我们有一群伙伴默默地走在陪伴路上，成为一名引导陪伴的陪伴者，在时间长河中，在行动的参与中，陪伴着孩子成长。孩子与我们身边发生了一些与爱相关的连接，爱的流淌，力量自然显现。

我的导师说，唯有越发关注服务生命的喜悦，内心才会拥有越发多的能量，享受生命的美好。公益路上，感恩遇见！

包　容*

施安民

在去宝岛台湾的"歌诗达邮轮"栏杆前我眺望一望无际蔚蓝的海洋，不禁浮想联翩：大海以宽阔的胸怀接纳了来自江河湖泊的大浪淘沙与涓涓细流，也接受天际狂风暴雨和绵绵雨雾，淡化了泥沙，滤去了油污。海，因其大而不择细流，因其深而波澜不惊。

社会发展的趋势是竞争越来越激烈，合作越来越重要，社会分工越来越细，预示着许多行业需要共同合作来完成，就如这号称世界最大最奢华的邮轮，这次一共两千多人的台湾之旅，需要多人密切配合才能完成这样一个超豪华的旅行。分工合作是未来的一个大趋势。

我们永康人不乏精明的头脑和吃苦耐劳的精神，可是为什么永康人合作总是不成功，而温州人相对而言合作成大事的比例会高很多呢？今天和朋友就合作之事打了半个多小时的电话，凝望大海突然悟到：原来是地域环境造成了人们思维模式的不同，从而影响了合作的效果。温州人是海洋性思维：广阔、包容，一直以来温州靠出海捕鱼为生，为了抵御随时可能出现的狂风巨浪，渔民只有分工合作才能有效抵御海上的恶劣天气，从而养成了合作、包容的秉性；而永康人地处金衢盆地、丘陵山区，典型的小农思维，坐井观天、山头主义。永康话"撒尿隔田岸，拉屎隔山沿"，可以共苦，不能共荣，一山不容二虎，自私、狭隘成了永康人合作做大事的障碍。

当我们明了自身的思维局限后，就要放大格局，学会包容，看看大海，人是多么渺小，只有抱团合作才能生存发展。

---

* 2015年5月19日，日精进261天。

人生三大痛苦*

陈笑颖

年少的我们，不断地为梦想而努力着。到了而立之年，当努力实现人生一个个梦想之后，若不再设定新的目标和梦想，那么人生的第一个痛苦就会随即而来，就会混乱。混乱的局面是因为我们不清楚自我的重新定位与自我的真正需求，抑或是根本就觉察不到自我的混乱，做一天和尚撞一天钟。同时，这个阶段会有第二大痛苦——欲望！要的东西太多，没有精准定位，要的东西没有重点，以致什么都想要，最后什么都没有得到。所以欲望的痛苦是我们每个人都应该感知认识的，这不是让人没有欲望，而是减少错误的欲望与妄想，是带着感知明白自我当下的欲望，这样才能更清楚下一步的方向与行动。无论我们是否处于混乱之中或是充满欲望，只要我们拥有精进的心态，用行动与结果证明当下的存在，而不是停留于口头，我们人生就不会进入第三大痛苦：懒惰。人因懒惰而无法实现自我的突破，哪怕有再好的道路，你若懒惰不前行，也无法看到前方美丽的风景。人生需要勤奋，在勤奋中会遇见光明，就会消除恐惧，就会突破前面一大痛苦中的混乱，找到人生的真谛，学会做减法，只为当下最重要的人与事，而不为过多的名与利，是与非。分享三大痛苦，只想首先让自我每日精进，能排除这些痛苦而迎来美好人生。

洞见：透视自我，洞察自我，推敲自我，这份力量可以战胜三大痛苦！

* 2017 年 1 月 15 日，日精进第 858 天。

去掉枝蔓的心灵成长*

陈育林

我的人生中最最重要的事就是，让我自己的心灵成长。那么什么是心灵？心灵究竟应该成长成什么样子呢？怎样才能成长呢？成长了又能怎么样？不成长又能怎样？这些都是我必须要懂、要通的问题。

在心灵成长的过程中，我如果真正明白了自己的渺小所在，就不会以“自我为中心”，而是时刻带着感恩之心看待问题处理问题！或者必须时时提醒自己连小学都没有毕业，就得时刻保持谦虚谨慎、不断向老师学习的心态，我想这就是我非常了不起的心灵成长起点，这样即可天天成长、天天精进，加之懂得“吸收”与“释放”人生成长原理，我想我就已经在成长、觉醒的路上了。

然后开始复制我的体验，去分享去传承给我的后人，最终我的人生结果和经历就会完全不同！

只有发现问题，才能使我不断前行，才有我不断成长的空间，才能为公司的快速成长发展解决更多的问题，所以我必须养足精神加倍学习，具备足够的内力，让我自己成长，如同春笋冬眠吸取足够的营养一样，等到春天来临，成长之时势不可当——但是千万要把多余的、半死不活的、没有头的残竹子清理干净，才能让新竹子有成长空间！

洞见：竹林就是企业，如同宏碁一样，我唯有把如同竹林里多余的残竹的负能量思维清理干净，传递正能量，才能为在成长中的职员腾出更加广阔的成长空间！

如果过日子总好不起来，比如家庭里总有事，身体总有问题，事业和财富

* 2017 年 4 月 20 日，日精进第 914 天。

上总是不怎么顺利，究其根本原因就在于心灵没有真正成长，具体表现在：生活、工作等方面太过聪明了，一点儿亏都不肯吃，太过于计较，凡事都太为自己着想。只有聪明，没有智慧的实际成长，遭罪的是自己，想要让自己幸福唯有加倍努力学习学习再学习，凡事向内求，站在对方的角度看问题，个人才能实现更好更快的成长。

我是一切的根源*

朱伦谨

我观察到市场上许许多多的客户都还维持着在店里等顾客、等生意的思维模式，同时还在抱怨国家政策不好、市场不景气等生意难做的话题；看到客户们不去改变思维、不了解国家政治、不与时俱进，没有发展方向，迷茫得不知所措，着急且没有成果。

市场调查结果显示，不是市场不好，也不是生意难做，中国人口越来越多，有人就有家，有家就有房，有房就肯定有门，需要门的客户会越来越多。为什么还会出现这么多的人在说市场不好做、没生意呢？答案只有一个："我是一切的根源。"新时代却用农业时代思维做生意，闭门造车夫唱妇随，不去学习，不去成长，自然就不会成功。所有的抱怨都是在索取，在消耗自己的能量，消耗自己的时间生命，他们方向不清晰，没有可行的目标，没有行动计划，只是坐以待毙。

看到客户们不成长，思维不改变，我的心很痛，我下定决心做好两件事让客户成长，让产品成长：第一件事，公司成立了"商学院"，让一批又一批的家人回到公司学习成长，让大家知道国家发展的方向，新的运营模式，挖掘出客户强大的潜能，引爆出客户内在的动力，打开客户的天灵盖。第二件事，成立研发团队，研发适应市场的产品，倡导工匠精神，从管理中出效益，降成本、降时间，不降品质。只有做好这两件事才能真正地支持到客户，帮助到客户。全国各地的"家人"们经过几天的相聚学习，一个个迅速成长，知道市场在哪里，如何被动变主动，如何去整合用好互联网，了解很多新思路，也剖析

* 2017 年 5 月 25 日，日精进第 994 天。

了自身原因，释放掉了许多压力，个个都绽放出了自己的生命异彩，看着“家人”们活出了自己的一份能量和状态，看到自己身边人的成长和改变，这比赚到钱更喜悦！

思维一小变，市场一大片！这一次“学习成长、共赢未来”兼新品发布会圆满成功，非常感恩“家人”们的支持和信任，祝全国鼎泰家人们用新思维、新模式、新的自己去赢出自己的美丽幸福的人生！

认识自己才能把控未来*

董首恒

今天到学校加班，碰巧遇到大二有个班级在开班会。班主任非常有责任心，邀请了好几位教授以及已经考上研究生的同学参加班会。他让我给同学们讲讲，学生管理是我的本职工作，于是，我就趁着这样的机会即兴跟同学们交流三句话。

一、学会认清自我。每个人都有自己的闪光点，但是有的人因为没有很好地认清自己，就会缺乏自信或者显得自负，我们身边就有这样的同学，高中一直都是非常优秀的学生，没有适应大学宽松自由的环境，反而迷失了人生方向，甚至有段时间想通过玩游戏证明自己，最后必然是以失败告终。这位同学就没有很好地认清自己，他应该放松心情，重新梳理自己，从容地面对自己。我们所在班级、自己的家庭、毕业之后的工作单位、所选择的职业，都一样，人生并非都很完美，只能调整心态，不断完善自己，才能轻松而又有底气地面对生活。

二、学会认清自己的专业。材料学院的专业是未来朝阳产业。新型材料经过约半个世纪的发展已在各个工业领域中发挥了巨大的作用。高分子材料、金属材料工业不仅要为工农业生产和人们的衣食住行用等不断提供量大面广、日新月异的新产品和新材料，又要为发展高技术提供更多更有效的高性能结构材料和功能性材料。俗话说，女怕嫁错郎、男怕入错行。在座的同学选择的材料专业是很有前途和发展的行业，可能大家还没有认真去了解这个行业，但不了解就不够热爱，不热爱就不够有动力，有动力之后的付出才是幸福的。

---

* 2016 年 5 月 7 日，日精进第 8 天。

三、学会慎独勿自欺。大学期间，看似都是成年人，其实不然，关键看你是否能自律，能控制自己，包括控制自己的情绪。现在很多大学生都是跟着感觉走，不能自律，大学宽松的氛围与高中期间老师和父母的强行监督不同，如果不能做到慎独，就会出现很多问题。中国古籍《礼记·大学》就告诫我们要慎独，时刻提醒自己“十目所视，十手所指，其严乎！”我们有些大学生正因为缺乏慎独，游戏成瘾、情绪失控等问题才会出现。

洞见：我们在生活中遇到问题和困难时，往往会向外找原因，花很多精力去了解和研究自己以外的事物，却忽略了对自己的探究和认知。自己与外界是紧密相连的，自己是每个人所展现的世界的核心。了解、掌握自己，是掌握外界的基础。掌握自己才能掌控未来。

人生最不可缺少的不是财富而是存在感*

方聪聪

今天去江边散步，永康的夜景还是挺美的，西津桥边凉风习习，灯火通明，好不热闹。凉亭里有一群老人在唱戏，每人都身怀绝技，二胡打鼓都是现场演奏，主唱也非常自信，唱完一曲还向观众致谢，仪态神情都好像真正站在大舞台上，台风和明星比都不相上下。年纪大了，能有一个这样的爱好挺不错的，既增强自信，又锻炼身体，最重要的是有个精神寄托。大部分人都害怕老去，除了怕生理上的衰老，更怕精神上被忽视，老了退休了不再有同事，儿女也长大了忙忙碌碌，平时很少有人耐心地听他们的心里话。加上年纪越大，空下来的时间越多，这个时候就很希望有人倾听一些往事，自己辉煌的过去，但他们往往不能如愿，所以一些老年人在儿女的婚姻和他们日常生活中都要插手，想重新找回在家庭生活中的掌舵权。当然有些时候是有好处的，凭借几十年的经验和阅历给儿女很多有价值的意见。但也有些时候适得其反，固化的思想跟不上时代的进步，让儿女很是头疼，以致引发很多家庭矛盾，争执不断，最亲近的人甚至还彼此伤害。

洞见：年龄愈长就要多培养爱好，结交好友，或者多多旅行去外面看看世界。希望长辈们都老有所乐，快乐的晚年生活和快乐的童年生活一样重要，不同的是，童年时候要别人逗你笑，晚年的时候要学会自己取悦自己，视自己为最重要的人，找到自己的存在感。很多老人为家庭付出了一辈子，却没有学会怎么爱自己，我们做儿女的更应该多多引导，让他们找到和自己相处最舒服的方式。

---

* 2017年5月10日，日精进第229天。

因为了解所以理解*

方聪聪

最近看《外科风云》，深感医患矛盾的复杂性与解决的困难程度，这样的矛盾往往不是一句谁对谁错可以说清楚的，因为角度不同，所以发生矛盾时医患双方都从自己的视角诉说苦衷。《外科风云》这样的电视剧很好，有一定实际和社会意义，很多情节都非常写实。医生的无奈，病人的焦急，都有很贴近生活的描述，让普通人知道医生这个岗位的不易，希望患者能变得宽容一些。

我有个好朋友是做儿科护士的，在急诊室负责儿童输液工作。因为孩子太小，导致静脉输液非常困难。除了靠娴熟的技术，更多时候也是看运气，有时候一针两针扎下去也找不到回血，就为这事被家长打了不止一次，每次都闹得沸沸扬扬的，朋友也是受尽委屈百口莫辩。但为了不耽误别的患者看病，为了医院声誉，最终往往都是不了了之。其实医护工作者是非常辛苦的，常年三班倒，因为经常上夜班，朋友的皮肤总没有很好的状态，女孩子虽然爱美，但工作如此也是毫无对策。夜班时候她一个人坐在空荡荡的输液室值班，问她心里害不害怕，她只淡淡一句："习惯了。"我觉得做医护的女人一定是特别胆大心细，坚韧坚强的。

洞见：如果我们更多地了解医生这个职业的不易，或许我们能够更宽容地去面对医患关系。因为一旦了解，就能够设身处地站在对方的角度去看待问题，去思考医生为什么会这样决定。因为很多时候医生也不是万能的，他只能尽自己所能来对待患者，我相信大部分医生都是很尽职尽责的，将患者治愈，是他们获得的最大的成就感。了解很重要，因为了解所以理解。

---

* 2017 年 4 月 27 日，日精进第 216 天。

不忘初心，方得永峰*

任飞进

我和我的团队今天要去登山了。武义千丈岩，就如同这个名字一样，高山悬崖，树林茂密，神秘而幽静，路一直从山脚盘转向山顶，一圈一圈，山路崎岖难行，越往上爬越累，气喘吁吁，抬头看看顶上的山望不到峰，但是有一点，回头看看身后，其实半个山好像被踩在脚底下，就如同自己置身在半山腰，爬到山顶才能领略“一览众山小”的雄奇磅礴。这个时候俯瞰脚下，自己就站在山顶，脚下的大山就像绿色海洋，而我就是漂在海面上的一只小船，大自然赋予我们的很多很多……放眼望去，对面的山是那么高，那么险。在这个世界上，任何一个人的力量都是渺小的，只有融入团队，只有与团队一起奋斗，你才能实现个人价值的最大化，你才能成就自己的卓越！团队，是为了实现一个共同的目标而集合起来的一个团体，需要的是心往一处想，劲往一处使；需要的是分工协作，优势互补；需要的是团结友爱、关怀帮助；需要的是风雨同舟，甘苦与共！一个想成为卓越的人，仅凭自己孤军奋战、单打独斗，是不可能成大气候的。

洞见：爬山就如同我在人生前行的路上，一步一个脚印，从最初的朦胧走向人生的每一个峰点，一路走来我总是会回头看看走过的路，不忘初心，方得永峰！

---

* 2017 年 6 月 8 日，日精进第 1 050 天。

回归的不仅仅是手足情*

孙文爽

清晨，意外地接到了哥哥的视频电话，看到哥哥甜蜜的笑容，我好开心，哥哥知道我最近手头拮据，特意准备了钞票。虽然哥哥的发型并不是最帅的，外包的牙齿依然顶在了外面，衣服也不是非常时髦，可是他宠爱的笑容让我觉得备感温暖。

记得高中的时候，有一次我不小心从学校的二层床上摔下来，哥哥着急得如同热锅上的蚂蚁一般，赶过来看我，于是我们班的好几个女生都特别羡慕我有一个体贴的哥哥。每次周末回家，从车站到家的 4 公里路程，总是哥哥帮我背行李，还总是鼓励我：再翻过几条水渠就到家了。还记得有一次在一条水渠面前，我担心过不去，他鼓励我跳过去，于是我双脚并拢纵身一跳，不料身子往后一仰，掉在了水渠里，弄得满身是泥，看着他又逗趣又逗乐的表情，我气不打一处来。还记得一次哥哥特意借了一辆自行车送我去一中读书，经过一中旁边的小湖，微风轻抚着湖边的杨柳，飘在了我的脸上，我随口唱起了一首歌：“风吹着杨柳，沙啦啦啦……”

很多时候，回忆起来，很美好，唯一令我害怕的记忆就是他小时候爱挥舞着爸爸玩杂耍时用的大刀，还吓唬我说要杀我，虽然我知道他就是想逗我玩，但这一举动让我害怕得无处躲藏。

在学业上，我是哥哥心中的骄傲。哥哥学习成绩不好，让爸妈操碎了心，爸妈往往会被叫到学校去。我被评为年级的十佳学生，受到表彰，哥哥却是倒

* 2017 年 9 月 30 日，日精进第 297 天。

数，挨了批评。

在家中，哥哥的标签是捣蛋鬼，我的标签是乖乖女，这不仅使我盲目乐观，过于自大，同时也形成了我对哥哥的偏见，错过了很多机会去体验浓浓的亲情，这也是为什么自己没有感受到哥哥一直以来的宠爱。所以，懂事了以后，我才常常念起哥哥的好，惦念兄妹的手足情。

洞见：远离评判，让花成花，让树成树，回归的就不仅仅是手足情。

贵人，恩人*

王晓芹

说到工作这个词语，我想大家脑子里都会浮现很多形容词。比如：任劳任怨、积极热情、孜孜不倦、忠于职守等。我认为理想的工作状态是：奋斗没有终点，任何时候都是一个起点。不要活在别人的嘴里，而是把命运掌握在自己手里。不要轻言放弃，要坚持到底，直到成功。

我始终相信人和人之间的相遇，有些时候靠机缘巧合，有些时候是命中注定。什么是贵人？贵人应该是靠山，是威严，是关键时候给我们帮助的人，贵人威严中透着仁慈。贵人之相应是大气、正气，是威武雄壮，是力量。无论做什么事情，如果得到了别人的帮助，往往会有事半功倍的效果，谁不梦寐以求呢？一路走来，能一直在你最困难的时候挺身而出，平日里虽然不怎么联系，关键时刻从不掉链子地出现在你身边，这样的人，无法用言语去赞美他，也无法用感恩的字眼轻描淡写地表达，只能默默地把他为你付出的一切，放在心里。

如果成功了，你的成功可不是一个人的，这其中就有贵人相助。贵人分几种，愿意挺你的人，愿意唠叨你的人，愿意教导及提拔你的人，愿意和你分担分享的人，等等。人生难遇一知己，要懂得知遇之恩。始终心怀感激，为那些想着我们、记着我们、爱着我们的人们，做好力所能及的事，让我们过好每一天，快乐每一天，享受每一天，美丽每一天，世界就会充满友爱，我们的人生就会绚丽多彩！

---

* 2017年6月21日，日精进第276天。

困 局*

陈 哲

领导安排下属一项工作，下属围绕工作目标苦思冥想，针对存在的问题和困难列措施，写方案。提交工作报告后，领导不认同、不满意，认为没有深入基层、精准把握根源，甚至大发雷霆。

2017 年 5 月 29 日下午，领导口头对接安排生产 2 号开瓶器这项任务，到了第二天开瓶器生产出来了，结果却生产了 3 号开瓶器。领导说："您怎么生产 3 号，我不是说生产 2 号吗？"下属说："你明明说 3 号，怎么变 2 号啦！"

问题来了，货生产错了，交期迫在眉睫，领导问老板咋办，下属问领导咋办？领导说什么事都要领导解决，那我要你们干什么？下属深感委屈：什么事下面都能解决，要你领导干什么？

洞见：交接生产要有书面或邮件或者微信做证，也就是痕迹化管理，然后再定出机制，你的地盘你做主，你的责任你承担！

办法总比困难多，但很多时候解决问题的办法往往被着急与冲动给淹没，而困难一直在眼前阻隔，所以遇到困难先深呼吸三次或五次再做决定，脑袋就会清净很多，解决问题的办法就会油然而生，清净才能心定，心定才能生智，困难就会迎刃而解！只要上下级同心，再大困局都能化解！

---

* 2017 年 6 月 26 日，日精进第 976 天。

把别人放在心里*

成菊平

昨天在听几位老师分享时，有这样一句话让我记忆尤深：不管在生活中，抑或是在工作上，只有把别人放在心里，别人才会把你放在心里。会后想起这句话来觉得颇有感触。在日常生活中，我们往往以自我为中心，希望身边的人围着自己打转，凡事都希望朝着自己想象中的发展，但现实往往不是如此。每个人都有自己的想法和见解，若是不换位思考，只会背道而驰。一个人，能学会懂得换位思考，帮助他人，这是人生的一门必修课。这样做，不仅能提升自我价值，而且能在各个方面做得更好，在处理人际关系时才能更顺利。把别人放在心上，这只是一句简单的话，却蕴含了无穷的人生哲理。目前来说，这里面的含义，我也没有完全理透，我也需要时间去慢慢挖掘和感悟。

洞见：活到老，学到老。修炼一种良好的品德的难度，不亚于学习。需要我们不断地摸索前进，直到看到尽头的灿烂。希望我们都能在修炼中遇见最好的自己。

---

* 2017 年 6 月 23 日，日精进第 590 天。

父 亲 节*

陆 平

收到儿子和女儿一起完成的礼物，我顿感内心喜悦、富足、幸福。

身为又是儿子又是父亲的我，感到使家族昌盛，我的责任重大，我起到承上启下的作用：孝敬长辈，培养下一代，让自己做事更加认真，严谨。

我的父亲，是一个不善表达的人，也不怎么管我，但我做任何的决定却都会支持我。小时候由于父母都忙于挣钱养家，我从三岁就寄养在婆婆家，一养就是十几年，直到初中毕业。初中毕业了，我考上职业技术学校，可学数控车床，或学点手艺，父亲问我选择什么？我说都不喜欢，我要和父亲一样学开汽车，可以到处游走。父亲只是笑笑说："好啊！"

1991 年，由于太年轻不到学车的年龄，我没过几天就转到汽修厂学修理汽车，过了一年后如愿开始学车，那时学费却要 8 千多元，几乎是家里一年的收入，我心里特感激父亲。

经过一年时间学习驾驶，我拿到了驾驶证，可自己买车需要十几万，家里没有那么多钱，家人反对买车，我就想先帮别人开车，父亲说："儿子有这想法，要支持，钱我们共同想办法。"他陪我找亲戚朋友借钱。很快，钱解决了，又面临着购买什么样的汽车：买自卸车只能跑短途，买平板车就能跑长途。家人认为跑短途安全，反对我买平板车。这时父亲又说："你喜欢，就随你。我陪你到湖北去提车。"

父亲话不多，但在我难选择时，总是给我力量，用实际的行动来支持我。都说父爱如山，不图回报，无论何时何地都无条件地付出，这就是父亲。

---

* 2017 年 6 月 18 日，日精进第 531 天。

现在我也成为两个孩子的父亲，看着日渐变老的父亲流露出一种莫名的忧伤，我应该抽更多时间来陪伴他，我把自己的事业做得更好，做事待人更加认真、真诚，儿子是你的骄傲，让父亲过上精神、物质都富足的幸福晚年。

洞见：父亲是一种名分，更是一份责任，经历任何风雨，都会携爱前行，不图回报，父爱如山。

喜　欢*

陆　平

我总问自己为什么做食品？一是小时候特别喜欢吃零食，总在想，长大后自己办个食品厂，就可以天天吃了；二是环顾身边做食品的朋友，虽然挺忙碌的，但生活过得踏实而富裕，感到食品的市场可以无限大；三是自己喜欢零食，家人也喜欢，特别是孩子们。可市场上食品好坏不一，食品添加剂过量等食品安全问题时有发生。我就萌生了做安全放心食品的念头。

作为一个外行人要进入食品行业不是只喜欢就能做到的，对食品行业一窍不通的我们，为了能让家人放心、健康地天天吃，我从选料开始严把源头关，家里已然成了零食集散中心，尝遍了各种各样的零食，只为做出最本真的味道。

过去两年中，我奔走于各地，从临安的山核桃、诸暨的香榧、新疆的杏仁、云南的核桃、越南的腰果、土耳其的榛子……跑遍各地只为寻找最健康的食材。

我聘请营养学专家精心搭配，从而保证营养均衡，生产中决不添加任何添加剂、防腐剂等，确保每一颗果仁都保持原本的味儿，保证了口感和食品安全。

从原材料的选择，营养的搭配，包装的设计，品牌的定位每一处都精心研究。不就是一包零食么，需要这么用心吗？生活中总有一些冷嘲热讽的声音。但是，一想到要让家人吃上放心健康的食品，决不能敷衍自己的良心，这样就是付出再多的钱和心力都是值得的。

洞见：只有做喜欢的事，才有源源不断的动力，从喜欢转变成责任，遇见任何的困难都不忘初心，做一个让家人吃得放心的国民品牌！

---

* 2017 年 5 月 21 日，日精进第 502 天。

贪小便宜*

吴荣钰

作为企业领导人，我不能经常待在公司里闭门造车，应该多出去走动走动，看看别人家的产品，听听下面经销商们的声音。

出差这段时间，我走过了许多城市，许多房间都是在网上订的。为了节省开支，降低费用，网上的房间价格比到实体店的价格要便宜很多。我在网上看到房间照片很漂亮，很干净，很宽敞，很温馨，价格也很实惠，心里还美滋滋地想着又捡着便宜了。结果到实体店一看，有的实物与图片不符，有的没有热水，有的很不卫生，有的房间很小，有的床很小，有的周围环境很差，有的没有空调，有的不能看电视，有的不能上网。总之，与自己心中想要的房间差太远了。

这就像我们的防盗门市场。网站上的图片做得非常漂亮，看不出瑕疵。消费者不懂，他们分不出东西的好坏，只知道看品牌，看价格，只要是价格低，东西从外观上还过得去，就算可以了。但当客户收到货以后，发现工艺不好，结构不好，门的质量轻，材料用得薄，做工粗糙，配件质量差等。但是，既然已经买了，想想是自己贪小便宜才买到不良产品，还是算了，将就着用吧。

洞见：其实这些都是消费者贪图便宜造成的，房间差一点，将就住一晚就过去了。但是，防盗门不一样，防盗门的使用寿命是很长的。防盗门对于一个家庭来说就是一个守护神，一个保护我们人身安全和财产安全的防护墙。如果质量差一点，就等于是给小偷开后门，让小偷钻空子，让小偷方便下手，方便作案。这就是对自己的人身安全和财产安全的不负责。我们的生命安全将得不到很大保障，这就是我们贪小便宜的后果。

* 2016年4月25日，日精进第231天。

爱心妈妈*

徐柳春

一大早我妈又来了，开始唠叨着："昨天给高管的老婆买生姜、红糖、鸡蛋，又掰着指头算什么时候要生了……"听着这一切，往事如电影般，一幕幕浮现在我眼前：妈妈凌晨三点就会起床，看看阿姨买的菜新不新鲜，量是不是足够，菜品是不是满意……妈妈对员工总是很关心，哪个员工身体不舒服了，跑得比谁都快，经常说："打工的人爸爸妈妈不在身边，关心他们是应该的。"妈妈的心中都装着他人。一知道店里高管的老婆或店里的员工要生孩子或其他能帮忙的事，妈妈就会主动前来，并且管理得很到位。

妈妈还会要求总经理：客户喝完的矿泉水瓶、可乐瓶都统一收集在一个地方。如果有些没有分类的，妈妈还要在垃圾桶里面把它拣出来，放在一起拿去卖掉，得来的钱不是她自己用，而是给阿姨买衣服，多余的钱还会给总经理买鸭蛋补身体，因为他们经常熬夜到半夜三更。妈妈很节俭，做事总是想得那么周到。

在店里妈妈才是最权威的董事长，员工也称妈妈是爱心妈妈，对她比对我还亲呢。

洞见：感恩妈妈的付出。妈妈的爱心为我的事业帮了很多忙。因为我妈妈在员工身上付出很多爱。在妈妈的带领下，整个团队爱意浓浓，生活在其中大家都觉得好幸福。妈妈的爱在我身上更不用说，妈妈的爱给了我无限的力量。感恩妈妈无条件的爱。

---

* 2017年6月8日，日精进第934天。

迟到的惩罚*

应灿英

去接女儿放学迟到了，她在生活老师的陪同下等了很久，我车子开近的时候看到女儿和老师挥手道别，默默地坐进了后排座椅。我看到她不开心了，回头对宝贝说："对不起，妈妈来晚了，让你和老师等久了，今天有个重要的客户在，听她的分享入迷了，妈妈出来的时间刚好是放学时间，所以迟到了。"我一说完女儿的眼泪就扑簌簌地掉了下来，很委屈地哭了。其实看到她的那一刻我就在自责了，迟到反映出了自己的时间管理能力欠缺，拖延，等等。我的缺点往往让身边的人在很多时候受委屈。当有一个点卡着的时候，情绪往往会带到下一刻的人事上，应对能力就会打折。在等我过来接的这个时间段里，孩子内心是要承受压力的，老师会说你的家长怎么还没来接呢，很简单的一句话，会让孩子更难受了。

等孩子静了下来，我说："此刻你用哭的方式，不言不语的，你是在和自己过不去，知道吗？影响心情影响身体健康，而妈妈也会更自责，老师也会感受到你的不开心，是不是这么一回事？"我开导孩子，和老师分别的时候给老师一个大大的拥抱，感恩老师的付出，老师本可以下班休息，却陪了这么久。学会调整好状态，和妈妈开开心心地一起回家，结果是不是就完全不一样了呢？这样我们大家是不是就都可以非常愉悦地开心快乐地回家了呢？后来孩子也慢慢地理解了，宝贝，感恩有你！是你让我又成长了！

洞见：时间管理的缺乏，对自己对身边的人都会造成亏欠感，又会影响接下去的工作！

---

* 2017年5月5日，日精进第49天。

女人味*

应灿英

打开衣柜穿上了我一直没舍得扔的一件玫红衣服。因为这是我特别喜欢的颜色，所以就一直好好地保存着。当我穿上这件衣服出去学习的时候，内心总有满足感，很多人看了都在说，“哇！非常好看，这衣服好特别，现在根本看不到这样的款式了。”

以前的我一直非常注重外表，喜欢得体的穿着，然而衣服只是一件包装外在形象的物品，女人时常会活在别人在意的眼光里，来炫耀外表，成就内心的那份满足。每个女人都一样，女为悦己者容，爱美，我也不例外。今天重新穿上喜欢的美衣，让自己找回青春靓丽、激情、奔放、无限温柔充满爱的原原本本的青春美少女。还好，庆幸的是从未放弃方向的我，不断学习，此刻我明白内在的智慧远比外在浮华更重要，我不畏惧前行的路，去探索本该属于我的天地宇宙，本该属于我拥有的一切，我毅然会在学习的路上越走越远！爱自己！

洞见：有足够能力爱自己的时候，爱满了才会溢，才能给更多的爱赋予翅膀，腹有诗书，心有善念，行有质韵，闻有品位。

---

* 2017年6月2日，日精进第77天。

老　　家*

俞石磊

今天是跟妈妈约好回老家看望奶奶的日子，爷爷十年前就去世了，老家只有奶奶一个人，全靠同村的姑姑照顾，身为孙子的我自然应该多回家看看。一大早就和妈妈准备好东西出发了，路上给奶奶买了一箱纯牛奶，奶奶年纪大了，其他东西不喝，说水汽太多，只喝纯牛奶。奶奶接到姑姑的通知，一早就在家门口等我们了，见到我们非常高兴，一直盯着我看，说我瘦了，让我多吃点，我能感受到奶奶对我浓浓的思念。

在姑姑家一起吃了午饭，这次回家刚好赶上隔壁村做戏，奶奶最喜欢看戏，趁这次机会陪奶奶好好看一场戏。奶奶已经九十多岁了，有点儿耳背眼花了，还经常会问同一个问题，问的都是关于我的问题。奶奶一直非常关心想念我。这一次，与其说奶奶是去看戏，不如说是想更多看看我，让我多陪陪她。我不知道还能陪奶奶多久，但每一次我都会用心地去陪伴我的奶奶，有这样一个奶奶我感到很幸福。

洞见：奶奶对我没什么要求，唯一的要求就是让我注意身体，我能给奶奶什么呢，无非就是陪伴，陪伴就是给长辈最好的礼物，珍惜每一次，珍惜每一分、每一秒。

* 2017年1月22日，日精进第533天。

陪　　伴*

俞石磊

前段时间因为在金华打篮球，不小心被别人打到鼻子，导致我的鼻梁骨骨折，后来拍片时医生说，不动手术怕以后鼻子会歪，最后只得在永康市人民医院做了手术。这也是我第一次做手术，虽是微创，但没有我想象的那么简单，那么轻松，反而是我至今最痛苦的一次经历。手术后，我的鼻子里垫了东西，两个鼻孔都不能呼吸，只能靠嘴巴，而且因为鼻子的堵塞，导致我一天到晚都昏昏沉沉，眼睛睁开几分钟，头就晕得不行。这样的日子持续了五天，我饭吃不下，觉睡不好；这五天我一辈子都忘不了；但这五天，却让我感受到了另一种温暖。五天时间，有很多朋友来看我，有我的表弟、表妹，有老师，还有姑姑，我非常感谢他们。

在这五天时间里，一直陪伴在我身边的是我的妈妈，在我痛苦的时候给我安抚，在我难过的时候给我安慰，哪怕三更半夜也依然陪我一起到外面散步，不离不弃。妈妈眼睛都熬红了，眼里却还是充满了对我的关心，我很庆幸自己生命中有这样一个妈妈，这是我这一生最幸运的事情。

洞见：母爱是世界上最伟大的，这次托手术的福我能深刻地体会到了什么叫母爱。此时此刻，我只想说一句：“妈妈，感恩有你。”

* 2017 年 3 月 6 日，日精进第 576 天。

我心中的赞美诗*

陈家雄

我挚爱的奶奶、慈祥的外婆，
我赞美你们！
从小到大对我貌似的溺爱，
是最最珍贵的回忆；
对我生命无条件的滋养，
纯粹的爱的指引，
是我生命的最原始的导航！
我亲爱的爸爸妈妈，
我赞美你们！
你们是我此生最完美的依靠；
你们的性格是我最深的烙印：
积极乐观、笑对人生、善待他人、脚踏实地、用心付出……
你们无限耐心养育的恩典让我从嗷嗷待哺终于成人！
我的叔叔阿姨兄弟姐妹，
老师、同学、朋友，
我赞美你们！
你们是我生命的啦啦队，
让我不觉孤单，
你们不离不弃、忍耐包容，

* 2017 年 6 月 10 日，日精进第 1 111 天。

激励或是反激励，
始终都是为我在加油！
我亲爱的自己，
我赞美你！
一路的折腾，冷暖自知，
做对或者试错，高低起伏，
各种各样的心路与磨砺，
都是完美的经验与探索；
心中无声的呐喊，
都只是想活出精彩的自己；
从懵懂中一点点地觉醒，
从各种的不够好中超越，
从毛毛虫到羽化高飞，
亲爱的，感谢自己！加油！
赞美在未来中无限的持续，
无限的感恩，无限的赞美……
生命中的那些人与那些事，
都在人生画卷中精彩纷呈、星光点点，
谢谢你，我爱你们！

愿　景*

郑友俊

生活既有诗和远方，也有苟且和不安。单位有 3 个刚分配参加工作不久的大学生，其中莹莹是吉林来的一位小姑娘，这是她工作的第二年，2016 年 CPI 考核等级较低，她内心泛起波澜：她渴望成功，而现实很骨感。按照考评的标准和步骤，我们在指出不足的同时，也告诉她："考核要坚持原则和标准，要正确地对待和认识，但 2016 年只能代表过去，哪怕辉煌也只是生活的篇章，哪怕糟糕也只是生活的片段，没有时间去抱怨，也没有时间去多想，2017 年才是我们的生活，没有比 2016 年这更差的结果了，要相信明天会更好。"莹莹点点头，说："调整好自己的心态，做好眼前的工作，找准自己的定位，实现自身的价值。""树立信心，发挥团队的合力，细化每天的工作，相信 2017 年会更好！"我们也鼓励说。

洞见：天道酬勤，每个人心中都有愿景和期望，我们在帮助新人树立愿景和目标的同时，按结果论功行赏（奖），给过程鼓掌加油（励），有些时候不能着急，只能一点一滴去做，可以设几个小目标，一个个目标连在一起才能成就人生的理想。第一要真心呵护其成长，帮助其树立目标，目标很重要；第二是每天坚持，相信进步的力量。

---

* 2017 年 2 月 21 日，日精进第 655 天。

与父母真诚的交流*

何金玲

这次回家和老妈聊了很多，以前妈妈总是不能理解一个女孩子为什么要把自己搞得那么忙，一年往往只能见到一两面，就连过年待在家里的时间也不会超过一个星期，对我的思念之情慢慢转化为不理解和各种抱怨。所以每次和她讲不到三句就要争吵起来，也许正是这样的原因，让我很少再与父母进行心与心的交流。

这次我心平气和地与她沟通了一番，把自己内心的想法及未来的规划清晰地告诉她，我说："妈，你女儿一个人在外打拼受苦受累时，其实也不想离你们那么远，也很想投入你们安全的避风港，可是有一天你们也会慢慢老去，我不能什么事情都依靠你们，我必须要靠自己的努力去打拼，现在我还年轻，多吃点苦又有何妨，虽然现在陪伴你们的日子很少，但是希望能够为家庭分担一些责任，我不想让你们那么累，其次我也希望可以为自己的未来多创造一些条件。你们也不要老是催促我结婚，有合适的人，我会考虑的，只是现在缘分还没到，我更希望能够不断提升自己的资本与价值。而这一切都需要时间来沉淀，所以你们再多给我点时间可以吗？"当我把内心真实的想法告诉他们时，妈妈再也不逼我了，开始慢慢地理解我，并表示会在背后支持我。得到父母支持理解，内心所有的委屈都化为更加强大的动力，感觉一切都值得了。

家人的理解与支持永远是我们最坚强的后盾。要时刻保持与父母间的良好沟通与交流，让他们明白自己目前所做的事，不让他们担心。

洞见：在外拼搏的我们，即使工作再忙，没有时间好好去陪伴，那就打个

---

* 2017 年 4 月 2 日，日精进第 899 天。

电话，发个微信多多关心他们。让父母理解我们的同时，我们也要站在他们的角度去理解包容他们。

推荐词：代沟源于彼此缺乏沟通，总是站在不同角度不同环境不同年代去考虑问题。当双方开始试着尊重对方理解对方时，一切隔阂将不复存在。

众筹玄奘之路徒步挑战赛*

何金玲

今天紫薇的任总带朋友到我们店看车，跟我闲聊时，与我分享了万里路商学院的平台，这个平台即将举办的第一届国际商业精英玄奘丝绸之路沙漠戈壁徒步挑战赛，四天三夜 108 公里的徒步挑战行程。任总问我有没有兴趣参加，当即就觉得："哇，这么酷，去，沙漠徒步！"因为之前看到永康的杰哥就曾经穿越过沙漠，他被当成玄奘一般让人崇拜，也许就是那一刻种下了挑战沙漠的种子。没想到今天居然有这样的机缘巧合，让我有机会体验神奇般的沙漠之旅，内心充满了期待。

挑战赛有别于以往的是：需要参与者众筹到 18 800 元才有资格参加，而且还不能自己出钱去。虽然 18 800 元不是一笔小数目，但我还是很想去挑战下自己，毕竟离参赛还有三个多月的时间可以去努力，而且任总都敢于挑战，我还这么年轻，又有什么好害怕担忧的呢。没多想就答应了任总，立马让他把链接发了过来。过了一会，我的链接就收到了一笔巨款 1 888.88 元，我惊呆了！这个平时在微信中从来不交流、不点赞、不评论的人居然一下子给我打赏了这么多钱，他说他在朋友圈中默默关注我写日精进已经有 2 年多了，感觉我是一个非常有正能量的女孩子，今天刚好过来，也很开心能够与我结缘。而后他又分享到他的朋友圈。筹集到 666.66 元、88.88 元、66.66 元……，每一笔都是对我最大的鼓励，满满的感恩。有了他们的支持，也让我勇敢地跨出了第一步。无论如何都要努力完成挑战，不能辜负大家对我的期望。

洞见： 徒步挑战前的通关门票——众筹，也是在考验自己，刚好可以利用

* 2017 年 2 月 26 日，日精进第 864 天。

这个机会检视自己平时的为人处世，看看身边有多少人是真正理解自己，支持自己的。自己在朋友心中价值的大小，决定了他是否会真正地帮助自己。就像雕爷所说的，众筹就是：筹人，筹钱，筹资源。自己是否拥有了这三项强有力的条件呢？这是需要不断深思的问题，如果别人不支持你，一定是有原因的，我们要不断地向内求，从自身寻找原因，从而挖掘一个更好的自己。

推荐词：生命因为挑战而精彩，年轻因为体验而丰富，一颗不安的心，才能走出不一样的人生！

和女儿同频*

王美林

女儿从小就很依赖我，住校后，每天晚上都必须给我打个电话，今天打电话说，老师给她看澳大利亚演说家尼克·胡哲的视频。女儿超级激动，因为她知道 2014 年 12 月 14 号我在杭州宋城亲眼见过胡哲，并且坐在贵宾席上听过他的演讲！女儿泪流满面，难以想象天生没有四肢的这位演说家，如今也能活得如此开心，愉快，没有丝毫的抱怨。就算有缺陷，他也尽力去学游泳、骑马、射箭。女儿说，在视频里她感触最深的一句话就是：人生最可悲的并非失去四肢，而是没有生存希望及目标！人们经常埋怨什么也做不来，但如果我们只记挂着想拥有或欠缺的东西，而不去珍惜所拥有的，那根本解决不了问题！真正改变命运的，并不是我们的机遇，而是我们的态度。他是那么励志，那么有智慧。电话里我们娘俩聊了很久很久。

很多人羡慕我和女儿的关系，经常有人问我为什么能和女儿有这么多聊不完的话题。其实很简单，我和女儿之间经常沟通，我知道她需要什么，喜欢什么，我会用她喜欢的方式爱她，我尊重她的选择。我会经常和她聊她的生活，她的喜好，每当她有烦恼我会给她指引方向，每当她和同学之间发生摩擦我会让她先学会审视自己，看到自己的问题再去处理和朋友间的关系，一切向内看。

我会和她一起聆听《百合花》和《臭豆腐的故事》。让她知道如何做好自己，护好自己，学会修身，学会修心，学会宽容，学会感恩……我告诉她心态的调整，我告诉她情绪的转换，我告诉她现在的努力是为了将来更好的生活，

---

* 2016 年 12 月 16 日，日精进第 866 天。

以后的你一定会感谢现在拼命的自己。

一切在于我的利她之心，我才能走进她的心，一切在于之前我自己就已经学习了，才能和女儿同频，就如尼克·胡哲，我如果没有见过没有听说过，女儿和我之间于这个话题也就不会有共鸣，同频才能共振。对于一个妈妈来说学习很重要，女人可以不成功但是一定要成长。千万不能停止学习的脚步，要不然就跟不上孩子们的节奏了。

接受表彰*

王美林

早会上，收到了省公司下发的荣誉与奖励：黄金联盟会员和苹果 7 一只，以及鲜花、荣誉、掌声。

此时此刻内心十分激动，这不禁让我回想起刚加入寿险行业的那一刻。2012 年 8 月 29 号我加盟了新华人寿。引路人是我的小姑姚巧英。她也是一个非常平凡的人，是保险行业造就了她的辉煌人生。因为她的成功让我走进了新华，刚开始没有资源、没有人脉，但我很努力，也很勤奋，我自学能力很强，我会时刻问自己现在在哪里，要往哪里去，我该怎么去。内心的那份坚定让我一直保持无限的动力。

我一直在努力，我每天出去和朋友们分享寿险功能和意义，每天和朋友们说什么是社保、农保和商保，每天和他们讲什么是保险，如何利用保险做好人生的风险转移和规划。一单、两单、N 单……1 年、2 年、7 年……从没有人脉到现在遍地开花的朋友们。我很开心，也很荣幸。感恩公司给予我的一切，是你让我体验鲜花、荣誉和掌声，是你让我穿着晚礼服踏着红地毯一次次站在全省的舞台上接受表彰。是你让我第一次坐上飞机踏出国门，第一次坐上邮轮畅游世界。是你让我经常带着家人畅游各地风景……感恩一路支持我的客户朋友们，是你们给了我无限的动力，是你们让我不断成长，是你们的信任让我实现了人生的价值，你们是我此生的最大财富，除了感恩还是感恩。未来我会越来越出色，用此生的精力来换取更大的价值，让你们觉得有我这个朋友而倍感幸福。寿

* 2017 年 4 月 11 日，日精进第 982 天。

险，爱的事业，爱的传递，我愿用我此生来实现更好的价值，选择新华遇见最美的自己。

今日的成绩来自以往的不断努力。女人成长很重要。选择大于努力，在新华，我要活成自己想要的样子。

投　票*

夏仁豪

这两天一直有客户对业务员说：已帮投票。业务员感到莫名其妙，销售经理就上网查了一下，原来是一个工具箱网站结合民意选出了 60 家工厂，评工具箱十大品牌。客户已经默默地给金豪达投了 1 千多票，还给出了好评，原本我自己也不当一回事，可是看看排前的都是工具行业的知名品牌，有一些是在合作的，还有一些是接触中的。转念一想，要是我也进入前十，不正好让这些知名品牌更能知道金豪达？立马引导销售经理，给出目标：明天晚上止，进前十，一周后前三，两周后领先！目标一确定，销售经理动用了身边所有资源，金豪达精英群里所有人，所有人的亲朋好友、同学、客户等。一个下午从 55 名冲到了 12 名，这其中的提升可以说是满满的爱。

目标明确就是动力，围绕着目标办法可以有无数种，在一个大目标面前，瞬间一个无比强大的团队形成了，为了目标不问理由，只知拼尽全力争取结果。大家常说做企业难，招人难，留人难，事实如此吗？从投票这个环节看，其实不是员工不配合企业，他们也有荣誉感，也会为了企业而全力以赴，只是我们没有抓住能激发他们动力的点，我们不能向外看，从员工身上找问题；而是应该向内找，我用什么方法方式才能激发他们的原动力，这样不行，那么用另一方式试试。只要我初心为了他们，总有一种方法方式能与其同频，为了一个目标而奋斗。因为他们是一群可爱的人。

* 2017 年 6 月 29 日，日精进第 581 天。

给女儿的一封信*

徐晓华

亲爱的宝贝，2007 年 5 月 4 日的早晨，临盆反应让我意识到你即将出生了！于是你爸带着我们去医院，做了一系列检查之后，医生建议使用剖宫产手术，9:30 左右我被推进手术室，麻醉之后，开始剖腹产手术，因为不是全麻，因此能感觉到医生用手术刀割开肚子，伴随着一阵哭声你来到了这个世上。医生告诉我你是公主，就把你抱出去交给了在手术室门外等候的爸爸。

经过麻醉的复苏，我被推到病房后，就迫不及待地去看你，只见小脸蛋胖嘟嘟的，非常像你姐姐。此时，我注意到你爸爸虽然对着我笑但是笑容有点怪，还有你外婆的表情也不自然。接着，我发现你的两只耳朵，紧粘着两侧，扁扁的，没有轮廓，更可怕的是还没有耳洞……

我这才知道为什么手术室里医生不抱你让我看一眼。怎么会这样，我该怎么办，泪水模糊了双眼，我躲在被窝里默默地哭泣，此时此刻，我的心情无法言喻，难过、后悔、自责，甚至带你一起自杀的念头都有……

感谢你爸，没有因为你的模样而嫌弃，我知道他心里也像我这样难过，但是从不表露，而是细心照顾我们，并且说你的到来老天自有安排，我们能走到一起都是上辈子的缘分！

时间过得真快，转眼间，你已经 10 周岁了，在这十年的时间里，尽管你是先天小耳患者，听力只有常人的一半，却没有影响语言的辨识，懂事、贴心的你还时常给大家惊喜，记得你 3 岁时，看到奶奶吃药、喝水，等再次看见她拿药，你就已经会动手去给奶奶倒水，而这一切谁都没有教过你。还有，每次

* 2017 年 6 月 18 日，日精进第 687 天。

我们要出去旅行，小小的你总会在出发前一天为自己和大家整理、收拾好需要带的物品。

亲爱的宝贝，人生的道路上肯定会有困难，我希望你一定要学会坚强！我相信上帝给你关上了一扇窗，也一定会为你敞开一扇门！

比　　较*

徐君翠

有种孩子叫作别人家的孩子，随着二胎的到来，还有一种称谓叫“你姐姐”。今天接待了一对为自己的孩子转学的夫妻，问他们为什么在孩子一年级时要转到私立学校，却不去家门口的学校。夫妻俩都说自己的孩子自理能力太差，想着私立学校照顾得更周到，所以选择了私立学校。

我又问：“你们怎么判断孩子自理能力差的？”夫妻俩都不约而同地夸女儿的能干。父亲还举例说女儿小学一年级时，忘记戴红领巾，在身无分文、举目无亲的情况下，就能独自到校门口的小店里赊到一条红领巾。而这个儿子是什么事都要妈妈料理好。现在，姐姐在永康一中就读，各方面表现都很优秀。

我继续追问：“你们在家是不是常常拿姐姐和弟弟比较？”夫妻俩都点头，母亲说：“不过，我们都会在最后鼓励弟弟，说你其实也是很聪明的。”

我说：“你们这样不断地比较、暗示，让弟弟总觉得自己自理能力差，什么都不如姐姐，只会让他越来越不自信。第一，女孩本来就比男孩要早成熟 3 年左右，所以高中以前在自律、自理等方面，男孩和女孩就没有可比性。第二，在家庭中大的孩子和小的孩子也是不能比较的，小的本来就小，这样比较，小的只会越来越弱。第三，虽然你说比较和批评后，你会说他也很聪明。但这句话在孩子听来，纯属是假的，只是安慰他而已。所以，我建议你们应该这样说：你看你的长处是什么什么，姐姐的长处是什么什么，你们都有自己的长处，爸妈希望能学学姐姐的什么什么，让你自己变得更加优秀。”

夫妻俩听了我这番话后，都说：“确实是这样，平时自己有意无意的总拿

* 2017 年 6 月 21 日，日精进第 711 天。

大的和小的比，这样教育确实不对，应该改一改。”

其实，听家长分享他们的教育困惑，也会让我思考，思考自己在班级中一些处理方式不够妥当。在班级中也总是无意识中拿好的学生和差的学生比，教师应该不比起点，多关注孩子的进步，用老师的言行引导孩子之间正确地比较，不让比较成为一种伤害。

文明发展与客观规律*

徐丁双

据说人类已经有过几次史前文明，科技远比现在发达，但是最终都走向了毁灭！人类文明的进步，竟然也是人类走向坟墓的开始？很早就曾经听说过："当人类砍下第一棵树的时候，人类的文明开始了，当人类砍下最后一棵树的时候，人类的文明结束了！"因与果都是人类自己造成的。

自然赋予了人类和它同等的智慧，让人类拥有无限的自主权，但是人类永远不要忘记了自己是动物，只是高级灵长类动物，我们是大自然的一分子，我们是生物链的一个环节而已。如果我们破坏大自然，如果我们违反生物链，客观规律就一定会惩罚我们。

看看我们人类现在做的事情，工业化的发展，把万亩良田变成了工业区，把工业污水排向了河流，让工业废气飘向了天空。煤矿无节制的开采，石油无节制的开采，都是对自然环境的破坏，皮之不存，毛将焉附？

人类科技的发明，更是把植物变成了转基因植物，动物都可以克隆了，人类还沉浸在科技的伟大上面。可有没有想过，这符合客观规律吗？凡是破坏客观规律者，必将被客观规律惩罚。

人类为了满足口腹之感，为了满足穿衣之美，又屠杀了多少动物，让多少动物开始灭绝，但可否知道，生物链少了一节，就不再圆满，就无法循环。整个圆永远没有尽头，无以循环往复。一个圆少了一节，就是末日的到来。生物链的破坏，让自然的圆满出现了裂痕。

当人类为一项一项的伟大发明欣喜若狂时，当人类认为人定胜天的时候，

* 2015 年 5 月 23 日，日精进第 10 天。

还有谁去遵循客观规律。以自我为中心，是自我灭亡的开始；以人类为中心，是人类灭亡的开始。当我们破坏六大能量场：太阳、月亮、高山、流水、花草树木、空气时，我们的能量就将枯竭。

希望人类的文明永远遵循客观规律，用客观规律来引导我们文明的发展。

走进孩子的内心*

徐君翠

为了给班级里的孩子们留下小学校园生活的精彩瞬间，家委会的家长们特意联系了一个影楼的摄影师来学校为孩子们拍校园写真。

不知是太累了，还是男孩子天生就不爱拍照，或是老师没有由着他们性子让他们自由活动，班级里的一个 “小刺头”，就和班主任老师杠上了，气呼呼地跑回教室，罢拍了！而那时，几个摄影师刚刚摆好一个全班的集体造型，全班同学都已入座，就差他一人。班主任老师就找到刚刚有事离开一会儿的我，我一听她的述说，马上就上楼去找那孩子。

因为是朝夕相处了六年，我对孩子们的脾气、性格都是了如指掌。这个孩子就是冲动，其实给他一点静心的空间、缓冲的时间，他自己能反思到自己的错误，不需要太多的言说。果然，我上楼一踏进教室，就看到他端着一本书心不在焉地看着。我知道他这是碍于面子故意装给我看的。我走过去，把手自然地搭到他的肩膀上，轻轻地说：“走，下去拍照，轩！”他就马上起身，和我一道下楼。一路上，我既没有责怪他做错了什么，也没有教育他该怎么做，就这样我自然地搭着他的肩膀一起回到操场。接下去的拍摄，他一直都很配合。

进入六年级，很多孩子都进入青春期，脾气大，易怒，看谁都不顺眼。于是，同学间纠纷多了，而且闹纠纷的也总是那几个人。有时候，老师情绪不佳，或者特别忙，于是学生急躁，老师也急躁，那就会杠上。事情不但没有解决，反而让学生看低了老师。

相反，老师控制好自己的情绪，依据每个孩子的不同脾气、性格，或冷处

---

* 2017 年 6 月 15 日，日精进第 705 天。

理，或心平气和，或郑重批评，事后再单独与他谈心，引导他冷静地看待问题，孩子才会敞开心扉信任老师。

孩子终究是孩子，需要我们讲究方法，走进他的心里，用我们言行举止影响他们，让他们学会正确的处世之道。

洞见：孩子的心，永远可以轻易打开的，但是以老师的身份，不一定能打开孩子的心，尊重孩子，才是打开孩子心门的钥匙。

感　　恩*

周伟军

26年前的今天一个幼小的生命降临了，他是一个漂亮可爱的小男孩，不幸的是他是一个脑瘫儿。一生下来他就开始折腾我们，一度停止呼吸，经过抢救他才活了下来。正是这样的一个小孩，他本应该拥有一个完整的家，享受着父爱和母爱。可是在 1995 年的时候，他的父亲无法面对现实，选择放弃，离开了我们。那年儿子 6 岁，我独自一人抚养孩子。回想这 20 多年，一个人带儿子真的很辛苦很累。我一度消沉，无法振作，在我最痛苦的时候，是朋友和家人给了我们母子俩无私的爱和帮助。我们的陈秀强老总和他美丽而又智慧的夫人胡悦给了我这份工作。老板娘胡悦无论是在精神上，还是在生活上都给予我和儿子无微不至的照顾。每当我心情低落，遇到困难，她都会开导我帮助我。儿子也在朋友的帮助下来到了星月门业工作，可以自食其力。虽然生活上我遭遇了不幸，但是我的家人和朋友给了我太多的爱和帮助，让我的生活越过越好！他们的爱如同阳光温暖着我。

洞见：感谢家人、所有的朋友对我和儿子的爱、支持与帮助，是你们的爱让我变得坚强。感谢生活带给我的酸甜苦辣，它丰富了我的人生。也感谢我的儿子，是你让我知道什么叫作责任，有你的陪伴让我的生活不孤单。也想对儿子说：儿子你已经长大了，虽然你身残，但心不能残，妈妈希望你做一个有道德、有责任、有担当、有感恩之心的男人。儿子，妈妈爱你！

* 2015年3月6日，日精进第81天。

理解与支持*

周伟军

昨天因为外贸公司要两个企业拼柜发货，所以先等另一个铁门厂装完，才能到我们公司装柜。早上外贸公司就通知下午会过来，结果对方厂家还没有生产好，而外贸人员怕耽误柜子进港时间，也就一直等在那里，一直在催，后来铁门厂的老板只能动员家里人一起帮忙赶货，边生产边装柜，结果到了晚上 11 点多才完成。

作为一个企业，接到单子就应该合理地有计划地安排生产，而不是找借口拖延时间，这样既影响到企业自身的信誉度，也可能给外贸公司带来不必要的损失。我们公司为了满足客户的要求，不影响客户进港时间，公司的领导和车间负责人一起等到了晚上 11 点多车子过来，仅用了 40 分钟的时间就把货柜装完。这就是我们优秀的团队，友爱、互助、齐心协力，无论货多货少，装柜发货不请装卸工人是我们这个团队一直以来的习惯。昨天虽然很晚了，但他们没有一个提出要先回家，没有一人抱怨。今天早上上班也没有一个人因为昨天晚上太晚而迟到。相同的一件事所体现出来的结果却是不一样。外贸公司与我们合作了这么多年，从来没有因为货柜装不好、数量有差错，或是产品质量问题而投诉，装柜的时候外贸监督人员甚至都不来现场，让我们拍照直接发给她就可以，可见外贸公司对我们的信任与赞许。外贸公司对我们的信任一直在鞭策着我们，努力把产品做得更好。我很感恩我们这个团队的每一位伙伴的辛苦付出，更感恩团队伙伴背后在默默支持他们工作的家人，因为有家人的支持他们才更安心地工作，感谢他们的家人对企业的

* 2017 年 5 月 22 日，日精进第 878 天。

理解与支持！

洞见：尽心尽责地努力工作是为了企业的信誉，让企业越走越远，也是为了更好地服务我们的客户，更多的是为了让家人的生活过得更好，唯有家人的关心与支持才能让他们更安心地工作！

原谅有助于找到“中庸之道”*

陈　婧

近几年来，我周边很多亲戚、朋友都遇到了借钱不还的问题。这种钱财问题是理不清的烦恼陷阱。以甲方乙方为例，如果乙方借走甲方很多钱而不还，甲方该如何处置？甲方是否起诉乙方？若纯从甲方的利益去考虑，不告会担心乙方赖掉债权；告又会担心乙方雪上加霜，还不起款。一颗心围着钱纠结日久，甚至有可能生起妄念：不论乙方骗也好，抢也好，只要还回自己的钱就好。

如此一来，甲方心失正位，再加上家人的埋怨不满、自己的自责、外界的风湿暑热，很容易感受外邪而得病。

若甲方从一开始就放下自我，承担错误，原谅自己判断失误，不屑恨乙方，以旁观者角度来考虑怎么做利于社会的发展，那甲方很容易得出以下原则：不能让骗子再害人，不能让不自量力的人再浪费宝贵社会资源，要给有能力的人喘息机会（以上这些其实都是政府政策的出发点）。若能如此考虑，决策就容易了：对骗子，马上报案；对无能力实干者，确定债权追债，避免社会资本利用效率低；对有能力实干者，应该有充分的耐心给予理解支持，权当是风投股东或是做社会公益。

洞见：原谅他人、原谅自己的判断失误才能释放自己情绪，而后观大道、明是非，从社会系统学的角度去思考是否要借钱和催债，得到自己的定见，并用这份定见去影响其他人，让外邪没有机会在自己的身上发挥作用。孔子曰：

---

* 2016 年 12 月 31 日，日精进第 521 天。

“中庸之为德也，其至矣乎！民鲜久矣。”（《论语・雍也》）外债不能动摇个人的人生目标，我们这些老百姓如果能立志做一个有用的人才，又能坚守自己的岗位，在其位谋其职，不偏不倚，从失败中获取中庸的智慧，再多的债务纠纷都能在大道运转中慢慢化解吧！

业在于精，后拓之*

程　峰

今天上午，我们参观了国内自动化设备的供应商 HITOP，HITOP 是该领域领袖企业，这么多年一直专注于自动化设备，而没有去做自动化的方案提供商，这份执着让人佩服。其实他们公司的设备与永康武义的制造业无异，但是他们通过管理和品控保证了所有产品定位在最高端的自动化硬件上。公司董事长有一个理念让人印象深刻：自动化的第一目的是提升品质而不是降低成本。在这样的理念指引下，HITOP 将致力于后续整合方案的平台建设，成立西湾智园，打通智能自动化设备以及解决方案的整个产业链。

下午我们参观华为集团，巨大而漂亮的园区令人刮目相看，让我们震撼。参观华为的展厅才知道华为已经不仅仅是做通信器材和电子产品的公司了，而已成为国家各种行业的智能方案提供商，包括交通、天网、农业、教育、行政、高铁、机场、金融、石油开采、物流等，涵盖了生活中的方方面面。而所有这些，都是建立于华为的本业：基础通讯领域。华为现在具有这么巨大的商业帝国，就是建立在人才的培养上，只有拥有人才，企业才会更大更强，偌大的华为大学浓郁了集团学习的氛围，每个教室都在培训学习。用华为大学里的一句话可以总结华为的人力资源理念：“最优秀的人培养更优秀的人。”

洞见：只有在一个行业做得足够深足够强大，才能有足够的能力进行扩张，而最稳健的扩张，就是像 HITOP、华为一样，在一个行业扎得足够深以后，依托行业的技术积累进行更深度地挖掘和扩张。

---

* 2017 年 6 月 28 日，日精进第 739 天。

压力是短暂的*

江 滨

晚上应死党的邀约在明珠大酒店一楼喝茶，当我坐下的时候他就开始抱怨了："怎么办怎么办，实在是支撑不住了，还是放弃了吧。"

死党是今年刚刚办起的室内装修公司，我让他别急，先稳定情绪，并帮他梳理了烦乱的原因：一是团队组建凝聚力欠缺，二是家人、朋友施加的经济压力，三是接单不够理想，四是合伙人都撤了，抱怨他们不诚信等。因此，我回应他："在创业前，很多困难你都不会把它认为是困难，当它突然成为你的困难时，很多人会承受不了压力就放弃了，半途而废是不能成功的，抱怨他人是没有用的，要寻找自身的根源，如果有强烈的成事意愿，即便碰到任何不如意的事情，承担着各方面的压力，也能坚定不移，勇敢挑战人生高峰。"听罢，他对我充满了感激。

回想自己一路走来，最初也是和死党一样遇到一些压力就开始畏惧，不敢面对，甚至逃避、抱怨、指责，最终一事无成，也失去了很多机会。但现在不同了，通过不断的学习，经常与充满正能量的人接触，修炼自己的内心，提升自己的内涵，在任何压力困难面前摆出永不退缩，勇于去面对、解决、突破的阵势，坚定信念，相信自己一定能行，所有的压力都是短暂的，正所谓"千磨万击还坚劲，任尔东西南北风"，化解压力就需要这种勇气和自信，挺过去就是胜利！

洞见：压力是永远都存在的，只是暂时的，有时是短暂的出现，其实每个

---

* 2017 年 4 月 8 日，日精进第 917 天。

人都是有潜能的。生于忧患，死于安乐，面对压力，不必畏惧，一旦畏惧，则难免被压垮，所以不要焦躁，也许这只是生活对你的一点小考验，要相信自己，一切都能处理好，逼急了，好汉可以上梁山，时势造英雄，穷则思变，人有压力才会有动力！

爱的力量*

施红秋

昨天早上到香樟公园散步，遇见了一位胡子拉碴、头发凌乱、又黑又瘦的年轻人。他坐在亭子里，一只脚脱了袜子放在凳子上，另一只脚垂在那里不停地晃动着。只见他把袜子脱下来晒在鞋子的上面，双手抱着单脚的膝盖，坐在那里发呆，眼神迷离。经过交流，和我的猜测一样：他失业了。在短暂的谈话中，知道他来自云南，到永康五六天了，还没找到工作，当时我因为还有事，就走了。傍晚，当我再次来到香樟公园的时候，在另一个亭子里又看见了他，依然不变的是那迷离的眼神、发呆的脸及双手抱在胸前的样子。这大大地触发了我的爱心，心中就一个想法：他晚饭吃过了吗？如果没有，我要请他吃永康的特色肉麦饼，希望他能感受到我的真诚！我对他表达了我的想法，他一个劲拒绝："不用的，不用的，不好意思的。"我只好打消请他吃饭的念头，然后，我对他说，希望我下一圈走来时，还能见到他。我到我的好朋友那里借了 100 元钱，我要把钱给他，让他去理个发，把肚子填饱，用自信的心情去应聘。刚开始，他还是拒绝，他说怕枉费了我的好心，怕过几天又会在这里见到他。我真诚地说："只要你努力去找工作，就对得起你自己，更对得起关心你的人，不要有负担，只有好好爱自己，才有能力爱别人。"当我和他说这些时，他不敢看我的眼睛，我柔声说："你看着我好吗？我儿子比你小一点，我可以当你的姐姐的，笑一下，别灰心，努力了会好起来的……"最后他接受了我的好意，眼眶湿润的他，微笑着对我说："谢谢！"我用我温热的手紧紧地握住了他冰冷、消瘦的手，相信我的真诚已感动了他！

---

* 2015 年 7 月 7 日，日精进第 10 天。

洞见：爱是世界上最强大的武器，它战无不胜，攻无不克。让爱成为我们行走的名片，先感动自己，再感动他人。感谢昨天的自己，勇于去付出爱，无所畏惧。更感谢昨天的那位年轻的朋友，接受了我的真诚，依然相信世界上是有爱的！

理赔：晒出生命的速度*

施美冬

2014 年 1 月 7 日，清晰记得客户在我这里投保了健康险，当初她就是觉得需要为她自己规划一份保障。可万万没想到的是，今年 3 月份，客户陪同她的妈妈一起去同济医院体检时，无意发现肝功能很多指标不正常，在医生的建议下，进一步做了相关检查及腹部 B 超，3 月 20 日入住浙江大学医学院附属邵逸夫医院住院治疗，经过一系列的手术及病理切片，4 月 8 日病理报告诊断书确诊为肝细胞性肝癌，经过一系列的治疗，有所好转，现在在家休养。5 月 25 日，得知她已出院回家，我第一时间上门收集理赔资料，第一时间提交到公司理赔部，已于 5 月 30 日走完审核、审批流程，今日结案，理赔款 435 100 元已到客户指定银行账户。

洞见：在珍爱生命、体恤客户理赔理念的指引下，优化服务，注重实效是保险理赔打动客户的重要抓手。对于客户而言，时间就是生命，与生命赛跑，始终与客户为伴才能让保险延续生命的温度。

推荐词：我钟情保险工作，并不仅仅因为保险给了我一份工作，而是我想通过我每天的努力，让更多的人知道保险的功用，让意外与疾病造成的损失降到最低，正所谓，未雨绸缪，有备无患！

* 2017 年 6 月 1 日，日精进第 1 023 天。

境　界*

王绿银

受金宝幼儿园之邀，我们走进了幼儿园，金园长很慎重，她是经过很多次考察，并让她们的老师参加了为期两天的永康市第一期“卓越父母专业课”培训，得到了老师们一致认可后，才邀请我们实地感受。

今天的公益讲座，导师张宇燕带来了她三岁的儿子，我开始多少有些担心张老师会分神，家长会分心，没想到现场的示范却让家长们看到了家庭教育的重要性，反而大大提高了成交率。张老师的儿子在外面玩的时候不小心摔着了，额头上、鼻子上都擦出了血丝，当儿子哭着跑进课堂的时候，我都有点慌了，可张老师不慌不忙蹲下身继续讲课，并用手抱抱儿子，摸摸孩子的头，孩子一下子就不哭了，他绕着张老师转了两圈，又自己走出去跟我儿子一起玩。家长们看完这一幕，才真正地明白“妈妈情绪稳定是给孩子最好的礼物”这一句经典语录的真谛所在。

洞见：公益讲座感召率跟导师张宇燕平时与孩子相处的生活模式相关，作为导师课讲得好是关键，但活出真我、知行合一才是最高境界。

* 2016 年 11 月 19 日，日精进第 64 天。

遇见最好的自己*

应爱绸

和优秀的人在一起，让自己变得更加优秀，日精进第二届分享会时，因礼仪工作的参与，我有幸加入日精进平台，当时群主让我当十组组长，我知道十组每个人都比我优秀，但我懂得群主的用心，这是给我学习成长锻炼的机会，于是每次活动我都会一一打电话，去配合完成各项活动。一天中午，秘书长王美强打我电话，让我加入日精进管理人员中，我立马答应，并愿意去做好我的那份工作：新人加入编号进群。只要有需要我的，不管会与不会，我都先答应，然后再去请教怎么做。因为我知道，他们信任我可以把这事做好，才会安排我去做，我一定要用心去做好，不能让他们失望。我感受到了群主他们的用心，感觉到自己如此的有福报，能进入日精进管理团队。在这平台上我深深感受到，一个人的成就不靠天分不靠运气，而靠严格的自律和勤奋！每日精进就是修炼自己的道场，每天学习一点点，严格要求自我。学会自我管理、自我约束、自我学习、自我成长和自我突破，遇见最好的自己，做好最真实的自己！

洞见：只要自己真的努力了，态度端正了，找对位置了，目标明确了，最后一定会发现自己比想象的优秀得多。过去是怎样的自己，和今天是怎样的自己真的不重要，重要的是以后要成为怎样的自己。所以只要有学习的机会就要跟别人学习，有付出的机会就要付出，有种种子的机会就要去种种子，这就是宇宙规律，想得到什么，必须自己先付出什么。

---

* 2017 年 5 月 2 日，日精进第 654 天。

演 唱 会*

应素凤

张学友在义乌举办个人演唱会，从 7 点到 10 点半的 3 个多小时的时间，唱唱跳跳没有停歇。55 岁的人呢，还有那么好的精力和体力，他一定是有强有力的精神支撑，用生命在演唱！台下观众有些是真正的偶像，有些是震撼于他这样的精神，有些是因为此情此景此曲触动了生命里的某个瞬间！他需要怎样的动力的支撑，才能爆发出这么强大的力量？猜想他看到台下几万名听众，深知自己的行为、自己的语言在影响那么多观众，因为有这么多人对他的爱，他也爱这些人，才能够承担得起这份责任，把这个演唱会搞好。你珍惜我，我珍惜你，才有了珍贵。

人只要具有爱的能力，明白爱是可以无限给出，而且越给越多，明白爱是肯定，爱是认同，爱是接纳，爱是榜样，爱是自由，爱是欣赏，爱是等待。当一个人被爱包围的时候，他的人生就进入了一个爱的良性循环，就会充满正能量。这次的演唱会我深深地感受到了这一点。

此次说走就走的演唱会，看后没有任何遗憾，并一直影响着我。

洞见：人和人本身没有太大的区别，只因不同的使命感、不同的信仰，在世间那么多角落，那么多人不畏艰难努力，勤奋地做事情，这便是对生活的态度，热爱生活的态度！

---

* 2017 年 4 月 14 日，日精进第 825 天。

原则比什么都重要*

李 丹

小宝做作业不专心，经常会因为外界的干扰而分心，写作业通常会花费好几个小时。我发火了，规定他在一定时间内要写完。于是他着急了，哭着说写不完怎么办。我很严肃地说，写不完也就不能再写了，明天自己跟老师交代。于是他边写边哭，紧赶慢赶，但第一次还是没写完。而我也在规定的时间制止了他，不让他继续写了。第二天，不出意料地受到了老师的批评。第二次我又让他在规定时间内写作业，这次他写完了。我表扬他，他跟我说："妈妈，我因为很着急所以写得很快，如果你再多给我一些时间的话，我还能写得更好些。"我很开心地跟他说："好的，这可是你说的哦！下次你不仅要在规定时间内完成，还要对你写的字检查。"今天小家伙主动找我要求我给他定下时间，之后他便认认真真地写作业，这次不仅字写得大有进步，还提前了 2 分钟完成，因为我看到了他学会给自己定目标，会严格要求自己，能够专注地做一件事情，于是我又对他赞赏了一番。

洞见：子女教育问题一定要遵从严谨的原则。很多时候，孩子为什么不专注，其实是因为我们父母做放手大王，明明要求孩子把一碗饭吃掉，可是到最后孩子说我不想吃了，父母却说孩子你再吃一口，但吃了两口又或者吃了五口就不吃了，等等。其实在孩子的世界里他们是最有原则的，但我们父母却把孩子弄得稀里糊涂，他们不知道怎样才是正确的，我们应该理解，不管孩子身上有多少优点或者缺点，父母都要接受并鼓励孩子。所谓原则是当孩子做错事、犯错误时，我们依然爱孩子，做个有原则的父母，我们不能纵容，应该耐心地引导和帮助改正。教育孩子要有原则地控制，比无原则地纵容更重要！

---

* 2017 年 4 月 14 日，日精进第 825 天。

与母亲的沟通*

李　丹

一直以来父母总是为我想得很多，吃得好不好，天冷了会嘱咐衣服要多穿些。现在自己有了子女，父母的牵挂又多了，孩子长身体需要鸡鸭鱼肉等来补充各种营养，生怕比别人家的孩子个子小。我呢，总是报喜不报忧。二老平时能自己处理的事情从来不麻烦我们，反而时时想着子女。这就是父母无私的爱。

今天是母亲节，突然非常想念远在乡下的爸妈。前几天，爸妈从乡下来永康看我们，父母已经六十来岁了，我却从来都没有想过问他们的梦想是什么。跟妈妈聊天中，我问她："妈，你的梦想是什么？"妈妈愣了一下，或许妈妈从来都没有想过自己的梦想是什么，更没想到我会这样问。妈妈回答说："要赚钱。"其实妈妈的这个回答我一点都不诧异，年轻时妈妈就是一个非常要强的女人，从她还是姑娘时就做生意，一直到现在还是不肯停下。虽然年龄大了，但她赚钱的心还非常年轻，只要她身体吃得消我是不反对的，毕竟这是她自己的兴趣。老人家也是要有自己的规划的，他们有这份追求，人就不会无聊，也不会与社会脱节。

我很希望父母能跟我们一起住在永康，这样我们对他们的晚年生活就会有个很好的照顾。可是他们不同意，觉得不方便，更主要的一个原因是日子久了会有矛盾。虽然我没有这样的想法，但我妈妈是想得很清楚很明白的一个女人，这件事只能等有时间了慢慢沟通，现在最主要的就是多回家陪陪他们。

洞见：与父母的沟通是随时随地的，说什么样的话并不重要，重要的是儿女陪伴在身边。

---

* 2017 年 5 月 14 日，日精进第 666 天。

简单的“十年”*

徐聪洁

今天，非常荣幸参观了永康市内三所幼儿园：实验、金宝国际、金色童年。

走到幼儿园就感觉是进入了另一个家。每一处都装饰得非常温馨别致：用各种废物改造而成的灯，由扣子黏贴在玻璃门上的机器人，泡沫箱搭起来的可爱的大房子。这些装饰物都是孩子们自己动手完成的，充满了创意与想象力，我仿佛看见了他们在完成创作时的喜悦与兴奋。

每一个园区内，每一面墙上，每一个角落里，都记录着老师们的用心，都留下孩子们的踪迹。回想自己十年前工作于高镇别墅内的金米兰幼儿园，班级内的布置也都是用心装饰，如今幼儿园的标准在逐步提高，家长的要求也在提高，已经呈现了与过去完成不一样的状态。

回想到十年前的自己，跟现在相比真的有所不同，不仅组建了家庭，有了孩子，还有了一份充满挑战性的工作——加入到新华保险，只用了两年的时间，就组建了一支80后的团队，遇见了一群充满正能量的朋友。

巧英经理曾分享道：“五年后你想成为什么样的人？”从一个个设定的小目标开始就必须挑战自己，才会遇见一个更加优秀的自己！激励着想为孩子做好榜样的我，努力去为梦想而奋斗，做好未来五年的规划，并付诸行动。一点一点地突破、完善、修炼、成长。

洞见：不进则退，更新换代，用心才是根本。为心中的梦想努力吧，每天进步一点点。

---

* 2017年6月7日，日精进第1 671天。

助人的幸福*

颜景秀

我接到班主任李老师电话："我们班有一位同学的妈妈已经得癌症三年多了，这几年为了治病把家里的几十万积蓄都花了个精光。今年这位同学的爸爸头部又做了两次手术，本来就十分拮据的家里更是雪上加霜。"李老师以前就说要帮她募捐，但是她的妈妈却特别坚强，谢绝大家的帮助。当李老师跟我说明这个情况时，我心里就有一个声音反复回响：我一定要帮这个家庭走过这道坎。

于是，我开始发动家长委员会来商量这事。当我说明情况以后，所有家长的意见都非常统一，都说："别人有困难我们尚且要帮助，更何况是我们班的同学家长。"确定好我们一定要做这件事之后，每个家长都特别地积极，为募捐出谋划策。看到这个情况，我是既开心又感动，本来还有点犹豫的心一下子就振奋了起来，让我更有动力发动大家一起募捐。我们几个家委会成员开始重新组建一个捐款爱心群，我们自己首先慷慨解囊，有五百的、六百的、八百的、一千的、两千的，等等。短短二十四个小时我们便高效地募捐了两万多元，虽然相对于高额的医药费来说还远远不够，但是我们的行为，让她更有信心相信社会的力量。当我们把捐款交到她手中的时候，她激动地流下了泪花。

洞见：相信很多人都会考虑一个问题，幸福到底是什么？其实幸福很简单，幸福就是当我们用自己微博的力量去帮助别人之后，当我们看到他们发自内心的笑容时候的那一份满足感。

---

* 2017年5月17日，日精进第680天。

信　仰*

程红英

信仰是什么？看不清似乎也摸不着，年轻时候的我一直认为这只是一个虚无渺茫的东西，认为相信自己才是真的，直到有一天一件事情的发生，让我改变了对信仰的看法，让我对信仰有了更深刻的认知。

有一天晚上，父亲半夜病重。妈妈是一个性格乐观的人，怕我们担心，没有告诉我们，第二天我和姐姐匆匆赶回家中，妈妈看到我们的到来，很高兴地和我们说起爸爸昨晚竟然拿出存折交代后事，我和姐姐听了很生气，都说妈妈不对，不该不告诉我们，说爸爸要是万一有个三长两短，我们做女儿的怎么过意得去。正当我们全家都在数落妈妈的时候，躺在床上的爸爸开口了："孩子，你们不要怪妈妈，我就喜欢她这样的性格，万一有一天我突然走了，我在天堂也会很安心的。"听了爸爸的话，我和姐姐一句话都说不出来，想不到信仰的力量如此强大，爸爸妈妈都是信教的，但是在爸爸妈妈心中，并没有认定人死了就一定会上天堂。父亲经常告诉我们："人，在地如同在天，心灵安详即是天堂，天堂就在我们心中。"

这便是爸爸妈妈的信仰：天堂永远在我们自己心中。

因为有这份信仰，爸爸妈妈一直与人为善，相依相伴地过着与世无争的快乐生活。

因为有这份信仰，爸爸妈妈面对生老病死，一直表现出非常的淡定与从容。

* 2017年6月6日，日精进第695天。

因为有这份信仰，让作为孩子的我们没有迷失方向，让我们懂得了什么是善良与坚强。

天堂永远在我们自己心中，慈与爱永远与我们同在。

信仰，并不是去相信或者祭神拜佛求保佑。信仰是一种真和爱，是内心坚定不移的信念与方向，引领自己走向远方。一个人有信仰才会积极向上，一个家庭有信仰才会幸福美满，一个国家有信仰才会国泰民安！

幸福是什么*

程红英

每个人都在追求着幸福，渴望着幸福，那么幸福是什么？

身边好朋友对幸福的定义，让我刻骨铭心。

朋友很优秀，企业和家庭都经营得非常好。有一天，她的先生突发脑梗，医院专家会诊后给出的答案是——瘫痪，终身卧床。她瞒着老公和亲朋好友，每天陪伴着老公。老公说不出话来，她坚持每天唱歌给老公听；老公不会动，她坚持每天扶着他锻炼；老公坚持不了要放弃，她对老公说："老公，你今天累了吗？那我们今天不练了，但是我们明天一定要练好吗？因为我算了一下，我们很可能会活到 100 岁，我们还有 50 多年的美好时间相依相伴。"整整 3 个月的时间，奇迹真的发生了，现在她的老公已经可以说话，可以走路，身体也在渐渐地恢复正常，他们手拉手的爱成了医院的传奇。

最后她很平静地告诉我说："有人说我好辛苦，我觉得自己很幸运，我很幸运我这一生，能够拥有这一段陪伴我的爱人经历过来的时光，我感到自己很幸福很幸福。"

感恩好姐妹，拥抱好姐妹，让我瞬间明白，原来我们一辈子在苦苦追寻的幸福，其实一直就在我们的身边。

洞见：幸福是什么？幸福是刻骨铭心的手拉手，幸福是痛苦过后的重生，幸福是自己内心深处至诚的爱。

---

* 2017 年 6 月 6 日，日精进第 695 天。

别把器官不当“官”*

董渭川

舌头为了能让整个身体正常地工作，总是默默地付出。为了满足大脑的欲望尝遍了世间的酸甜苦辣咸。喜欢的不喜欢的，只要心念一起就无条件接受。前几天我盛情难却接受了邀请，去吃曾经最喜欢吃的烧烤，明知对身体没有益处，最终还是抵制不住诱惑。结果没有吃多少，舌头就起了一个大大的血泡。为了不扫朋友的兴，还是边喝酒边勉强地吃着。舌头上的血泡越来越大，真是受罪。

人生世上应对养生之道有所认识，任何事的发生有因就会有果，没有偶然只有必然。舌乃心之门户，要善待自己的每一个器官，甚至微小的细胞，在满足欲望的时候问一下它是否还需要，千万别在它下班了，还让它加班。等哪一天它实在扛不住了，那时就已经来不及了，悔之晚矣！

洞见：身体的每个器官都是“官”，它们和大脑都是平等的，我们应该学会听懂每位“官”发出的信号，想吃，是本身的欲望，还是身体的器官真的需要。身体由心念控制，心念可以通过调整让身体的每一位“官”都成为决断的主人，食物的本质是通过能量代谢维持身体正常运转，而好吃的欲望来源于心念的附加品：美味的诱惑，如果把饮食当成人体正常的身体机能的活动，就能管好嘴迈开腿，少吃不吃对身体无益的东西，自己少生病，家人少受罪，有益于自己，有益于家人，有益于全社会。

---

* 2017 年 6 月 24 日，日精进第 632 天。

爱上喝茶的女人*

吕秀兰

在紧张的工作中，我喜欢喝一杯绿茶，那股飘出来的清香可以让我精神放松下来。

出于对茶文化的仰慕，我报名参加茶艺课培训。今天老师为了见证我们学习成长的喜悦，也为了更好地实践，要求我们在紫薇公园举办一场优雅、舒心的茶会。

美丽的茶友们虽然只学了一些皮毛，却非常用心。大家都穿上了茶服，利用公园里优美的环境，在转角、树底下、树根上布置出一张张淡雅的茶台。

我们端坐在充满情调的茶席前品茗赏景，每一个人的举手投足之间都让人赏心悦目。品茶时，茶香且浅却可余香久绕。同样，我们这群因茶结缘的茶友们，虽认识不久，但我们之间如茶般的友谊与新的生活方式也在茶香中慢慢散发。

喝茶可以让女人从烦躁的生活中静下心来，自信从容。一颦一笑、一举手一投足皆是满满的风情。品茶给自己带来一片宁静的同时，更给身边人带来祥和、安静之感。

有茶友在茶会结束时这样写道：

春寒料峭北风追，

永城茶人聚紫薇。

---

* 2017 年 2 月 9 日，日精进第 423 天。

文化承恩才艺会，
香甜醇润水一杯。

爱喝茶的女人有才有气。我喜欢喝茶，我爱喜欢喝茶的女人，我更爱喜欢喝茶的自己。

回看我的 2015*

徐美芳

又是一年除夕夜，每当这个时候，总想着给自己留下点啥，到我满头银丝的时候，可以一页一页地翻着回忆。2015 年，总感觉累，是身体机能衰退了，还是肩负得太沉重？都有。

这一年，我坚硬的心变得些许的柔软，对四位老人增添了包容，我们之间大人孩子的身份正慢慢转换，我们在家庭中承担了更多的角色！

这一年，夫妻关系和谐了，我越来越珍惜老公那份天宽地广的包容，做我的另一半，真心不容易。

这一年，非常幸运地走进“种子的力量”，不仅点亮了人生的指明灯，脑海里的那么多为什么都有了答案。

这一年，儿子健康快乐成长，一年长了 10 厘米，看着他绽放的笑容，享受着他“让我来”的照顾，感觉这妈当得还算称职。

这一年，公司的发展进入了一个常态，总感觉心态需要调整，以至于有时候想得太多，做得太少。

这一年，生命中出现了几个志同道合的兄弟姐妹，颠覆了我一贯的社交模式。

这一年，我为家打拼，给自己记了个三等功，我一直努力地做好榜样，我也如愿以偿地做到了让多年不快乐的父亲露出笑容，感恩我的玲，我的风，我的熊。

---

* 2016 年 2 月 7 日，日精进第 207 天。

这一年，我认识到人生需要精进，但不要执着于结果。

如此年年，年年总结，年年记录，那么当我年迈步入迟暮，翻翻自己的账本，满满的爱，此生足矣。感受心情的愉悦，感受季节的情意，感受生命的延续……人总会想着等我怎样了，我就要怎么样。我逐渐明白：任何事物经不起等待，更何况现在是高速变幻的时代。五年可以变换一个世界，五年前的我和现在，也是今非昔比，思维意识、价值观都不尽相同，只有活在当下，人生才会圆满。过多的期盼，只会对人生越来越看淡，人生是一段旅程，前进的脚步始终不能停下，人生需要在前进中不断学会选择，学会体会，学会欣赏。

思*

徐美芳

仿佛 2016 的钟声还在耳边回旋，2017 的钟声即将敲响，时间过得真快。小时候天天掐着指头盼过年，而今，总是感慨时间飞逝。

猴子灵活多变，都说猴年会发生一些变化，今年的事情有些多，自动对号入座了。感恩心师的教诲，让我以一颗平常心面对风风雨雨，坚信每一个坎都是历练，经历过后会成长，更多地宽容人，宽容自己，更纯粹地助人为乐，以更成熟的心智笑对岁月。

儿子上高中了，念的国际高中。孩儿尚未上学，我就设计好学习路线，结果以大相径庭告终，虽然用了很长的一段时间去调整自己，最终还是平静地接纳，孩子的路，终归要他自己走。

不经意间，已经将家族的担子悄悄扛起，大家小家，都是我的牵挂，努力做好自己，用爱激励小辈，责无旁贷。锋和平的离开，心曾经狠狠地痛，最终还是放下，人各有志，离开意味着有更广阔的天地等着他。

金豪达茁壮成长，今年终于买了一块地，每一寸土地都凝结着豪达人的心血和汗水，勤劳加智慧，必能铸就辉煌的明天。

西安的种子力量，孔雀寺的化性禅，五台山的大拜忏，台湾的游学，一次又一次的心灵洗礼，如何学习，如何做人，如何修行，推演智慧，究其实相，让我心中有明镜，做事有准则，前行有导航。

这一年，健康给我敲响了警钟，身体发肤，受之父母，我一定要倍加珍

---

* 2017 年 1 月 27 日，日精进第 561 天。

惜，2017 年的锻炼列入计划，用健康的身体去做我所想，爱我所爱。

这一年，遇见了太多的人，经历了太多的事。感恩所有的人，感谢发生的一切。我过得真实。

我所爱的那些爱我的人因此而幸福。

2016，一路平安；2017，一起飞翔……

陪 伴*

郑 英

吃完晚饭，原计划回厂把手头工作整理一下，女儿看我要出门，拉着我的衣角嗲嗲地央求我带她去大门口玩一会，我的心都要化了，怎忍心拒绝，于是乖乖地从了她。她开心地带着我蹦蹦跳跳往大门口走，我也由着女儿指挥我："红灯、绿灯、停、走……"不知不觉女儿就带我路过舞蹈房，这下可好，她迈不开脚步了，站在透明的玻璃窗前，眼睛一直盯着跳舞房里翩翩起舞的哥哥姐姐们，她在外面一边看一边也学着跳……女儿一抬手一扭臀还真像那么回事。哥哥姐姐们跳完舞，有几个跑到对面的书法班去了，女儿又跟了过去，今晚我成了她的小跟班。书法班里还有间小书屋，书架上摆满了书，女儿也不怕生，径直走到书架上拿了本书，放在桌子上，一边翻一边不停地指着书上的动物问我："妈妈，这个是什么？这个呢？……""这是海胆！""哦，妈妈，我知道我知道，海胆是生活在海里的，海底小纵队里有！"……她翻完了一本，又去书架上拿了本，看姐姐趴在地上看，她也摊开了，趴在地上看起书来！时间过得好快，女儿津津有味地看了一本又一本，我催了她好几次回家睡觉，她还舍不得离开。我们一起把书放回原位，女儿才恋恋不舍地跟姐姐、阿姨们说再见，约明天再聚。

洞见：陪伴女儿的时间过得好快，我希望每天都可以像今天这样陪着她，给女儿最好的礼物就是陪她慢慢长大。我衷心希望她每天都开开心心、无忧无虑。

* 2017年6月20日，日精进第558天。

家庭是修行的道场*

钱昌校

跟妻子结婚七年，好像没有经历七年之痒。然而刚结婚那会儿矛盾重重，妻子喜欢吃素，我喜欢吃荤；妻子很多菜不吃，而我是杂食动物；妻子挤牙膏从下面一点一滴挤，而我一把从中间挤；妻子很讲卫生，把家整理得井井有条，而我随意而凌乱；妻子与朋友往来较少，而我常常是呼朋唤友；妻子节约，而我浪费；妻子内向理性，而我外向感性……至于如何看待跟父母的关系，与妻子之间更是有严重的冲突，几次激烈的冲突都是源自于此。孩子的教育问题，抽烟问题，都是我们的矛盾点。

家庭矛盾的根本是对事物的看法不一致，比如衣食住行方面，又比如孝顺、勤俭、仁义、诚信等方面，矛盾是一般现象，是普遍现象。然而矛盾的发展有两个方向，一个方向是消融，另一个方向是升级。消融的原因是放下固执，放下自我价值观从而接纳对方价值观，适应对方的言行，这是根本的消融；还有就是沉默，虽然没有放下自我价值观，但搁置争议，这是治标。而矛盾的升级，则更多的是因为想象，追究过去，恐惧未来，把想象当成现实。所以，家庭亦是修行的道场，夫妻之间、亲子之间、婆媳之间，相互托起还是互争地位，听话服从还是人格独立，感恩还是索取，种下什么样的思想种子，就会结出什么样的果实。

洞见：建立真正内心认同的自我，一滴一滴地践行，慢慢来，慢慢磨，几十年如一日，磨的过程中有痛苦也有喜乐，而其中的体验，恰恰是修行的当下。

* 2016 年 10 月 26 日，日精进第 321 天。

乐善好施*

朱 鸽

今天我们在武义大山深处参观乡村及大自然风景，沿途的风景都是最原始最纯朴，非常安静非常自然，满目的苍翠和溢满四周的负氧离子，让我深深感受到大自然最无私的恩赐。在一处山顶小村庄，看见成群的的羊儿在古石道觅食，太美太吸引人，于是静静地欣赏着。羊群在清新的阳光下，在山地上、田野间、石板路上，静静地觅食，呼吸新鲜空气，看着这一幅恬静的羊群觅食图，顿觉幸福。孩子们欢歌笑语，在田间、小巷嬉闹玩乐，尽情地享受着童真年华。回程途中路过村口，见一位消瘦的老人穿着补丁过的灰色长衣裤，弯曲着身体一把一把抱起晒干的油菜杆，我们就不由自主地上去帮忙，老人不断地说着谢谢，但我们看着老人脸上会心的笑靥感觉比什么都充实。其实做善事不一定要舍近求远，我们身边可以帮助和带动的弱势群体还有很多很多。给自己和孩子们种下乐善好施的种子，约定在暑假的周末时间，再次走进这座大山深处的村子，去帮助这里的老人，给予他们物质和精神上的帮助，做一点自己力所能及的事。

洞见：和孩子们分享在途中看到的这一幕，教育他们在今后的人生道路上，我们除了需要自身的能力和强大的能量，还要尽可能地去帮助需要帮助的人，也告知孩子现在勤奋学习，将来才有更多的选择机会，才会有更多的机会帮助别人。成长自己，强大自己。言传身教，以点滴爱心种好帮助人的好种子。

* 2017 年 5 月 28 日，日精进第 520 天。

收　获*

朱　鸽

今日收获很多。

1. 上午去银行办事，发现柜台工作人员处理业务环节繁多，一天下来的身心疲惫完全可以理解。领悟各行各业工作岗位之难，学会换位思考，学会沟通理解，相信这样对社会的和谐肯定会更好。只要大家都彼此以心换心地为对方考虑一点点，那大家的笑容也会多一些，我们的社会素养和文明程度也会提高。

2. 下午去供应商工厂办事，与其负责的厂长沟通生产流程和业务操作流程，又学习了很多生产和管理上的细节，再次深深感到业精于勤，贵在持续。只有坚持主业，持续创新求发展，这样的企业才会生生不息。

3. 晚上环旅 DREAMTRIPS 俱乐部聚会，会员们见到我都说我变化和提升很大，领悟健康开心快乐的心境。我参与这个平台已经有一年多的时间，参加了很多次旅行和学习，学会改变自己的心态和状态，提升自我调节能力，很多原先很纠结的问题也慢慢地得以化解，心情好了，自然而然精神就好了，气色也好了。

4. 回家路上收听非常喜欢的 95 爱阅读电台，正在播放易中天分享孩子教育。望子成龙固然好，但望子成人更好，更贴近我们普通大众，真实、善良、健康、快乐成长，有一技之长，拥有积极乐观、向上向善的心态。教育孩子也是我们父母成长持续提升的过程，真心需要通过学习提升自己的思

* 2017 年 6 月 6 日，日精进第 529 天。

想水准，同时也需要在和孩子的相处沟通中给予最有质量的陪伴，对孩子做到言传身教。

洞见：用心生活的每一天可以收获到很多有价值和有意义的智慧，同时也是自己生命意义的提升。我们不能掌控生命的长度，但是我们可以更好地把握自己生命的宽度，最重要的是能把自己的优点发挥得更好，让自己的每一天过得精彩。

尊重每个孩子的成长节奏*

吕欣颖

村里的元宵晚会热闹非凡，虽说每年都是一样的节目，一样的游戏，但每次我都会去凑个热闹，亲身参与体验每年都不一样的感觉，而且今年还是小哈过的第一个元宵节！哈爸买了两个陶瓷玩偶，让我们上色。小哈虽然才十一个月大，但我还是给他画笔，让他尽情发挥。身边有三四个小朋友画得都很投入，很认真，但一边的家长反而看得很是心急："你快看图片，应该是黑头发的，这里是这个颜色。""快点涂，别这么磨蹭！""欸欸欸，看好了，别涂过界了。"虽是孩子的游戏，但家长比孩子还较真。家长们已被太多教条束缚，心里都有好孩子的标准，按部就班，动作快，听话照做。但每个孩子心中的玩偶却是五颜六色、独一无二的，可以是蓝头发黄眼睛，也可以是红头发绿眼睛，就算涂过界又怎样，他们已经很努力了。

洞见：每个孩子都有自己小小的五彩斑斓的内心世界，但有些家长却没耐心去关注孩子的小世界，更别提尊重了，以至于孩子们的小世界慢慢地变得暗淡无光。我们需要做得很简单：给他们无条件的爱，允许、接纳他们，允许他们以自己的节奏成长，接纳他们现有的状态，像爱他们刚出生时那样爱他们，孩子最需要的爱是在他们尽情体验时，父母在一旁的欣赏和默默陪伴。

---

* 2017 年 2 月 12 日，日精进第 147 天。

“双十协定”*

胡大思

10 月 10 日是妻子的生日，在八年前她生日的时候，我送了她一个水果篮子，篮子上的两个苹果似乎代表着心心相印，最终我们走进了婚姻的殿堂。那是我送她最用心最浪漫的一份生日礼物。

今天是我们结婚七周年后妻子过的第一个生日，我感觉到这七年她跟我在一起，是如此的艰辛，也是如此的平淡。作为一个丈夫，没有给我的妻子太多的幸福与快乐。我深深地知道妻子的三大需求，却没有给以很好地满足，没有给予她足够的安全感，没有一点浪漫，甚至没有给她太多的认可，让她感到些许的遗憾。

三年前，我进入了教练技术的学习，一阶段、二阶段、三阶段、助教、教练，企业魂的创造、觉醒，让自己慢慢成长，一步一步地蜕变，努力提升自我。作为人生当中关系最重要的、跟我最亲近的人，我应该给妻子更多的爱与关怀。记得在婚礼上，面对彼此的亲朋好友，我信誓旦旦地说以妻子为中心，一手抓经济建设，一手抓生儿育女。可是不少时间都把这些话抛到脑后，令妻子伤心流泪，完全违背了自己唯一能哼的一首歌：男人不该让女人流泪。

在妻子的生日之际，早上起床跟妻子说一声生日快乐，上班时给妻子发一个 1 010 的红包，再在家长群中转发大家给妻子的生日祝福，让团队策划晚上的自助烧烤、99 朵玫瑰、爱心烛光、我神秘出现的安排，一切的一切，都想给妻子一个惊喜，让她能够收获一份浪漫，以表达我的用心、我的爱！

* 2016 年 10 月 10 日，日精进第 19 天。

洞见：我相信我是一个长跑运动员，前面跑得很慢，却能坚持到白头。我们必定能够同甘共苦，享受当下，不断地追求目标，共创属于我们的幸福。今天我很喜悦，以妻子为中心，这是我对妻子签下的“双十协定”，是我青春时刻与酒后的豪言壮语，也是我对妻子许下的最大的诺言！

遇 见*

郑乙雯

我带上满满的能量回到工作与生活中去，今天刚走出教室就搭同学车去东莞办事，当我们把行李放到后备厢后便啪的一声把门一关坐到后排。同学大声喊道：“别关，车的钥匙放在车里了！”可是一切都来不及了，那冰冷的门已经打不开了，怎么办？就在此时，各种指责声音进入我的头脑：“你怎么这么不小心，真倒霉。”当时我就进入崩溃状态，然而，灵光一闪而过，这不是从训练课堂出来检验自己、考核自己的机会吗？于是我马上让自己注意转入呼吸，连接资源，不再责怪自己和别人，想办法找资源，找酒店人员，找了一拨又一拨，开锁人要 2 个小时到，我就和同学决定先吃晚饭，利用这时间，好好享受晚餐。我们点了丰盛晚餐，借此机会让我们更深入了解对方。人一旦焦虑或抱怨，就进入崩溃状态，只会让事情变得更复杂。当我们吃好喝好，电话响了，师傅到了，一切刚刚好。

让自己去接纳意外，接纳现在。我们都会遇到人生有很多意外、很多问题，遇到了就去面对，然后转化为资源，这就是精髓，这就是修行。就像处理夫妻关系一样，当我们遇到一个问题时，就开始互相指责、互相抱怨，在这过程中，问题没解决，还会窜出很多问题，把大家的心搞累了，后来发现另外一半不是自己想要的，就分手说拜拜！工作也是如此，人生一次又一次复制，无法得到生命赋予的喜悦与丰盛，要想改变，得从心智模式开始，我感到我如此地幸运，遇见我们的生命成长伙伴，遇见生命导师，遇见意外，这次意外，真

* 2017 年 6 月 18 日，日精进第 226 天。

的很美很美。

洞见：人往往感觉自己走在沙漠上，前面还是一望无际的沙漠，却忘了回头看看，后面已经是一片绿洲，这绿洲已经赶上你行走的速度。以前的问题与困难，现在走过来都已变绿洲。人生有很多意外，也有很多问题，去经历它，体验它，接纳它，欢迎它。

母爱的传承*

俞丽绚

自我有记忆开始，母亲就体弱多病，但母亲是个意志力很强的人，听说为了哮喘病情能好转，她在孩子顺产后一百天里几乎没吃盐。因父亲早年教书，闲时喜欢写字看报拉二胡，所以农活基本上都落在勤劳的母亲的身上，家中里里外外，村里从生产队到分田到户责任制，所有的活，她样样都干。

母亲也是个热心肠的人，她总是说帮助别人能使自己心情愉快，像工厂老板，有能力可以出钱帮助别人，自己虽不是大老板，但可以闲时种点小菜给有需要的亲朋好友。

这些年，母亲一直有病缠身，但她从来没有自怨自艾，反而用乐观积极的心态感染身边的人，包括常年为她看病的医生，而热心肠就是她的治病良方。都说母亲是孩子的第一任老师，这一点，我感同身受。母亲没读过多少书，她不懂什么是儒家的处世之道，但她心存善念，在日常生活中质朴地逐日修行，凭着一颗善良之心教育下一代。她从小给我们立下很多规矩：别人对你好，一定要懂得感恩，人家送的礼物大人不在家时一律不能动。这些虽然是生活中的琐碎小事，却让我们兄妹几个耳濡目染，养成了良好习惯。

出嫁后，我妈总会提醒我对公公要孝敬，说“孝顺大人自得福”，还说，遇上节日，可以忘记她与父亲，却不能忘了公公。也正因如此，公公生病时喜欢我陪他去看医生，在年迈病重的紧要关头，也是在父母亲鼓励下做出了正确的决定，让公公的生命延续了好几年。

---

* 2017 年 5 月 13 日，日精进第 177 天。

母亲说不出多少大道理，但她做事有自己的原则，就是好人有好报。她曾经奋力救助因骑三轮车严重翻车的阿公；曾经捡到鼓鼓的钱包亲自找到失主；曾经对村里家庭有特殊困难的女孩关心帮助；对帮助过自己家里的人更是毫无保留地伸出援手。

我的夫家在同村，母亲对我夫家的生活也很关注，时不时在我和丈夫面前提醒：兄弟之间多帮衬，只有大家好，才是真的好。

“家家有本难念的经”，生活中难免会碰到磕磕绊绊的事情，每当有人问我：一般女人都不一定会做的事，为什么你能有像男人一样的气度？我说，那是因为我有一个伟大的母亲！今年，母亲七十寿辰，在母亲节的当天，我想捧上一束鲜花，回到家，给她一个紧紧的拥抱。

洞见：“世上只有妈妈好”，这首歌诠释了母爱的无私、伟大。前几天，我发自内心感恩母亲多年的教育流入笔端，投稿于《永康日报》。母亲节的礼物可以各式各样：鲜花、衣服、聚餐，等等。如果不能陪伴在一起，那么，哪怕是打一个电话、发一封短信都行，只要发自孝心，用任何方式，长辈都会心满意足。

写在已没有父亲的父亲节*

俞丽绚

今天是父亲节，看到手机上满满的祝福，我泪如雨下。

六年前，我爸七十寿辰时还挺精神的，之后，不幸降临，出行时被汽车撞得不省人事，我含泪飞奔医院，从三天三夜等待爸爸醒来的煎熬中，我深深体会到健康平安是人生最大的幸福。

爸爸经过一月有余的治疗总算是有惊无险，虽无大碍，但由此爸爸五脏六腑的功能加速衰退。几年时间，我见识了什么是 ICU 病房，多次品尝陪哥在病危通知书上签字的滋味，一次次担心害怕爸爸随时离开，无数次假设这一天的来临，我将如何面对？我总会噙满泪花扪心自问，父母老了我能为他们做点什么呢？

人生在世如过眼云烟，父母与我们共度的时光非常有限，“树欲静而风不止，子欲养而亲不待。”当你切身感受到失而不能复得的时候，就会体会到拥有时的弥足珍贵。

我爸喜欢旅游，回想 2009 年一家人赴香港游，他们玩得多么地开心，时隔五年想带他们出国看看外面的世界，可爸已身体不支，只能在住地就近走走了。爸爸老了，作为女儿真的该尽点孝道了，一贯忙碌又带有小洁癖的我，之后却无怨无悔地给爸爸搓背洗脚。每次住院，病友看到我爸不仅可以享受女儿搓背洗脚的孝心，还常能享受面部清洁美容时，总会羡慕不已。一次次的肌肤之亲，爸爸总会露出幸福的笑容，我的心里也是无比的满足。

---

* 2017 年 6 月 18 日，日精进第 213 天。

今天是父亲节，我已无法再次触摸爸爸脸上熟悉的几颗老年斑，再也不能小心翼翼为他层层剥落脚上的鸡眼，再也没机会给能写一手好字且无师自通会拉二胡的双手擦上润肤露。一切已不复存在，爸爸真的走了，出殡那天撕心裂肺号啕大哭后，我心中留下了一道永远的伤痛。

为了母亲，我伪装坦然；为了自己，我选择坚强。“人生自古谁无死？”我欣慰爸爸人生虽未至耄耋之年就病魔缠身，却如无疾而终，他走得安详。爸爸几十年高血压缠身却从未头晕不适，十几米高的地方不慎摔落也是安然无恙，实实在在是位病者，却睡得着吃得香，除了常年服药的麻烦外，几乎没有什么痛苦困扰。我想，爸爸虽然生性耿直，脾气暴躁，但几十年从未听到他在背后数落人家，无仇恨心、无抱怨情，包容一切是他最大的特点，也许这就是有病无痛的最佳答案吧。

我起身擦干我的泪水，努力振作，不忘爸爸当年给女儿取名的初心：活出美丽、绚烂人生！爸爸，女儿永远怀念你！

洞见：“百善孝为先”，父爱、母爱是人世间最无私的爱，身为人父人母者更能深切体会：孝顺父母，弘扬孝道文化，是儿女们应有的道德准则。孝敬，不必等到荣华富贵，一定要趁早，千万别输在等字上，无以言孝之时，才后悔不已。

亲爱的妈妈*

杨景棋

亲爱的妈妈：

今天是你的生日，我从来没有这样表达过：我爱你。从小到大，你用自己的生命和苦难承担了一切，给我们三兄妹最好的教育条件，你最大的愿望就是让我们三兄妹能从农村走出来，不要像你和爸爸流那么多汗水和泪水。你把你所能给的都给我们了，你三年级就辍学了，下地干活，为了我们，你和爸爸斗过嘴，和村里人有过不愉快，你像一个老母鸡保护着自己的小崽子。

为了我们上学，你可以求任何人，可我们却还对你有很多误解，觉得你平时胡搅蛮缠、无理取闹、泼辣计较，觉得你太小气了。我们没有办法感受到你的人生是多么坎坷，我们知道，如果没有我们三兄妹，你曾经多次想放弃自己的生命，你承担了所有的苦难为我们趟平道路。

我们要感恩母亲的养育之恩，我们每个人都会走好自己的人生路，光耀家族，为我们的亲朋好友示范，成为人们的榜样，我们也会把家族的优良传统发扬光大！你也该歇歇了，享享福，儿孙自有儿孙福！谢谢您！感恩您！我爱您！生日快乐！

其实，当我们讨厌一个人急性子时，我们是没看到他的行动力；当我们讨厌一个人很强势时，我们是没看到他的决断力；当我们讨厌一个人说话绕弯时，我们是没看到他的思维缜密；当我们讨厌一个人行动缓慢时，我们是没看

* 2017 年 5 月 10 日，日精进第 165 天。

到他的包容和淡定；当我们讨厌一个人啰嗦时，我们是没看到他的专注与在乎。一个人有缺点，也有优点，凡事没有绝对的对和错、是与非。如果对别人的缺点与不足，换个角度去看，那一定会有别样的心情，我们就会更多地欣赏，心存大爱与包容。

使命的力量*

杨景棋

前年，一个偶然的机会，在企业魂觉醒之旅中，总教练问："你是谁？你来自哪里？你要到哪里去？你此生最大的使命是什么？"历经成长过程，我真正地找到了自己的使命，我今生要做一件自己喜欢的事情，就是帮助人们，雪中送炭，永远给别人需要的！

树不是为了让人乘凉才成为树，而是它本来就是树；深谷兰花不因无人而不芳，因它本就芳香。当你找到你自己，做对了事，对你自己和对这世界就是最美！

使命就是带着你踏上回家的路，使命就是一种感动你且长期感动你的符号。做与给是两码事，做了很多却没有效，是因为你没有全然地给出去，当你全然地给出去后，你就从漩涡的世界里走出来。

你的人际关系、事业、金钱等问题不是你的问题，漩涡才是你真正的问题。生命中的战场，就是学习场，要学会冲浪，学会漂浮，别想这片大海的海浪会停止。

让使命与事业连接，打通任督二脉，这是你需要使命，不是使命需要你。老子说："人法地，地法天，天法道，道法自然。"在老子看来，宇宙中，人、地、天、道等，"道"乃最高。人生世上，乐于助人，并不是为了使别人感恩，而是完成人生的使命。

* 2017年6月6日，日精进第192天。

常回家看看*

夏绍红

昨天，两个孩子放假回家，今天我也正式放假，就接到妈妈的电话，问是否回去吃饭。本想不去，好好在家赖赖床的，可一想妈妈肯定想我和孩子们了，于是我们都去妈妈家吃晚饭，这下可把老人家乐坏了。

吃饭期间妈妈叫孩子们留下住两天，可是我们已经把年前这几天的计划排得满满当当的了：我跟老公整理家务，购年货，孩子们要做寒假作业。但妈妈听了我们的计划时，还是跟孩子般的软磨硬泡地缠着要孩子们留下。孩子的作业已经计划好，真不想留在妈妈家，妈妈顿时饱含泪花伤心地说："现在都长大了，没人会陪我了。"顿时把场面弄得紧张起来。当看到妈妈委屈的样子，心里不是滋味，吃完饭跟孩子们沟通，让孩子们留下陪外婆两天，孩子们也心疼外婆就留下了。当妈妈知道孩子留下时，高兴地开始准备明天的吃喝。

洞见：看到妈妈的喜悦，我顿感惭愧，就这么一点点路，几十分钟的路程，可是一个月能去几回？老人没多大的要求，只是想看看我们小辈，可是就这么难。是啊，应多回家看看，多陪陪父母。人人都会老，孩子们也都会长大，也会离开我们。如今父母的这种感受也将是我们日后的感受。

---

* 2017年1月20日，日精进第52天。

跨越人生的栏杆*

夏绍红

人生有太多的栏杆，跟孩子相处过程中，出现的道道栏杆是我们做父母最难跨越的。张老师把孩子的问题总结起来只是那么小小的几个点，可是几乎所有的孩子都存在这些问题，令大家头疼。偶尔会跟孩子起冲突，有时感到力不从心，没有办法跟孩子更好地交流并加以引导。听完张老师的课，我豁然开朗。其实每一个爸爸妈妈看来高高难跨的栏杆，只要有方法都不是事，让孩子有自信，做好孩子的标杆。每个孩子都有两个点：缺点和优点。让我们用欣赏的眼光去发掘孩子的优点，关注优点，缩小缺点，从而树立孩子的自信。

我们的每一句话都可能影响孩子的一生。孩子的梦想是无边际的，有时在我们看来不切实际，就会很直接地用我们自己认为不可能的话去打击浇灭，可我们没有想过另一句话：没有什么是不可能的。孩子有梦想，我们就要无条件地肯定、支持、接受，从而帮助孩子体现自我的价值。当孩子做事的结果不尽如人意的时候，我们是让他找理由，还是找方法呢？太多时候是迫使他去找理由来应对。有时我则会用张老师给的方法，用建设性的问句启发孩子，可是孩子一听觉得我是表面性的，而不是真正用积极的、正能量的行动去支持。

都知道肯定孩子就是给予孩子最大的鼓励，用自己的行为去影响孩子，多用肯定式的语言给他力量，让孩子做一个懂得感恩的人，当他们只有心中充满了感恩，内心才会快乐、才会用满满的正能量去面对今后的每一件事。

洞见：父母的学习态度，决定了孩子的高度。父母是孩子踏上人生之路的

* 2017 年 3 月 31 日，日精进第 123 天。

领跑者。最需要学习的是我们！学习就从张老师给的方法开始，学以致用，学会怎么去用，怎样才能把它用到极致。慢慢地去摸索。只要我们自己学会了如何成长为一个优秀的人，我们的孩子也就一定能越来越优秀。改变孩子先改变自己。

厚 德 楼*

朱有福

今天上午 8 点半，应金姐的盛情邀请，我们夫妇和林总坐上陈老师的车去永康南部花都前渡金村参加村文化礼堂——厚德楼的落成典礼。

厚德楼原址是村祠堂，始建于 1946 年，据说是永康城乡建得最好，也是最后的一个祠堂。村民们的红白喜事，孩子们的读书考试，村里的会议活动等都在这里举行。1999 年 7 月 21 日，被无德之人放了一把火烧了，几十年来，祠堂成为全村老小心中隐隐的痛。

今年 55 岁的金德运先生，18 岁参军，转业后到深圳创业，做过房地产、贸易等，因为他助人为乐、德才兼备，所以生意越做越红火。当他得知村文化礼堂要重新兴建时，浓浓的乡愁转变成慷慨的资助：计划用 500 万元独资兴建祠堂让村民们有一个休闲、娱乐、办公的好去处。

祠堂建成后，金德运先生、金美韩女士取名厚德楼，实至名归，寓意深远！

今天的典礼上，镇领导祝福，村长致辞，艺术团助兴，小小的村庄沸腾了，特别是村姑们的绝活——马灯舞，让客人们大开了眼界……

典礼结束后，我参加了平生第一次的上千人一起用餐。淳朴的村民们早早地准备好了粽子、肉饼、角干麦饼、豆浆……我一直跟在金德运先生的后面，清楚地听到一位 90 多岁的老大娘拉着他的手，抹着眼泪说："运儿，这么多年不见啊，你真的了不起哦！"德运说："大娘，没有什么，我只是为了完成母亲

* 2017 年 5 月 26 日，日精进第 656 天。

的心愿而已。”此情此景，感动了在场的每一个人。这时候，广播里传来了动人的歌声：父老乡亲，树高千丈也忘不了根……

洞见：福杯满溢，造福乡里！感恩金美韩姐姐的盛情邀请，让我回味了浓浓的家乡情结，感悟着厚德载物的传统文化！

遇见更好的自己*

叶园芳

今天有一件事情让我感触很深：下午老板娘整理物品，看着她忙得不亦乐乎，想去帮忙，但是又不知道从何入手。因为不知道她的思路，总觉得自己的知识面不广，对物品摆放也没有特别多的建议和美感认知，索性不去掺和了。

或许她的认真专注有着特别的吸引力，让我不自觉地向她那边靠近，她好像知道我要帮忙，主动和我交流起来，而我一直是嗯啊哦地回应，没有过多建设性的语言。但我深刻地感受到她对事件的要求完美，一直不断地更换茶席，调整茶具的位置，货品移上移下。

或许在外人看来，这么麻烦，差不多就可以了，但她却专注投入，其乐融融。她告诉我，做事情就是要不怕麻烦，不断调整，不断要求，不断尝试创新，到最后就会达到自己最满意的状态。也许在这个过程中你会厌烦、没耐心、想将就，但当你战胜了这念头，那么你的心态便又上了一个台阶。

听着她说的这些让我不禁想起《羊皮卷里的坚持不懈》："我不知道要走多少步才能达到目标，踏上第一千步的时候，仍然可能遭到失败。但成功就藏在拐角后面，除非拐了弯，我永远不知道还有多远。再前进一步，如果没有用，就再向前一步。事实上，每次进步一点点并不太难。坚持不懈，直到成功。我绝不考虑失败，我的字典里不再有放弃、不可能、办不到、没法子、成问题、失败、行不通、没希望、退缩……这类愚蠢的字眼。我要尽量避免绝望，一旦受到它的威胁，立即想方设法向它挑战。我要辛勤耕耘，忍受苦楚。我放眼未

* 2016 年 11 月 29 日，日精进第 3 天。

来，勇往直前，不再理会脚下的障碍。”这段文字在老板娘身上展现得淋漓尽致。她对于工作，对于生活都是那么地不放弃，不退缩，一直在茶路上坚持不懈，她说：“信仰就是相信什么，并且一直走下去。”

洞见：走再多的路，吃再多的苦，都不要被眼前的困难所击败，因为它们都是暂时的，你永远都不会知道下个转弯你会遇见什么，如果到最后结果是好的，过程苦一点又何妨呢，只为遇见最好的自己。

贵在沟通*

陈 敏

这几天，明显感觉到七岁的儿子对我有抗拒回避行为。

晚上讲完睡前故事后，我耐心地问他："成成，是不是妈妈有什么地方做得不够好，让你不开心了？"

孩子说："凭什么不能玩游戏？不能玩 iPad！凭什么我不能看电视，别的小朋友都可以！坏妈妈，坏妈妈！"

因为儿子太沉迷电视和手机游戏，后来就把电视取消了，也不允许他再玩游戏。虽说是家里大人的一致决定，但根本没有考虑过他的感受。我听了，心里五味杂陈。这段时间一直安慰自己，我们是为他好，但大人的行为让他不接受不理解，反抗是必然的。回想前几天正面管教沙龙里，快子老师的一句话，让我记忆尤深：先连接情感，后纠正行为。于是等他安静后，我就找适当时机跟他对话。

我说："嗯，谢谢成成对妈妈说了这些，妈妈能感受到你很不开心，前面说的这些，都是你非常想非常喜欢的东西，可妈妈都不允许你或者限制你，你觉得妈妈根本不爱你，是吗？你希望妈妈在这些方面应该尽量满足你，是这样吗？"

孩子说："哼，坏妈妈，坏妈妈！"

我说："嗯，妈妈爱你，但妈妈也不好，很多事情虽然觉得是为了你好，却没有考虑过你的感受，要不我们现在好好商量一下如何？"

经过讨论，我俩建立了规则，定出了双方都同意的结果。儿子一下子开心

---

* 2017 年 4 月 19 日，日精进第 47 天。

了，还特意倒了一杯苹果汁给我喝。

洞见：在教育孩子上，很多时候我们以“为你好”为理由来绑架控制孩子，其实满足的是大人自己的需求。虽然孩子小，但他有自己的思想。电视、游戏不是说不能玩，把握好度才最关键。既要给他足够的空间，也需有一定的约束，才能更好地引导他为自己的行为负责。生活中对待亲人孩子，贵在沟通！

人生的基石不能建立在不确定性上*

任志革

博彩业让澳门成为一座既熟悉又陌生，既成功又伴着失败，既使人充满期待又令人伤心欲绝的城市。

我的大伯就是因为在这座城市经历了人生过山车，从此再也没爬起来。回想十年前，我大伯本来在村里当了许多年的书记，后来有一个新上任的村主任嗜好赌博，我大伯被村主任邀约去了澳门赌博，第一次赢了 20 万元，第二次也赢了 20 万元，第三次输了好几百万元。因为受到精神的压力，胆结石发作，在赌场肚子就痛得吃不消，后来从澳门直飞回杭州医院做手术。本来是一个小小的手术，结果出了医疗事故，大伯就再也没有从手术台上走下来，一个家族的灵魂人物的生命，就这样终结了。

今天下午当我进入了所谓的娱乐场，其实就是赌场，每个角落都有工作人员，带着冷漠无情的眼神在巡视着每个角度，赌客们没有笑容但很专注手中的牌，一边看一边高喊想要的那张牌。我随意拍了一张照片，工作人员就马上要求我把这张记录了一张张贪婪面孔的照片删掉。

洞见：大陆人好去澳门赌，但是澳门本地人却不参赌，因为澳门人很清楚，赌博不应该成为生命的基石，如果人生的基石是建立在不确定性上的话，那么人生绝对是一种悲哀。赌博，害人害己，千万不要再赌了，以前输掉的就算了，当买个教训吧。好好工作，忘记过去，一切生活都从今天开始，明天的阳光更灿烂。

---

* 2017 年 4 月 11 日，日精进第 38 天。

愿我们每一个人都能远离赌博等不良嗜好，珍惜眼前时光，爱护自己，享受高品质的精神生活！

推荐词：赌博危害了身体、意志、甚至家庭。从我做起，树立自己的价值观，远离赌博。

爱的连线：每天一通视频电话*

应天虹

20点38分，近50分钟的视频结束，耳边还萦绕着小侄女的嬉闹声和爸妈的唠叨声。

由于父母以及其他家人都在外做生意，每天的视频通话聊天，似乎已成为一种习惯，成为每日生活中不可或缺的一部分。哪天不联系心中就仿佛空了一块，我想这就是所谓的思念和对家人的牵挂。缘于这份惦念，我想多看看爸妈，看看哥哥嫂子，看看小侄女，因为通过视频听着声音，仿佛他们就在近旁，就在我的身边。今年，哥哥给小不点儿报了幼幼班。她今天上第一堂课，很开心，视频里就一直不停和我说那个黑黑的老师（外教）教了她什么，还表演给我看。我问他黑黑的老师长什么样，好不好啊，她就又叽里咕噜地说了一大堆。牙牙学语的年纪很多话还吐字不清晰，爷爷就在一旁翻译着，我就嗯嗯嗯地应承着（到最后我也没明白她到底学了什么英文）。日子就这样继续着，看似平淡却充满了幸福。

有时候和爸妈他们打电话、通视频，朋友也在，她们听得多了就会问我："你怎么和家人有那么多话聊啊，不腻吗？"我的回答当然是否定的。爸爸妈妈不在身边，我想知道他们每一天都吃了什么，开不开心，看了什么电视，周遭有没有发生什么有趣的事……总之，我想了解他们每一天、每一小时、每一分、每一秒的生活细节，而他们也同样关心着我。无疑，视频通话成了我们最便捷的沟通方式，这样我不仅能听到他们的声音，也能实实在在地看到他们，

* 2017年3月22日，日精进第5天。

看着他们每一天的变化。

虽然不在一个城市，但我们是一家人，他们是我可亲、可敬、可爱的家人。沟通，让人与人之间更亲近，让心与心之间无间隙，一根短短的网线，也让一家人的感情拉得更亲密。

我爱我的家人，爱爸爸妈妈、哥哥嫂嫂、小桐桐、亲朋好友和那一群群可爱的人儿！是他们让我的生命充满欢乐、充满希望、充满爱！

念　念

——今上心头

缘于惦念，寄只言片语而犹不得眠。

终于思念，虽寥寥数语而安于困倦。

慢一点，再慢一点*

应天虹

5:30，下班晚高峰，天空依旧飘着细雨，连日来的雨天，使路面变得有些湿滑，多了很多积水，让人寸步难行。然而，这并不能影响人们的归家心切，行人毅然撑着雨伞闯进了雨幕，在雨中穿梭着；电动车也不时地从行人身边擦身而过，吹过一阵凉意；汽车在马路中间呼啸而过，溅起一阵雨幕……大家似乎都很匆忙！

然而，天公不作美，雨越发大了些，豆大的雨滴砸在车窗上迅速地破裂开来沿着车窗往下滑，我望着窗外缓慢前行的车流不免有些不耐和烦乱，司机大哥似乎也因雨天心情浮躁，不时地按几下喇叭，宣泄心中的不快。忽然，汽车来了一个猛刹车，我的身体由于惯性剧烈地前倾了，我有些诧异，难道前方又堵车了？往前一看，原来是辆电动车在横穿马路，司机被吓得不轻，嘴里不时念叨对方的错。所幸没有人员伤亡，待电动车通过后，车继续缓慢前行。行至望春东路，变得特别拥堵，原来是两车追尾了，占了右侧一个车道。看到这里，司机大哥就开始吐槽了，他说他以前在上海开了六年车，从来不会有这种情况发生，车辆间刮擦只要没人员伤亡，一律拍完现场照，先自行把车开到路边不影响交通，违者都是交警到场后先扣车辆一周再行处罚的。也不会有车辆随意变道、抢行，都是车让行人，礼让先行。谈及这里，我也不免回想起在杭州工作的那段时间，行人走在人行道上，汽车都会先停下来让行人通过，坐在公交车上，在快经过斑马线的时候，司机师傅都会特意放慢车速，以防有行人

---

* 2017 年 3 月 24 日，日精进第 7 天。

通过可以及时停车。这样既减少了事故的发生，也避免了拥堵。礼让行人，文明出行，这是一个城市的文明标杆，也体现城市人文进步。

其实，我们需要戒掉那份浮躁，让内心多一份沉稳，慢一点，再慢一点，也只有慢下来，同样行走在回家路上的我们会更快、更安全地到家，那颗躁动而烦乱的心才会平静下来。这个世界的美，只有慢下来的人才会发现。

洞见：让文明出行成为一种习惯，将会创造更安全、更畅通的文明道路，慢的是车速，静的是内心，文明源于内心的安宁，心静，天空就会呈现蔚蓝。

行善路上的素食公益事业*

李 斐

真宁素食免费体验馆试营业一个月来受到了社会各界人士的关注。有观望的，有认可的，有反对的，有积极参与的，有不解的。不同声音的交汇，给我带来很多压力与烦恼。公益事业何尝不是在发端就饱受质疑？即便是股东也会出现价值理念的冲突和分歧。今天，真宁素食体验馆正式营业，重新调整股东后，管理层邀请我市知名餐饮企业主管参与首次座谈会并予以指导。会间，爵士布兰卡马总从专业的角度指出了素食馆存在的卫生问题和企业必须承担的食品安全责任；吴董指出要用标准化、系统化来打造素食馆，来这里不仅仅是吃一餐饭，这是一个修炼的场所，要让每一个来参与的义工都有所成长，让每一个人都能在这里找到自己存在的价值；胡总认为，要感恩每一个来吃饭的人，来了就是付出，就是对我们的认可，要让更多的人来参与。他们的建议给了我很大的启示，我坚信，只要我的初衷是善的，纯粹的，只管去做，其他留给他人去说。我们的初心就是要把素食馆打造成一个爱与善的家园。

从传统处世的角度看，无为不是不作为，而是该退则退，该担则担；放下不是逃避，而是为了能沉淀下来，厚积薄发；信任等同于价值，对方对我有几分信任，我在他心中就有多少价值；你我不落世俗，但不可不屑世俗；付出需要回报那就成了索取。我认真吸取大家的建议，潜心经营素食馆，不计较别人怎么看我，我只管做好自己。我来到这个世界上挣了多少钱、做了多少事都不

* 2017年5月8日，日精进第65天。

重要，重要的是我影响了多少人，帮助了多少人。我把举办素食公益事业当成是行善之路，需要我用时间和精力去修行，止于至善。

洞见：做公益亦是做慈善，诚心帮助他人，这是一种修行，是人生的一门必修课。

母亲的育儿理念*

王高震

今天是母亲节，俩老正在哈尔滨旅游。不能陪伴左右，唯独饮忆母往事，母亲读书不到三年，教育理念虽言简质朴，但在众兄妹成长过程中，起到至关重要的作用。20 世纪八九十年代，四兄妹全考上大学，在小镇也算光宗耀祖，母亲功不可没。她含辛茹苦，为我们树立了榜样，她的很多理念都值得后辈传承。

理念 1：什么活都要会做，长大后用不着干那是你们的福气。所以，家里田里只要报得出名的活，没有我没做过的。

理念 2：书要用心读，读书才是你们唯一的出路，只要你们哥弟俩能读书，卖了房子也供你们读下去。在当时的经济条件下，吃饭都成问题，这需要何等的勇气，多么坚定的信念。

理念 3：做人要理智，懂得孝敬长辈，兄妹礼让，要讲道理。所以兄弟姐妹感情至深，百万工厂免费相送，也只是片刻间的事。

父亲白天上班，下班常看书至深夜，对家里照顾不多，在学业态度上他以身作则，给我带了好头，而母亲不但要到生产队干农活，家里还要养猪养鸡做豆腐，尽力改善家庭生活，奶奶事、娘家事、姐妹事、外甥事，印象中没有她不管的事。母亲就是这样用自己羸弱的身体扛起了家里的重担，为我们健康成长保驾护航。

洞见：母亲，虽读书不多，却是我们家的主心骨，是兄弟姐妹的情感纽

---

* 2017 年 5 月 14 日，日精进第 71 天。

带；是我们家一切成功的摇篮，是最温馨的港湾。与其说常回家看看她，倒不如说平时烦了累了回去找个靠山。母爱是崇高的家魂，“家有老人是个宝”，对母亲感恩有说不完的故事，唱不尽的歌谣，咏不够的诗篇。感谢您，母亲！你已助我成长，我会伴你到老。

荐词：家庭是人生的第一所学校，母亲是人生的第一任教师，每个人的生命来源于母亲；一个人的修为，更取决于母亲的言传身教。只要有一个质朴善良、乐观向上的母亲，哪怕穷得家徒四壁，天也不会塌下来。作为后辈，对母亲更要“勤勉以劝之，孝顺以纳之，忠信以发之，德音以扬之。”（《国语·楚语上》）

教育的主体是孩子，育儿的关键在于激发其能动性，树立阶段性的目标，设置孩子生活生长的环境。所以，示弱儿女，与孩子同频，走进他们的世界，在与其共同玩乐中，传授生活经验，指导学习方法，促其不断进步。一句话，放下爸妈的架子，陪同孩子成长才最重要。作为父母切不可打骂孩子，切不可一天到晚指挥孩子这样那样，或者包揽所有事务。

健康锻炼的“度”*

王高震

昨日与一个五十多岁还坚持晨练，并经常参加全程马拉松比赛的朋友办事后闲聊，他说：“每天自己早上至少长跑十多公里，风雨无阻，并且家中不烧晚饭，全家不吃晚饭或者仅吃片面包，就去疾走，出一身汗。”

是啊！我非常认可这种“出身汗”的养生方式。“过午不食”是佛家养生之法，自古有之。因为晚上的食物需求很少，按身体自然规律，少吃，吃些天然食品，保持进食与消耗的平衡，是真正养生，也用不着去减肥。否则，不活动不出汗，等身体有大量存积，出现“富贵病”，再花钱减肥是不可取的。只有在身体失去平衡时，才需要做些小调理，不要片面相信或夸大各种减肥物品的功效。

生活富裕，营养过剩，身体发胖，三高人群增多，体力劳动量减少，出汗量也减，体内废物积聚，身体也就失去平衡，渐渐导致亚健康。记得前年太极拳培训时，巧遇大学同学，运动中听见明显的关节撞击声，一问才知道，自二十多岁起，坚持每天爬山，打太极拳或者跑步，至少三小时以上，二十多年来由于过度运动，导致关节之间的空隙巨大，引起疼痛，已经难以恢复。

“度”是质的承受力的昭示，少之不达标，过之则损质，适之则大成。运动也是一样，应讲究科学，其要义之一就是要把握好运动量的度，晨跑千米，太极两次；晚饭后半小时，疾走万步，不少八千；每周户外活动一次；早中餐吃好吃饱，晚饭吃稀吃少，多吃多运动，坐久起身做做养生功等。养生之法是坚持有度锻炼，也是个人健康生活的心得。

洞见：生命在于锻炼，锻炼贵在科学，科学贵在坚持，坚持才达目的。

---

* 2017 年 3 月 24 日，日精进第 20 天。

尊重孩子*

童真真

有一纸制领带，上面写着“爸爸我爱你，祝每天平安”。这是孩子为即将到来的父亲节而特意准备的礼物，晚上一回到家中在桌子上就被我发现了。

我马上夸奖他：“孩子，明天是爸爸的节日，你居然这么有心准备了礼物，太棒了!”

孩子：“是的，母亲节的时候我也给您准备了花。但是，妈妈，我想问你一个问题，可以吗？”

我：“嗯，什么问题？你问吧!”

孩子：“你说为什么每次我给你们准备的礼物，你们都不珍惜呢？”

我：“为什么这么问呢？”

孩子：“你记得母亲节那天我亲自给你做了纸花吗？我清楚记得那天下着雨，我叫你别淋到雨，你就是不听。爸爸也是一样，我给他准备了礼物，也是不珍惜的。”

我：“孩子，过来让妈妈抱抱！对不起，你说得太对了，是爸爸妈妈疏忽了，从这次开始，你每次的礼物我们倍加珍惜，然后好好地收藏，好吗？”

洞见：在现实生活中我们做的一点一滴，孩子都能观察得清清楚楚。而我们自己只顾着工作，想着努力把工作做好，让孩子有个舒适温馨的家。回头想想，自己还没有真正体会孩子的内心，只有一味地说孩子你得那样做，你应该这样做。在成人看来，这些手工是可以随手一扔了事的，但孩子其实很有自己

---

* 2017 年 6 月 17 日，日精进第 203 天。

的思想，他们用天真烂漫，或者说幼稚的表现手法去诠释他们的世界、他们有自己的心思，哪怕再粗糙的作品，也是他们最真挚的表达。从这件事上，我觉得真的疏忽了很多细节，孩子一针见血说出了他的感受，因为那是他用心亲手制作送给爸妈的礼物，虽然不值钱，但其用心，比钱更有价值。所以，大家应该去好好地收藏孩子送的礼物。

茶　会*

章乔瑀

今天参加了一场跨越国界、跨越时代的文化与艺术领域的茶会。不仅仅是视觉、味觉的冲击，更是一场心灵的洗礼。穿行在一个个不同的茶席之间，穿着长衫的潮州茶人、穿着和服迈着细碎步子的温婉女子、穿着韩服的韩国女子、戴着草帽流露童年纯真的小茶人、一身僧服的隐者，每一位茶人都柔和淡然，如沐春风。他们专注奉茶，茶客每一句疑问，都会得到耐心的解答。每一方茶席皆因人呈现不同的气质，除了感官上的美学享受外，精神上、心灵上获得的感悟可谓“言无尽，意无穷”。

茶会还特别邀请了“八八青”创始人、“干仓之父”陈国义老师和“大红袍之父”陈德华老师为大家进行学术演讲。陈国义老师从“八八青”饼的由来以及个人的人生经历、普洱茶的冲泡、投资收藏这三个方面为我们作了分享。“大红袍之父”陈德华老师，为我们揭开传闻中神秘的“大红袍”的面纱，探其究竟，走进大红袍之门。

过去，对茶文化早有耳闻，而今天的活动更是为我开启了一扇文化的大门，听着茶界的老前辈讲述他们对茶的感悟：“茶路，亦是一条心路，永无止境。”老前辈们用最朴实的语言讲述，每一句话都很有分量，让人动容。茶是色、香、味、形四美俱全之物，正可与人们追求真善美、追求卓越的精神相契合；茶道的“和、静、清、俭”精神，恰与和谐社会的发展理念和人的全面可持续发展的要求相契合。故“茶道”的内在本真就是呼应现实社会处境

---

* 2017 年 5 月 28 日，日精进第 72 天。

下人们的心灵渴求，引导人们追求品茶精神境界，使品茶生活成为人生旅途的绿色栖所，这让我更加坚定了中国茶道研究之路，致力于中国茶道的传承、复兴。

洞见：中国茶文化博大精深，包容着中国的政治、经济、社会、人生等多方面的内容，涉及中国的哲学、社会学、文艺学、宗教学等多门类的学科。在经历了千回百转的岁月洗礼后，中国茶文化带着全部的文化密码，横陈在我们面前。茶会露出了中国茶文化深沉和凝重的一角，更交出了一根文化接力棒：让更多人了解中国传统文化，守住中国茶文化的精髓，弘扬中国茶的美学体系。

孝顺父母*

金为民

很久没有看见母亲了，母亲昨天刚从海口回来，可是作为她的儿子我却在公司忙着自己的工作，只安排司机去接母亲。当我下班回家时看到母亲那一瞬间，看到了母亲满头的白发，我的眼湿润了，岁月的痕迹在她老人家头上越发明显了，妈妈又老了。“妈妈！”我叫着上前抱着妈妈，心里有种说不出的滋味。我还没开口说话，妈妈却说：“孩子你工作太辛苦了，赶紧洗手吃饭，妈做了你最喜欢吃的菜。”我的眼泪不自觉地流淌着，妈妈问怎么了，我说：“妈，很久没看见您了，开心的，妈您又老了，我没时间去接您，对不起了，妈妈！”妈妈笑着说：“好孩子，妈妈知道你忙！吃，多吃点……”母亲朴素的话语，却更加令我五味杂陈。

洞见：忙是借口，再忙也要陪父母。他们为下一代付出了全部的精力，这就是我们的父母，在他们眼里我们永远都是孩子。而我们呢？又在做什么？我们自己很多人也开始为人父、为人母，也知道了做父母的不易。俗话说不养儿不知父母恩，是的，孝不能等，行动吧。我们的父母已经年华不再；陪伴吧。越陪伴就越幸福。对于父母来说陪他们吃一顿饭，聊一次天，就是最好的慰藉。无论生活给我们的压力有多少，我们必须去孝敬父母。爸爸妈妈，我爱您。

---

* 2016年12月29日，日精进第11天。

记录年华，回忆生香*

楼玲敏

心理咨询师考试终于落下帷幕，当我羡慕他人能用近两个月的时间，一心一意准备咨询师考试时，我的小鱼告诉我：生活是不可能服从你的意愿单线行进的，不管现在还是将来的工作岗位，单位时间内完成多件任务是常态。我们在比赛、党课和备考之间寻找着平衡，挖掘着自己的潜能。年轻的我们努力地、不计成败地尝试和探索，单位时间里能收获的肯定更多。更重要的是，知识本身不频繁使用是会被遗忘的，但经历时烙印在心的感受却会在不经意想起时，抖落一地芬芳。

坚持做一件事已经 100 多天了，我不知道这种可能外人看来略为老成或是格格不入的行为究竟能给我带来什么。对于我这个从小到大，从没坚持写过日记的人，坚持的本身让我很满足。我也深知记录每一个瞬间都是最真实、令人铭记的成长点滴。今天 520，希望等我鬓发斑斑之时，有一个人陪伴我，重读青春年华的记录，让我掉下眼泪的，是昨日再现的温柔。

洞见：“物极必反，祸福相依”，不要为当下的阴霾烦恼，因为你不知道幸运就在这扇门后。无用之用为至用，与其艳羡他人，不如做好自己。记录青春年华，垂垂老矣时，回忆里香气弥漫，唇齿生香。

---

* 2017 年 5 月 20 日，日精进第 102 天。

成功登顶*

翁常金

哈巴雪山，一直是我渴望去征服的一座雪山。2017 年我终于有了机会。我们加领队一行十一人，从 6 月 2 日开始进山，在深山徒步了五天。每天指引我们前进的就是远方要攀登的哈巴雪山，可望却遥不可及。我们围绕着山脉，翻山越岭，直到第五天才到达可攀登哈巴雪山顶峰的大本营。经过几个小时后的休整，次日凌晨三点半，我们从海拔 4 100 米的地方徒步到 5 396 米，一步一步向海拔最高的地方走去。经过了寸草不生的岩石，到达雪线 4 900 米，大家再次休整并换上专业登雪山的冰爪。犹记得，刚换上冰爪时走路都有点不习惯，在领队协助指点下，我们才开始慢慢习惯，听着冰爪踩在雪地里发出的声音，似乎告诉我们离目标更近了。在经历了绝望坡、月亮弯后，最终用了 5 小时，我们到达了海拔 5 396 米的哈巴雪山顶峰，实现了自己的登顶梦想。

洞见：一个人只有不断地去体验，去突破，去挑战，才能得到不一样的收获，没有亲身经历和体验，永远没有办法得到真感觉，就如纸上谈兵。当我们自己设定一个不动的方向，采用各种适合的工具，一步一步地前行，向着目标付出行动，就会有不一样的收获！成功登顶哈巴雪山，我对未来更加充满憧憬和希望，一个人只要有执着的梦想，并且为这个梦想付出不懈的努力，成功就一定会属于我们每一个人。征服的是哈巴雪山，强大的是自己的内心。心若强大，吾有何惧。

---

* 2017 年 6 月 7 日，日精进第 575 天。

母　爱*

吴乐茜

昨晚回家，当母亲告诉我她明天要出去旅行一个星期，我突然有些焦虑起来，这份焦虑来自担心自己照顾不好儿子。儿子今年 8 岁了，一直都是母亲在照顾。突然而来的各种担忧、恐惧让我一晚睡不好，感觉自己平时陪伴儿子太少了，太依赖母亲了，现在要独自和儿子相处一周，反而不习惯。早上 7 点钟，准时叫儿子起床，儿子真的比较乖，很快起床独自穿好衣服，洗脸刷牙的，整个过程没有让我帮忙。平时虽都是母亲负责我儿子的生活，但她没有义务一定要帮我照顾儿子。孩子 8 岁了，母亲每天守着儿子，她自己很少出去旅行。此刻感受到母亲真的很伟大，以前总抱怨母亲不是很疼爱我，现在觉得每个人爱人的方式是不一样的，她帮我疼爱儿子其实也是在爱我，让我有时间好好工作。

洞见：陪伴是最长情的告白，母亲把时间都给了我和儿子，把儿子带得健康懂事。母亲现在年纪大了，我们应该多多照顾她，把时间还给母亲，让母亲去做自己喜欢的事，多旅行出去看世界。我应该承担起母亲的责任，陪伴儿子。

亲子之间的爱是最纯洁、最不求回报的爱。孩子是我的老师，教会我无条件地付出，无限的耐心、宽容、负责任、欣赏、赞美。

为人母后，才开始慢慢地理解父母小时候对我的“恨铁不成钢”，父母对我们的指责就是希望我们可以更优秀。可是过去我看不懂父母的爱，记恨在心，从此疏远了我们之间的关系。现在我终于理解父母，赢回了父母能给予我的能量，内心深深忏悔过往对爱的误解。爱像空气，爱无处不在，应享受爱，传递爱。

---

* 2017 年 3 月 6 日，日精进第 75 天。

心里有阳光，世界就美好*

徐腾飞

早上跟妻子一起用餐，感觉她不是很开心。问她是不是心情不好，她说是的，我说为什么，她说这几天大儿子跟她说话语气不友善，感觉儿子大了却和想象中的样子渐行渐远。我说我们的儿子算是不错了，很多方面都能听从我们的建议，在家还会帮忙洗碗、整理房间，也有孝心。或许是你们之间需要更多的沟通，同时你自己还得有一颗更阳光的心。

接下来我现学现卖，把一段《阳光的心》背诵给太太听："阳光不仅来自太阳也来自我们的心。心里有阳光能看到世界美好的一面；心里有阳光能和有缘的你心心相印；心里有阳光，即使在有遗憾的日子也能保留温暖与热情；心里有阳光，才能提升生命的品质。自信、宽容、给予、爱、感恩，让心里的阳光照耀生活中的点点滴滴。阳光的心造就阳光的命运。"

妻子听了说也对啊，可能是自己心态不是很好。我说是，很多时候改变得先从自己开始，不过你已经成长很多了，我相信你会越来越好，越来越开心，越来越年轻美丽。我也会更加疼你，都说女人的容颜三十岁前是父母给的，三十岁后就是我们男人给的。让我们共同努力，为家庭越来越幸福抱一个。

洞见：自己才是问题的根源，自己才是问题的唯一答案，我们自己改变了，我们自己阳光了，我们就活在阳光下。我们生活在阳光下，迎接的自然就是温暖！

---

* 2017年2月10日，日精进第72天。

值 得*

应雀静

2016年9月，遇见了一个正能量的大家庭：永康市阳光爱心义工协会。每一次的交集总能让我对它多爱一分，只因这里有一群可敬可亲的家人们，为公益，有的人放弃铁饭碗，有的人往返几百公里穿梭两个城市，有的人带着孩子在办公室奋战，有的人拖着病体也要完成工作。他们不遗余力，没日没夜只为探讨策划项目，更好地服务社会，更好地帮助到花朵，他们点燃了我心中那份热心公益的情怀，我决心要改变碌碌无为的生活。渐渐地，我放弃了跟身边大多数朋友们的吃喝玩乐，放弃了一些与工作时间有冲突的文艺课，从此加入其中，并为之努力。

做活动时，办公室工作总是很忙很忙，忙到不想浪费吃饭上厕所的时间，忙到一晃眼，天色便黑，忙到晚上回到家却忘了自己一天做了什么，甚至忙到没有时间接送孩子上兴趣班。

有朋友问我："这么忙值得吗？"

值得，无可置疑的值得。

因为在这里，我不仅开始每日书写文字，还学会了很多新的技能和知识；在这里，我不仅了解到一个项目的完成需要如何精心细化环节，还了解到一个团队的管理需要人、力、物的整合；在这里，我不仅感受到了自身价值，还认识了一群才思敏捷的朋友、一个正能量的团队。

在这样的团队中学习和成长，我的小小付出得到了大大的回报，你们说是

* 2017年2月10日，日精进第125天。

不是再忙也值得呢？让我们一起点燃一支蜡烛，照亮一片城！感恩遇见可爱的家人们！我爱你们！

洞见：阳光爱心义工协会，是一个用生命影响生命，用一颗灵魂唤醒另一颗灵魂的场。一心向上、向善，便可彼此吸引，相互成就，相互成长。

温暖的热心人*

吕妙英

今天有个顾客来找我买面条，付完钱之后突然和我说："凳子借我坐一下，我要晕了。"我正奇怪呢，就问她怎么了，她老公说，她怀孕了，经常这样没什么力气，我就问他会不会是中暑了，因为我以前怀孕的时候就经常中暑。他回答说，不会的，因为经常这样。谁知刚坐下一会，她马上就手脚抽筋脸色发白，嘴唇发青晕倒了，我跟他老公说快把她抱住，她老公按照我说的立马抱住她，我跟他两人用尽九牛二虎之力把她扶好。

对面饭店老板正在洗菜，看到后，立马把菜扔下跑了过来，饭店老板娘马上从店里拿出了躺椅，大家合力扶她躺好。这时，边上的大伯大妈们看到了马上跑过来帮忙，大伯大妈们有的帮着刮痧，有的帮着按摩，还有的帮着推拿活络筋脉的，反正能用的办法都用上了。在大家的帮助下，她终于醒了过来，饭店老板娘端了杯水给她喝，看她脸色慢慢转好了，嘴唇也变红了。大家都松了口气，她老公在旁边一个劲地说谢谢。大家看到她恢复了，也都慢慢地散了。

正是有了这么多热心人的帮助，她才会这么快地醒过来，感谢这些大伯大妈们，这个社会正是有了他们的爱心，才能使整个社会更加温暖。

洞见：每一个人内心都是善良的，每一个人都是渴望自己可以帮助他人的，也正因为每一人的点滴付出，才会温暖这个星球，温暖人类。

---

* 2017 年 6 月 6 日，日精进第 70 天。

父母的爱*

吕妙英

每天早上，爸爸妈妈总是帮我先做好早餐，然后再叫我起床。凡事先帮我准备好，而我总认为这是理所当然的。我们的生日，他们都记得清清楚楚，但是我们这些做儿女的却总是忘记他们的生日。父母总是千方百计地想让儿女过上最好的生活，也总是想把最好的留给子女，把最差的留给自己。记得小时候，家里比较穷，每当我生日的时候，爸妈总会给我煮一碗糖水煮鸡蛋，这是我最喜欢吃的。这是我最高兴的一天，后来慢慢长大了，爸妈怕我太累，什么活都抢着做，我也习以为常了。

突然有一天，我爸在医院检查出了癌症，听到这个消息的时候，突然觉得自己真是不应该，并且深刻意识到对父母的关心真的是少之又少。拿着化验单，我手抖着，失声痛哭，心像揪着那样疼，我感觉自己愧为人子女，我在想如果我爸离开我了我该怎么办。幸好，现在爸爸已经治愈了，但是经历了这件事，我认识到了亲情的可贵，我更加珍惜和父母家人在一起的每一天。现在我每天都会尽量赶回家和爸妈一起吃饭，会经常坐在那里陪爸爸看电视，经常陪妈妈跳广场舞。我想在他们有限的日子里多陪陪爸妈，人的一生短短几十年，我要在以后的日子里加倍地孝顺父母，想每年的生日都吃上那碗让我怀念的糖水煮鸡蛋。有句古话说得好：树欲静而风不止，子欲养而亲不待。我不想在以后的日子里后悔。

洞见：天底下最爱我们的就是父母，不要理所当然地享受父母对我们的好，多抽出时间来陪陪父母，应该在他们有限的日子里更加地孝顺父母。

---

* 2017 年 6 月 9 日，日精进第 73 天。

父母是孩子最好的老师*

申屠鑫

家庭是人生的第一课堂，父母是人生的第一任教师，家庭是孩子的一面旗帜，父母是孩子的一面镜子，父母是孩子模仿最早最多的人，父母的言行无不影响着自己的孩子。我经常被妻子诉说：放东西没有固定位置，时常要找眼镜之类东西，所以孩子也受影响，玩具到处乱放。

这次教训严重，昨天没有把一个 U 盘放到自己背包里，今天早上到办公室才发现 U 盘遗失，可是忘了里面存储的具体信息，重要的客户资料都丢了。今晚我原路寻找，合计折腾了 1 个多小时，最终一无所获！此时我暗下决心，必须改掉恶习，如果这样下去会给自己带来很多的烦恼，另外也会给孩子造成不良影响，我要做好榜样，让孩子从小养成好习惯。

洞见：孩子在家庭中和父母朝夕相处、日夜为伴，尤其未成年的孩子对父母的依赖性、模仿性最强，而这时父母在孩子的心目中威信最高，他们认为父母的一切言谈举止都是最标准、最美好的，对父母的一切言行都有强烈的模仿欲望。父母的走路说话、待人接物、欢乐与痛苦等，孩子都看在眼里，记在心上，努力去模仿，无论好坏都照单全收。这种影响是在无意识中产生的，其作用也最直接、最深刻、最持久，作为家长就应该树立好榜样！

---

* 2017 年 5 月 12 日，日精进第 55 天。

无私的爱*

申屠鑫

今年 4 月初，我在义乌电子博览会认识一个朋友，特别想经销我们的产品。按照正常情况，样品直接发到他店里就可以，但是我一心想考察他店铺的经营情况，正出于他答应我提供 3 间店面来展示工厂产品，我总想找机会看看。

今天终于有空腾出时间亲自跑一趟，我一到达他的办公室，首先被醒目的几个字所吸引——新昌老年人关爱协会！原来他还是新昌老年人关爱协会会长，一直在无私地照顾新昌的孤寡老人，几乎每个星期都会组织会员去帮助老年人的生活起居！他每年无偿支出多达 25 万元。此时，他才告诉我心声，和我们洽谈主要是看重我们产品目前在网络上还比较少见，他们可以通过这一特质来赚钱，去更好地服务公益事业。

谈话间，我告诉他我有 15 年的痛风史，有时候一年发作几次，非常痛苦。此时他马上微笑起来："申屠总，你福运到了，使用我们的环保酵素泡脚保证痛风都消失。"我半信半疑，但还是接受了他送的几瓶酵素，期盼奇迹的出现。他还随手翻开手机微信圈，让我亲眼看见很多老年人各种疑难杂症治愈的案例。

此时的我已经被他那份爱心所感动，觉得非常了不起，我必须以更优惠的价格给他，因为他们赚来的钱又会更多地投入公益事业！

洞见：我们经常会被无私的爱包围着，但可能没有接收到。实际上我们每个人都需要把无私的爱传播出去，人间充满爱，世界将变成美好的人间。

* 2017 年 5 月 11 日，日精进第 54 天。

让身体与心灵都在路上*

徐小凤

生活每天充满着阳光和激情，如果可以做到面对任何麻烦不抱怨，我相信我每天都是快乐的，我需要学会全然接纳。

昨天愉快的旅行结束了。在机场，团长让我们分享这次的旅行经历，做个总结。可以分享自己旅行中的遗憾，可以说说自己在团队里面悟到了什么，我们都急着分享。

我说："这次的旅行是在没有准备下进行的，非常感恩小青姐姐的安排，感恩一起同游的叔叔阿姨姐姐妹妹们，感恩你们一路的陪伴让我的人生更加精彩。同时让我感触最深的是 40 后叔叔阿姨的心态和状态，还有她们女儿团长的孝心，让我突然意识到自己为人子女做得还不够，以后我要陪着父母多出去走走，带着他们一起看看外面的世界，让他们拥有幸福的晚年。"

晚上 11 点，飞机降落在美丽的杭州。我们联系了预约好的顺风车，A 司机接了我们又接了一个学生，当时我估计凌晨 2:30 可以到家，可是车子没开 2 公里，A 司机就把我们 3 个人转给了另外一个回永康的 B 司机，我当时想反正可以到家就好了，时间也就是那点时间，就坐上了另一辆车。可没想到的是，B 司机又带了一个金华白龙桥的客人，说要把那个客人送到白龙桥再回永康，这样一算时间我们到家至少凌晨 4 点了。当时我不高兴了，闺蜜也不高兴了，说你们怎么这样，这样的话我们要天亮到家了，司机一边开车一边说："导航也导错了。"我们无语了。

---

* 2017 年 5 月 28 日，日精进第 70 天。

想到我刚接纳的一种理念：接纳当下，我马上拿出自己的手机帮司机导航，闺蜜也不停地问司机累不累。我们回头一想，司机师傅不容易，如果不工作哪里有钱养家糊口？大家理解一下就完了，凌晨的4:30分我们到了家。

休息醒来，我接到了一个电话说我的身份证掉车上了，通知我的是我们村里的干部，B司机虽然没有我的电话，但这位村干部正好是车主的亲戚，那么巧就找到了我，给我送来了身份证。非常感谢他，这是不是老天爷的眷顾，只要不抱怨就会有好事情发生；只要互相尊重和理解，这个世界就会更美好。

洞见：感恩遇见，感恩一切，让身体和心灵一起上路，期待下一次的旅行，爱的旅行。

爱出爱回，给人方便给己方便！

祭祖感悟*

应紫龙

昨天又是一个祭祖的日子，兄弟总共16人，来了14个，其中包括哥哥和我，在祭祖过程中我虽然没有正式地祭拜祖先，但我的心跟祖先们有了一点点互通。

感恩他们给予我生命，我们是祖先生命的延续。现在我们长大了，可仍要时时记着是谁给予我们生命，是谁抚养我们长大。有一句古话说“饮水思源”，还有一句话“连根养根，根深才能叶茂”。这些年祭祖活动在全国也越来越受重视，原因就在于大家都已经认识到祖宗就是我们的根，祭祖就是让我们记住我们的根，只有不忘根的给予，我们才能像枝叶越发茂盛，子孙满堂。

为什么会这样呢？我的理解是：首先，祖先就像根，他们留给我们的宗族意识越丰富，兄弟姐妹团结意识就越强，我们可以团结的人越多，那我们的创造力就越大，我们成功的机会就越多，我们的精神物质财富就越丰富，我们的子孙就会越优秀。其次，这根扎得越深，我们吸收的养分就越多，祖先们的成功经验、励志故事以及他们所犯过的错误都是我们的养分，我们吸收更多的养分，我们的枝叶就会更加茂盛。

今天哥哥们推荐我做家族微信群的群主，虽然我明白我的能力不如哥哥们，也没有很多的时间，但我内心确实有一个想法：当下最重要的是努力学习、提升自己才能为家族做点事，让整个家族更团结。

洞见：自己想到却没做到等于零，总是敞开不够、被外在的不好意思和自以为是包裹着，今后我会继续修炼身心、朝着知行合一的方向努力。

---

* 2017年4月3日，日精进第5天。

原生家庭对我影响很大*

应紫龙

我内心很渴望和爱人进行有深度的沟通，可是爱人一直抗拒着，每一次当我很压抑或者很忧郁时，总是很想和爱人倾诉。当我需要爱人给我一些建议和意见时，我感到，她总是有意无意地推开我，这让我更压抑和痛苦，感到自己在人生十字路口没有人真正地支持我和我一起面对。

通过这两天的学习，我才知道爱人在深层次体现了对我的包容和无奈。我很想找她沟通，希望她能给我一些支持和解答，潜意识是向她求认可，需要她认可我是对的、抑或我是痛苦的。在心理世界，她在一点一滴地包容我，她的想法和看法没有直接说出来，因为她知道她再怎么说也是徒劳的，她知道我在证明我是对的，无论她说什么我都是听不进去的。

其实我一直延续着爸爸的模式，真正抗拒的是妈妈的亲密，我一直都用大男子主义的眼光看待家人，时时刻刻都想证明我是对的而妈妈是错的。妈妈眼光短浅、自私、小气，眼里只有我们这个小家，甚至只考虑自己的感受，眼里只有钱，把钱看得比命还重要。我把小时候一点一滴积累的对妈的不满和抗拒都无形地投射到了爱人的身上。

小时候的我在担心、害怕和恐惧中长大，慢慢地形成了对妈妈行为模式的抗拒。可是妈妈也是无辜的、无奈的，她小时候连饭都没得吃，是穷怕了，在她眼里有了钱能安心，因为只有钱才不会让她再挨饿。她早早地嫁给了爸爸，可妈妈生下我一年后爸爸离开了我，原本刚来的爱又消逝了大半，她是个缺爱

* 2017年5月6日，日精进第37天。

的人，心里很需要爱，她哪有能力给别人多余的爱呢，她仅有的一点爱给我们这个小家都不够。妈妈从小就没有读过书，没有多少文化，你让她怎么看得远啊。以前我们家穷被人看不起，常常被人欺负，为人母怎么能没有私心呢？最终我理解了妈妈，也理解了爱人，这么多年让她们受委屈了。

洞见：家族业力和家族模式让我们活在痛苦中，明明不是我想要的生活方式，可是越活越接近那个不想要的位置，这就是潜意识甚至无意识在起作用，这也就是家族的生命模式。我要改变我的家族生命模式，不让这些不好的模式延续到下一代，要让他们活得轻松自在、活得开心快乐！

亲身体验*

徐君翠

家里来客人一起吃晚饭，婆婆照顾着客人，没能好好地喂女儿，我在厨房忙着加个菜。等我上桌吃饭时，女儿已经吵着要下餐椅去客厅玩玩具了。一看她剩着的饭，最多吃了几口，肯定是没有吃饱的。出乎意料的是婆婆居然同意她去玩，要在平时我们夫妻俩劝她：孩子不吃就不要强迫，让她饿一回就记住了。她可舍不得，非得喂完饭才肯。今天婆婆没有制止，我反倒是挺开心，想着：就是得让这个小家伙好好地饿一饿。

果然不出我所料，等到睡觉时，洗漱完毕上床睡觉时，小家伙就开始喊饿了。我不理她，继续给她讲故事。睡前的故事对于她吸引力非常大，嘿，她就凑过来听故事。看来还是不够饿！听着听着，她又喊上几句“饿了”，等我讲完一个故事，她开始哭着说：“饿了！”边说边双手按着肚子。估计是真饿了。我故意说：“晚饭已经吃过了，不饿的。现在不是吃饭时间，没有饭吃的。”她听完，就趴在床上大哭起来。我还是不理她，继续讲第二个故事。过会儿，她爬到我身边继续听故事，又继续喊饿，还自言自语说去找爷爷奶奶吃饭来试探我。我看她确实已经体验到饿肚子的滋味了，于是，告诉她吃饭的时候一定要吃饱，否则是要没饭吃的。

我同意她下楼吃饭时，她不知有多高兴。来到楼下，当奶奶拿出饭时，根本不需要奶奶喂，也等不及奶奶喂，她自己拿着勺子，一口又一口地吃起来。

一次亲身的体验，胜过千万次的说教。特别是家庭教育中，很多时候我们做父母的，总是狠不下心，一次次地由着孩子，都是嘴上说说，没有实际行动，最终孩子不但嫌你烦，还不能养成良好的习惯。

---

* 2017年6月6日，日精进第696天。

独生子女享受的爱*

周炎磊

独生子女是特殊时期诞生的特殊群体。他们处在生活大幅度改善的时期，他们受到了改革开放初期思想的影响，在“四二一”独特家庭结构中成长。他们享受到了父母完整的关爱与呵护，也承受着父母全部的盼望与期待。而我，就是千万独生子女中的一个。

这段时间，工作十分繁重，连续几夜都很晚才回家，昨天更是加班到了第二天凌晨。凌晨 3 点，我正忙着赶稿子。这时候手机铃声响了起来，正当我诧异谁会这么晚打电话过来的时候，来电显示是一个字：妈。“你是不想活了吗？”开头就是一句很爆炸的责问，之后我们因为加班的事情起了不大不小的争执。电话里母亲的口气很重。我知道母亲睡眠不好，一般很早就睡了，就赶忙安抚和解释，挂了电话以后飞快地赶回了家。第二天早上起来以后，特意和她聊了聊关于工作加班和身体的事情。母亲又是习惯性地一堆唠叨，但我却听得十分暖心。在我的沟通下，母亲也最终理解了我。

洞见：身为子女，特别是独生子女，一个人的加班牵扯到了多个人的睡眠，在回应父母期待的时候，也要注意自己的生活、工作、健康，甚至情感的方方面面。努力提高自己的工作效率，省下时间，多去和父母沟通交流。不仅要让父母安心，更是要反过来去关心父母。因为我们就是他们的全部。

* 2017 年 4 月 11 日，日精进第 24 天。

坚持的力量*

胡琳爱

20 年的人生奋斗风云激荡，20 年的成长日积月累，我从一名电动工具一线工人成长为企业老总，不同角色变换的是岗位，不变的是坚持。也正是立足本岗位的坚持，让我成长的每一级台阶都很坚实。

1997 年，我从学校毕业，进了一家合资的电动工具厂。我记得当时正式工工资是 1 500 元左右，工作两年后工资一直没加多少。由于企业人才济济，没有发挥个人特长的余地。后来我跳了几家公司，也都不是很理想。于是我利用业余时间去学习 CAD 设计。2004 年刚好有一家公司在招聘，于是转职，进入了设计行业，每天画图、设计。技术部是男性的世界，女性要进入这行很不容易，公司的竞争非常激烈，要付出双倍的努力。2005 年，总经理把我从技术部调到了开发部，薪水也不断地提高。这其间让我懂得了：一个人只要勤奋，不管怎么样都会进步；设计行业要求永远地创新，永远地思考。渐渐地我发现自己的能力和水平碰到了天花板，但我依旧在坚持。

2006 年，一个偶然的机会，我从设计行业转到认证行业上来，从事认证工程师工作，一做就是三年，这三年，是我历练的三年，我的沟通能力也在工作磨炼中慢慢地成长！其间让我懂得了改变自己才能改变一切……

2007 年，我看了一本《管道的力量》的书，让我有一种营销的冲动，我决定从工程转到销售。转型中，在一年的时间里，我居然签了非常多的项目，成为公司最强销售，我乐在服务中，乐在销售中，这和三年的工程生涯取得的专

* 2017 年 6 月 29 日，日精进第 103 天。

业知识有深深的联系，顾客的问题，我都能一个一个解决。这让我深深懂得，公司要有服务的理念，解决了客户的问题，客户才会真正愿意和我们合作。

2009年，我创办了企业管理咨询有限公司。创业仅仅只是故事的开始，其实创业比打工更累。刚开始，我不知道从哪里着手比较好，最主要的原因是没有客户资源。我开始翻黄页，一个人从拨打黄页电话开始，有点意向的客户就约访面谈，六月的天，火热的阳光，狠狠地晒在我脸上，皮肤火辣辣地，有时，辛苦一个月下来，单子没有签到几个，整个人倒是瘦了一圈！

坚持创业的十年是我成长的十年。做到现在为止，我服务了几千家客户，我们的团队也不断壮大，业务也越来越全面。在这几年里，我也曾碰壁，但是我还是坚持向前。很多时候回头想想，前进的道路上偶尔碰壁也是好事，挫折会让自己更加成熟。

洞见：人一定要努力，一定要勤奋，就一定会成长！人的一生是成长的一生。很多时候，能力到了，一切都是水到渠成。创业让我懂得了坚持，成功是千百次想放弃但还是选择坚持的结果。因为只有坚持积累才能一步一步成长起来。

妈妈的爱*

胡琳爱

我出生在永康一个偏远的小山村，妈妈生下我时，我奶奶的脸都绿了。因为，我上面已经有了一个姐姐，妈妈又生了一个女儿。而且，我一出生就有缺陷。我奶奶从来不抱我。妈妈说："琳爱没人抱我自己抱，琳爱没人疼我自己疼。"于是妈妈上山，她就把我背到山上；下地，她就把我背到田里。她背我都背断了好多条布袋子。

慢慢地，我长大了，我觉得我和别人不一样，有着别人没有的缺陷，这让我觉得自己很差很没用，并陷入一种深深的自卑当中。记得上小学时，小学同学不太懂事，总是欺负我。我每次回家向我妈告状，妈妈总是说："我琳爱不会比别人差的，以后肯定会比他们更有出息。"整个学生时代，我性格很内向，很安静，很少说话。就在这种环境中，我养成了爱读书的习惯，直到我中专毕业了。

毕业后，我进了一家电器厂做工人，之后转行做销售。记得刚做销售的时候，我有一个月一张单都没有。记得那天，我坐在五金城的广场，抬头看着天，失去了信心，我觉得自己很失败。我给妈妈打了一个电话："妈，我可能不合适做销售。我这个月一个单都没有。"妈妈说："会有的，我相信你一定会有了，过几天就有单了，不要担心噢。"第二天，果然我就接了一个单。我真的很感谢我的妈妈。

有一段时间，我在打工和创业之间徘徊。我问妈妈："打工好还是创业好

* 2017 年 6 月 28 日，日精进第 102 天。

呢？”我妈妈说：“创业会很累。”我说：“累点我是不怕的。”当我租下第一个办公室后，我跟妈妈说：“我租下了办公室了。”妈妈二话没说，就拿起扫帚和畚箕帮我打扫办公室去了。她把我的办公室打扫得干干净净。我真的非常感谢我的妈妈。

我从事认证和检测服务行业的工作时，碰到了很多的困难与挫折。每当我碰到困难时，我就会打电话给妈妈。妈妈虽然是个普通而又平凡的农村妇女，没念过几年书，没什么文化，但总是不断地给我鼓励，我才得以在这个行业一做就是十年。如今，我创立的公司客户积累了上千，在行业里也是做得小有名气，我买车买房，有了幸福的家庭。这让我对未来的生活充满了信心。我要感谢妈妈在我人生每一刻的陪伴，给予我坚持的勇气。

洞见：小时候的苦难，都会成为礼物陪伴着我们的一生。感谢苦难的童年，感谢这一路支持我的朋友、亲人，感谢爱我们的爸爸妈妈，感谢自己不断的坚持和努力。因为有了他们的支持才成就了我们的一生。

有效沟通破隔阂*

胡秀平

今天，邻村一个 85 岁的阿公因为头晕过来买降压药，他曾经是村主任，脾气很大，与家人间缺少良好沟通，几个孩子也各忙各的生意，一年到头很难得看到。他和我说去年老伴去世，他独立承担丧葬费后，养老的钱所剩无几，孩子们又都不在身边，感觉日子特别漫长。而唯一一个嫁给同村的女儿对他态度也有些冷淡，说着说着，老人的眼泪就止不住地流了下来，整个人都在抖。

看着阿公失控的情绪，我感同身受，问他同村的女儿平常对他如何？他说女儿刚开始会拿菜给他吃，但是他觉得不喜欢吃，每次都把菜还给她，后来女儿就不送菜过来了。我给阿公分析："女儿也是关心你，她认为好吃的拿给你，你却每次都还给她，慢慢地，她会认为你是针对她这个人而不是她的菜，潜意识就会认为你不喜欢她，过来看看你的好心情慢慢就没有了。她烧的菜哪怕你真的不喜欢吃，也要表示一下你的开心和感激。更重要的是你还可以告诉你女儿，你喜欢吃哪些菜。"我又接着分析赡养费用的问题："因为一直是你自己有钱，孩子们可能会误以为你还有很多养老钱，所以没有太在意。现在没钱了，可以告诉儿女你的现状，他们一定会给你钱的。估计你自己脾气不好，对他们太严厉，他们还不敢亲近你，你的问题有可能是你跟孩子们之间的沟通还没做好。"

阿公听我说完，居然擦着眼泪破涕为笑说："是啊，我真的是一直没有告诉他们真实的情况和我的感受，加上我之前的脾气确实很差，真的是不能怪他

* 2017 年 6 月 2 日，日精进第 624 天。

们，跟他们讲了，也许这些问题早就解决了！”

洞见：

1. 无论是跟客户，还是跟自己的亲人，有效的沟通非常重要。因为自己想要什么却没有什么，别人都是不可能知道的。只有把自己内心的需求告知对方，才有可能得到自己真正想要的。

2. 对父母亲除了用金钱孝顺，更多的时候亲情陪伴才是最大最开心的礼物！

那一刻，我心塞了*

李红球

为了使“建设美丽家园”的项目更完善，下午我和美儿姐、松涛三人一起去花朵家。从花朵放学回家的那一刻起，全程用相机记录下他们一直到睡觉的真实的生活。

简陋的一间屋子，功能俱全，吃喝拉撒，都在一个屋里。每个人的童年都有一个属于自己喜欢的玩具，她也不例外。她说要告诉我们一个秘密：这角落有她的“宝藏”。她掀开蛇皮袋，拿出了一个塑料瓶，特开心地高举着对我们说：“看，这就是我的宝贝，叫水晶球，泡在水里就会慢慢变大。”这是她的玩具，简单而让人快乐的玩具，足可以让她当成宝贝与我们分享！这就是天真可爱纯净的花朵！

一碗加热的冷饭加一碗冷菜就是父女俩的晚饭。也许在我们眼里这是寒酸的，但听到他们“嗤、嗤……”吃得津津有味时，你会感觉到那是幸福的，因为这就是他们简单而平凡的生活。

到了做作业、学习的时间，很多家往往会有一套独立的桌椅，然后配上一盏台灯，更多的会有一个独立房间属于孩子。而这一切对花朵来说都是奢侈的。她挤上了餐桌，开始了她的学习。屋子里唯一的照明，就是一盏挂在屋顶上暗黄的灯。这盏昏暗的灯维系着他们的生活起居。花朵在这暗黑的光线下学习或做作业时，我们心酸了。当她拿着一个老年手机，借手机上的电筒当台灯的时候，我们的心更沉了，泪溢满了双眼。

---

* 2016 年 3 月 25 日，日精进第 35 天。

房间里的一张大床，就是父女俩就寝的地方。一人一条被子，一人睡一头。当我们问花朵是否喜欢有自己的房间，花朵说，向往着有一间属于自己的房间，一张床、一盆盆绿色植物、一套学习桌椅、一盏台灯、一个书架、上面有自己喜欢的关于历史文化的书。

花朵在慢慢地长大，即将走进青春期，迫切需要有一个属于自己的独立空间。

走进花朵的生活，让我们更加坚定做好此类家庭援助项目的信心，用公益的力量托起贫困家庭未来生活的希望。

成功源于努力，失败源于抱怨*

梁飞龙

今天，一个大学同学来我公司玩，我们聊起了大学的时光，聊起了每个同学不同的大学生活，有认真读书的，有在校创业的，有的只是在学校混混日子。各自选择的路也有所不同，人生有得有失，但不要患得患失，只要选择的结果是个人满意的、喜欢的就可以了，世界没有完全完美的东西。

每个人的成长经历不同、家庭条件不同、兴趣爱好不同，所以选择也就不同。我是一个普通农民家庭的孩子，家里条件不好，收入低。正因为如此，我学会了比别人更加努力。大学第一学期我是贷款上的，所以比别人更加珍惜。能上大学自然很高兴，毕竟来之不易，在学校，各方面的活动都积极参与，我尽量多做事情，多认识人，多学点东西，因此深受老师们的喜欢，让我代表新生发言，还选我做了班长。这也让我明白了积极向上，真诚对人，用心做事，别人自然会尊重自己，认可自己。

在校期间我萌发了创业的初心，刚开始只是为了赚点生活费和下一年的学费。我在学校门口摆过地摊，出去发过传单，还做过二手自行车买卖。有付出就有回报，大一一年我顺利解决了第二年学费的问题。那时候很幸运，我们学校特别支持大学生在校创业，学校还成立了创业园，给我们提供了一个良好的创业场地。那时候正是淘宝蓬勃兴起的阶段，创业学院的很多同学都开始做淘宝了。感谢母校给了我一个这么好的创业空间，让我们以零成本开始在校创业。那时候老师总和我们讲哪个学长毕业时靠自己能买得起车，我暗下决心毕

* 2017年7月1日，日精进第104天。

业时我也要这样。

我的运气不错，毕业那年顺利实现当初的小目标——有自己的公司。那时开始，我也能开着自己的车出校门。回想自己创业的历程，有得也有失，比如在校开始创业了，每天都特别忙，都没有好好过大学生活，大学同学大多都天天打游戏，我都基本没参加，和有些同学就自然疏远了。

毕业了，真正进入社会，面临的是更大的市场竞争，在大学里开始创业也让我历练不少，比起其他同学来我更老练一些，但还需要更加努力，不断学习，才能在市场竞争中生存并立足。这几年下来，我从几个人的小团队到现在五六十人的队伍，是实践让我在市场经济大潮中奋进，坚持专注专心、认真努力成为我市场生存的法宝。虽然我现在还有很多不足的地方，但我还在努力学习中，我相信会越来越好。

洞见：每个人都有选择自己如何过的权利，尊重自己的选择。人生有得有失，只要结果符合个人当初的设想就好，世界不可能完美。家庭条件不好没关系，只要认真努力自然会越来越好。有时候条件不好也是一种推动力，让人更快成长。有付出才有回报，创业需要坚持，坚持就是胜利。假如我每天都在抱怨老天不公平，家庭条件比别人差，而不去改变，不去学习，不去努力，可能我仍是一事无成。这样还不如只争朝夕让自己变得更好，让自己学习到更多，为自己的理想而不断努力。

尚学

仪式感中的德育*

颜秀丽

今天是崇德学校舞龙课程开课的日子，睿森已经连续参加第三届了，每年迎龙灯我们都会邀请小哥带着儿子一起去参加，每次的起龙仪式都非常地神圣与庄重。

整个起龙仪式共分 5 大环节，分别是升旗仪式、净手仪式、祈福仪式、点睛仪式及传承仪式。

环节一：升旗仪式。五星红旗乃国之象征，当鲜艳的五星红旗在庄严的国歌声中冉冉升起，无形中将人的精神和意志吸引。而校旗的升起，更是在明快中为每一个孩子拉近了小我与大国的距离，强化了自我的存在感，瞬间将能量和力量汇聚。

环节二：净手仪式。自古以来无论祭天还是祭祀，净手是不可少的一个环节，它是对自然的一种尊重，预示着净手净心，去杂存精。而今日，对于我们孩子而言，除此寓意之外，还有水滴文化的相融之意。我们每一个小水滴在庄重音乐的引领下，无知无觉地将自己交付于圣洁之水，与其融为一体，以圣洁之身去祈福天地、祈福众生。

环节三：祈福仪式。对此环节是考虑最多的。关键在于是否要如此正式地开展，对孩子们是否有意义，他们又是否真能感受其中的力量。但最终，我们选择相信仪式的力量。显然，肃穆、厚重的音乐直击我们的心灵，当“祈福天地，祈福家国，祈福众生”的福声响起，一切无须多言半句，心已向之，直至

---

* 2017 年 2 月 15 日，日精进第 1 599 天。

“天地人神，阴阳和合，返璞归真，大道归一，学习无边，崇德永恒”的共愿齐起。同样，原本祈福当以酒祭天，但我们是校园，我们拥有着教育如水的文化，于是，将酒换为清水三杯，由林刚丰校长在每一个祈福之后敬天敬地，敬国敬家，敬众生。

环节四：点睛仪式。龙以点睛为活，五条龙分别以金、木、水、火、土五行命名，分属五个班。寓意五龙相生，生生相倚，而龙本生于大海、腾跃飞天，今日又与崇德水滴文化汇聚，相得益彰，五龙一体，共聚宇宙之能量。于是，仪式上，所有水滴宝贝面朝五龙，一起见证林校长为龙点睛，当龙头抬起，五龙与龙珠相应而动，锣鼓喧天，鞭炮齐响，五龙欢腾，共为传承。

环节五：传承仪式。此仪式由校长主持，家长在鼓声中将龙传承给自己的孩子。一传家族血脉，二传人之责任，三传龙之精神。所有孩子，在传承中接受来自长辈，来自五龙，来自宇宙的力量，龙腾飞跃！

这些仪式看似简单，却是经过多方考量，融合了传统文化与学校文化。所以哪怕三年级的小朋友，看似并不懂所谓的传统文化，但在这样一个全新考量而创造出的、独属于崇德的仪式里，也是那般自然地吸纳着历史留下的精气神。今晚孩子们亲自把龙灯迎上了长城，创造了一切的可能性，这份坚强不屈的精神，相信已经在他们的生命中有了定格。

洞见：整个仪式里，五大环节，如五龙一般，环环相生，生生相依，仪式让人升起敬畏之心，孩子们在小小年纪就被优秀的传统文化给熏陶了，对他们今后的人生道路必将产生深远的影响。

中国人、中国龙、中国人的精神，龙的传人，我们是炎黄子孙，家长将龙传给孩子，孩子在第二天又将龙传给低年级的同学，让孩子从小就懂得如何传承，愿龙的精神、传承的力量代代传承。

感谢崇德学校的大胆创新设计。老师们的勇气与担当，父母的信任，是孩子们学习的榜样。

感悟崇德学校的自由教育*

颜秀丽

莫言在一篇文章里说：一生就短短几十年，都在压力中度过，请还给孩子们本应快乐无忧的时光。这篇文章引起了很大的社会反响。而这些话也是崇德小学校长与我们分享得最多的，可以说与莫言说的一字不差。永康崇德小学不只是说说，而且做到了。

有些朋友经常会问：崇德没有许多作业，好像就玩玩似的，在崇德这样的学校能学到知识吗？在崇德这样的学校，老师很少批评学生，都是蹲下来、抬起头与孩子们沟通，孩子会听老师的话吗？崇德学校经常开展体验式的活动，孩子们有时间学习吗？花这么多钱上崇德，值吗？……可是我看我家孩子每天就是很开心，喜欢校长，喜欢老师，喜欢同学，经常说自己在这样的学校很幸福，这一切对我来说就已经足够了。虽然每个学期的学费是 19 800 元，但是我认为其价值不止这些。我们以前往往花上百万的学习培训费，可是在崇德小学一年级就学到了其中的许多课程，能少走许多弯路。其实在崇德还有这样的学生，有个别家长曾经把孩子放在上海学习，最终却选择离开上海这样的国际大都市，转到崇德，她说崇德比上海的教育还好。

洞见：很多家长到现在还是用传统的养育思维来搭桥现代的教育理念：宁愿买学区房也不愿将孩子送到教育有效的学校；宁愿选择作业多、压力大的学校，也不愿选择有新理念有思想的学校。古希腊哲学家亚里士多德认为自由教育是自由人所应享受的，以自由发展理性为目标的教育。孩子是自由人，给了自由的教育就会收获知识、收获理性。为什么很多孩子接受了高等教育之后反

* 2016 年 3 月 10 日，日精进第 1 255 天分享。

倒认为读书没用？就是因为我们的教育缺少尊重孩子天性、尊重孩子自由的教学内容。我家孩子除了一星期学一节钢琴，其他补习班都没有上，这也是遵循了学校校长的育人理念，小孩太小了，只要孩子开心就行。还孩子们一个充满童趣幸福和快乐的童年，我们家长的选择真的很重要。

感恩：感谢永康市人民政府，感恩永康教育主管部门和铁牛集团创办了崇德学校，感激学校聘请的富有现代育人理想的校长，让他大胆地去尝试新的教育路线，让他去创建一个有魂（爱、探索、分享）的创造性的学校，让孩子们快乐地成长，无忧无虑地生活，还有了幸福的教育。感恩崇德所有的老师们，老师们最棒，老师们言行一致，正如莫言所希望的那样，崇德的老师们，感谢你们，你们真正给了孩子快乐无忧的时光！

在护蛋冒险行动中体验生命教育*

颜秀丽

复活节前夜，儿子看到班级里在接龙：学校需要几个护导爸爸。于是就兴奋地拿出我的手机去打爸爸电话，要求爸爸一定要去，听到爸同意后，马上兴高采烈地参加了班级里的接龙。

学校组织的复活节护蛋冒险挑战活动，要求在爬山的时候蛋不能有破损，要完好无损地保存下来。儿子和阿姨一起把鸡蛋层层缠绕后用盒子再装起来，迎接今天的挑战。

虽然天空下着雨，但是没有阻挡住崇德学校所有师生、家长的参与热情，活动如期进行。当我去接这几个孩子的时候，每个人都是小脸通红，满头大汗，他们激动地告诉我：今天我爬了 20 多公里，5 个小时的路程，再走一下就要走完半程马拉松了。有个护导爸爸边说边自豪地跷起大拇指："我们都吃不消，这些孩子真厉害！"

回到家里，孩子第一时间就与小姨打开书包，看看两个蛋蛋有没有碎掉。他自豪地告诉小姨：一年级的时候碎了，二年级、三年级有准备有保护了，没有碎。可兴奋了。

洞见： 崇德学校每年都会设计复活节活动，既结合了保护生命的主题又挑战了大难度的动作，是发人深省的生命教育。在活动中，每个孩子必须去挑战一条没有人走过的路，山路崎岖同时保护鸡蛋，蛋又是最容易破的，通过实践让孩子们身体力行地参与保护生命的活动，同时去挑战，把不可能变为可能。这样的精神，学校从小就开始培养，是我们用再多的物

---

* 2017 年 4 月 21 日，日精进第 1 624 天。

质也换不来的。

感恩：学校承担了无限的风险，感谢老师、家长们的辛苦付出，因为学校老师的付出才有了孩子主动去连接人和事。感恩遇见，愿所有的孩子们把今天的体验，当作宝贵的人生经验，在今后的人生路上健康快乐地成长！

教育中的冲突与需求*

徐俊涛

下午和孩子在店里，我泡茶、看书，他在玩游戏，问他作业完成得怎么样。聪说已经全部完成。其实说句实在话：孩子对作业的完成一直很用心，包括每天放学回来肯定会先完成作业再玩。

我突然想起他古诗还没有背，让他先背了再玩，他带着很不情愿的表情，继续玩手机游戏，这让作为家长的我感到十分不爽，挑战权威的结果就是让他去外面罚站。半个小时后我过去一看，他倒好，在外面和蚂蚁玩上了。这也不是办法，必须得想孩子的需求点在哪里?

把孩子叫回店里，问他为什么不想背古诗。答曰“很多字不认识”。

字典会查吗?

不大会。

有问题才会产生需求，怎么让大家共同成长而又好玩？查一个不认识的字，奖励一分，查出来 10 个生字可以去看一场电影，查不出来扣一分，规则制定好了，开始行动。

洞见：寓教于乐，才是最好的教育，规则需要双方共同制定，提出方案，一起讨论通过，执行过程中不能因为迁就孩子而随意改变，这会让孩子以为规则的遵守可以随意，在成长的过程中，那他就会不遵守规则。

* 2017 年 5 月 13 日，日精进第 1 080 天。

与孩子间的二三事

倪春景

独立的空间

一大早，儿子就和我说：不好意思，他和同学约好了去金华玩，不能陪我了。我告诉他，别在意，妈妈也已经和阿姨们约好了。

上午和好姐妹一起去摘桑葚，下午又去空气清新、舒适宜人的山后胡同学家一起爬山、吃晚饭。结果在半道上，由于山体滑坡，道路被封了。大家只好一起沿着以前的老路往上爬，好几次，中途想放弃，然而在朋友们相互鼓励和扶持下选择了坚持，一路欢声笑语，好不热闹，最后，大家都坚持爬到山顶。

洞见：儿子和同学们一天的生活一定很快乐，我和好姐妹结伴同行也充满了乐趣。我们都需要独立的空间。

陪伴是最长情的告白

假期第一天，我放下手头上一切事情陪伴儿子，下午儿子说："妈妈，我们去乡下看望外公外婆吧。"对于父母来讲最好的礼物莫过于陪伴，晚上，我们姐妹和孩子们陪爸爸妈妈一起吃饭，父母脸上笑开了花，饭后陪父母散步、聊天，聊我们小时候的生活，聊如今美好的点滴。孝顺父母很简单，经常陪他们吃吃饭、聊聊天，他们就心满意足了。

洞见：父母陪我们慢慢长大，我们应该陪父母慢慢变老。

榜样的力量

今晚有幸与李姐一起共进晚餐，智慧的李姐出口成章，妙语连珠。特别是她懂事、成熟的儿子，席间还和我们分享了小故事，这个小家伙的处事态度和思维方式，真让我感到惊讶。我羡慕李姐把孩子教育得这么好，她说，我什么都没教他，他从小就懂事。

我心里明白，一定是妈妈做了很好的榜样，才会有这么优秀的儿子。正因为李姐做人做事都用心专注，才能会有这么大的成功。

洞见：做事一定要用心、专注。与其说教育孩子，不如做最好的自己，彰显榜样的力量。

为什么要开分享会*

王新如

昨天下午，我组织 2017 年“永康第二次种子分享会”，有人问我：“你图什么又感召又买百合花又买水果召开分享会，他们上不上课和你有什么关系？”我说：“第一，吴铭峰老师是几百年难遇的老师，能感召一个就能帮到一个。第二，分享会让自己讲得越来越明白的同时能分享给更多来宾。第三，自己去年就约定每月至少组织一次‘种子的力量’分享会，要对自己的承诺负责任。”尽管前几天感召接龙时很少人接，我还是一个一个发私信打电话，最后，昨天下午还是来了 50 多人，坐满整个会议室，那种喜悦很多人难以想象。

其实人生就是一场感召，在此期间非常感谢到场的嘉宾以及学长、师兄们的加持与分享！种子的力量真的能帮到很多人，我没有华丽的语言，只有发自内心地希望让更多人明白种子，相信种子，让更多人从迷茫走向光明，那是一条走向真理的道路、觉醒的路。4 个多小时的分享会大家听得非常认真，几个学长、师兄都特别地开心，有好几个朋友当即决定下月一起到老师的课堂学习。

洞见：分享会是一个传递正能量的平台，只有大家不断分享不断感召才能让更多人接收到老师的智慧，感恩学长、师兄，感恩一路支持的嘉宾朋友，是他们给了机会让我们一起前行一起播下种子，让一粒种子改变世界。

---

* 2017 年 3 月 20 日，日精进 912 天。

安静地倾听，接纳中陪伴*

徐美儿

昨晚，日精进首次以“倾听与陪伴”为主题举办阳光陪伴分享会。参加人员以一对一陪伴阳光花朵成长的志愿者和一些90后新生力量的伙伴们为核心。

事先曾经想过议题如何设计，最后与伙伴们决定放弃。我们决定以开放的形式邀请伙伴们敞开分享在陪伴路上的感受，参会无任何限制，也无优劣之分，现场的参与者只需安静地倾听和陪伴。大利的开场小活动设计得很灵动，原本该惩罚的环节，却代之以拥抱他人的方式，拥抱中，拉近了伙伴们的距离，敞开了人们心灵的门户。

我把在下乡走访花朵家人过程中对我们的肯定与期许的话语作为今晚的开场，主要聊聊关于陪伴路上的心得。

依妈第一个开始分享她陪伴阳光花朵的故事：从不被孩子家人接受（花朵妈妈患有精神病），到如今孩子和她的家人在她引导下发生改变所带给她的喜悦。她说，这份改变让她收获到一份温暖，被接纳和理解的温暖；爱，在她与孩子之间发生流淌。

应勇是花朵眼里的“父亲”，这是花朵给予他的称谓。他对孩子的时时探望，使原本经常醉酒后要责骂孩子的大伯（孩子的监护人），真诚地向应勇说了真心话：“你们都如此疼爱她，我自己更要好好照顾孩子。”爱，有了回应。操心的他，这次回来分享，并没有赞许自己如何来陪伴孩子，而是希望能为孩子找到一位年轻的伙伴。他说，孩子长大了，希望能有个姐姐去走进她的心，女孩与女孩的交流，在陪伴上会有更好的连接。

---

* 2017年6月16日，日精进第809天。

红球，花朵心目中的“明星”陪伴者。细腻的她，因孩子与她之间经常有互动回应而感到高兴，同时她也懂得掌控与孩子之间的距离。生命的经历都是财富，陪伴的距离，以植入心力为核心，过于包办和替代只会导致孩子能力的蜕化。

令丫头意想不到的是无意中的一个话题把她的话匣子打开了，关于家境的艰辛、对去世父亲的回忆、对患病妈妈已住院 7 年的心疼，以及年幼妹妹的照顾、自我成长路上坎坷所带来的害怕、希望有人倾听的渴求、得到他人陪伴带来的勇气，到如今懂得生命的经历是一笔财富。她用纯朴的语言一一说来，眼里噙着泪水。我拥抱着她，给予爱的肯定，牵着她的手，静静地陪伴着。那一刻，我看到了安静，全场伙伴的安静。或许在多年前，我会听得揪心，可那一晚，我却充满喜悦与平和。一个人，如果有足够勇气将自己的经历说出来，那么，不但不会造成伤害，反倒是一种自我的赞许和动力。我始终认为，遇见丫头是我的财富！我们希望丫头一如既往地向前奔跑，我们为她鼓掌！

现场，每一位参与者都进行了分享，分享生命历程中与身边亲人陪伴的感受，是围绕着孩子的、夫妻的、家庭的感受。正如花草蝶心理导师所说，当我们能与阳光花朵建立起关系，发生连接，那么，必然与身边所有的关系都能产生连接。因为，万物都是相同的，爱，一旦拥有就生生不息。正如伙伴黄凤说，与其说是我们陪伴花朵，其实更多是孩子让我们发生改变。

现场分享会，让我们意想不到地收获了惊喜，每一位伙伴都很看重这样的分享，每一位伙伴都因为得到机会，得到参与、认可和鼓励而感到喜悦。这份喜悦，传递给我们的是什么呢？——关系是需要连接的。一个人走，会觉得很孤单，但一个团队行走，会拥有力量。当我们接收到阳光花朵需要陪伴的渴求之时，牵手围成圈，借助手心的温暖，彼此给予力量，然后出发。

我更加相信，当我们要去引导阳光花朵的时候，我们需要先改变自己，再影响身边的人，同身边人一道种下爱的种子。是的，先改变自己，再影响他人；安静地倾听，在接纳与理解中陪伴，用肯定与鼓励的方式拥抱自己与孩子，共创生命的美好。

爱与教育*

施安民

教育是一个永恒的话题，尤其在我们这一代，从胎教到高考，做父母的一路辛苦伴随孩子的成长。可最后的结果呢？也不是如我们所愿，真正培养出多少人才，许多人还是把上大学当成了终极的目标！

今天有幸听赖老师的演讲《你满嘴是爱，却面目狰狞！》，发人深省。在孩子的教育上，我们很多时候以爱的名义无情地摧残着他们幼小、纯真的心灵，而且一代代地传承不正确的教育理念！为什么中国人普遍缺乏自信，缺少幸福感，更多的是焦虑、浮躁？我觉得和我们的教育有直接的关系，父母、老师一直以来都秉承“严格就是爱”“打骂也是为他好”的理念。爱是一种能力，需要学习、需要成长。仔细想想，当我们骂他、打他时，多少是源于爱？还不是觉得孩子不听话了，不受控制了，于是内心的火气来了，情绪失控了用打骂、指责来对付我们亲爱的孩子或亲密伴侣。忏悔吧，收起我们狰狞的爱，用耐心、宽容、真爱去滋润彼此纯真的心灵。

其实，教育孩子是一个漫长的工程，既不能急功近利，也不能放任自流，而是要遵循孩子不同阶段的特点有针对性地开展引导，父母是老师，更是榜样，需要学习，也需要和孩子一起成长，爱需要更多的陪伴与鼓励。不忘初心，方得始终，成绩固然重要，但孩子们心智健康和创造力对他们的未来和成就或许更加有价值有意义。

* 2016年12月15日，日精进841天。

孩子同样是父母的老师*

胡向前

都说父母是孩子的第一任老师，家是孩子温暖的成长港湾。要教育孩子成长，先做好学习型的父母。而现实中，往往身为父母把自己的习惯、喜恶、观点统统传递给孩子，而孩子们没有辨别能力，久而久之，把一些不好的习性保留了下来，成为遗祸孩子的开始。因此做好父母，比教育孩子更重要。

成熟的父母尊重孩子的自主选择，让孩子自己掌舵，父母不设限，孩子天地宽，不以爱的名义伤害孩子。孩子的成长就是一个不断试错的过程，宽容孩子的错误，给孩子犯错的权利，宽容是最震撼人心的积极教育。

孩子同样也是父母的镜子，有怎样的孩子就有怎样的父母，孩子不仅身体里有父母的 DNA，心理和行为特点也会世袭，孩子的表现既是父母行为的反射，又是父母内在状态的投射。成熟的父母不是天生的，育儿是父母的第二次成长契机。

做父母是一场心胸与智慧的远行，感恩孩子的到来，在这个美丽的世界走一遍，让父母有机会与孩子同行。

---

* 2017 年 1 月 31 日，日精进第 279 号。

读书小记*

郑 敏

今天真是充满喜悦的一天，收到了好朋友发来的大大的生日红包，还收到了美国财经作家和经济历史学家约翰·S·戈登所著的《财富的帝国》作为新年礼物。这是我非常喜爱的作家，他的作品《伟大的博弈》，描述了华尔街300 多年的发展史，在中国也有广泛的读者。因为这本书，美国这位著名财经作家、经济历史学家约翰·S·戈登被称作是当今世界最了解华尔街真相的人之一。

家中书橱早已藏有其《伟大的博弈》《疯狂的投资》和《资本的冒险》三本专著。遥想当年之所以购买和阅读它们，是因为这是在交通大学读金融工程师必备和必读的书籍。很多年过去了，有心的朋友还记得我的爱好，我想他的用心更为深远，希望我在新的一年里有所进步。戈登的书，逻辑和脉络清晰，读下去一气呵成。

当然，谈起读书，近两年最感崩溃的一件事就是读王东岳的《物演通论》，读得我头昏脑涨，眼冒金星，差一点走火入魔，但仍然看不懂，着实郁闷了好长时间。这本书床头放了差不多一年，时刻警示自己有待提高!

如果说通篇读下去，有上下通畅之感的，当属拜读季羡林前辈的书。真的是满心欢喜。哈哈，朋友的一份礼物，让我想了这么久。

书，一定要读的，因为你的气质里，藏着你曾读过的书。

* 2016 年 2 月 19 日，日精进第 73 天。

全家总动员之护蛋记*

陈柳丹

复活节“护蛋”，我第一次听到这么新鲜的活动。自从儿子上了学，我似乎重返小学时代。学校真是用心至极，星期五放学，发现孩子们都小心翼翼手捧一个小红袋，里面装的是蛋蛋，儿子告诉我，这可不是普通的蛋哦，这个蛋是哥哥给他的，必须好好保护，刚刚说好好保护，家长群里说有个别没到家就说蛋蛋破了。为了有一次弥补机会，家长说只好念经了，校长亲自书写护蛋三字经，并保证下周要完好无损地交回学校，争取复活。其实读了校长的三字经，我也认真起来，瞬间觉得，这件护蛋的事不只是儿子的事，也是全家的事。接下来和我预想一样，每天的故事总是发生着。

回到家后问：“儿子，你的蛋蛋呢？”“哦，落车上了。”只见他赶紧下楼取去，在楼梯上直喊，“幸好幸好没有碎，要不然就没了。”

觉察一：只顾自己，忽略蛋蛋。

蛋蛋是拿手上了，可不至于不离手吧？“妈妈，放哪呢？”儿子大声喊着。“这是你的蛋，自己决定。”我做出指引，“蛋蛋很重要，你觉得家里哪里最安全就可以放哪。”

觉察二：没主见，总是依赖大人。

和我想的一样，在文殊菩萨画前，儿子又来问了：“妈妈，这样可以吗？会不会滚下来掉地上？那怎么办呢？”好吧，姐姐来主意了，可以用钩子挂在书架旁。

觉察三：认为安全，不再关注，冷落了。

---

* 2017年4月18日，日精进第567天。

接下来两天，挂着不闻不问。机会来了，“儿子，蛋蛋就挂着，你不觉得它挺孤独吗？好像没动静了？它可能在哭啰？”这么一说，他打开看看，小心触摸，问：“妈妈，蛋蛋什么时候长成小鸡啊？我该做些什么呢？”

觉察四：孩子有很多为什么，这时是知识层面的灌溉口。

嗒嗒嗒嗒，姐弟俩一起“百度”，21 天啦，温度要保持在 37.8 度，湿度要保持在 50–70RH，等等，不知道，就一起学习呗！谁知道答案刚好用上，孩子们开始和它讲讲话，摸摸它，讲故事给它听，读书时大声点，或者把它捧在手心里等等。

觉察五：蛋蛋还。

接着两天，儿子早上带上，放学后带回，打开看看，摸摸，嘀咕一番，尔后再装回挂上。

感悟一：蛋如子，生之爱之。社会中上演着一些由于父母的忽略而失去的事件，也许幸运，也许无法挽回，须树立正确的生命观。

感悟二：有之则任之。没有人可以代替，只有自己亲力亲为，担当起责任，才是最好。

感悟三：给予物质，给予宠爱，多少父母都因努力工作赚钱而忽略、冷落、错过童蒙养正阶段。

感悟四：养育过程中，我们自己在长大，孩子们的每个“为什么”，是我们建立沟通和传授知识最好的桥梁，并且是最重要的传递爱的能力过程。

感悟五：蛋蛋是一个生命，如同孩子一般，需要激发我们的责任意识、感恩意识，培养细心、耐心和爱心。不仅让孩子们关心蛋蛋生命，还让他们懂得父母也如此呵护着他们的成长，须知道生命之不易，明白生命之发展和后日养育之艰辛。

洞见：有些东西生命中只出现一次，或许是唯一的一次，让我们学习去爱，学会去爱，值得我们不断去感悟生命的美丽和珍贵，体会到这种呵护既是幸福的，也是艰巨的。

觉知的能力*

李美针

走完教练技术三阶段，最终修炼的是自己的一份觉知，这份觉知对于情绪是一份觉察，对于身体就是一份链接，和自己的身体没有链接就是所谓的无知无觉。但是这份能力是与生俱来的，如果我们没有显现，可能是还没有到那个激发点，当然这份链接也是可以训练的！只要我们在足够安静的时候，自然而然地与身体就会发生链接。说起来简单，但是要让我们浮躁了几十年的心真正安静下来真的是一个不小的挑战。

根据我的经验，让自己静心有很多方式方法：比如打坐、瑜伽、太极、画画、书法、品茶……让自己好好地静下来，静静回味人生过往，慢慢地与内在的自我多了一份链接，这份链接让我拥有回看自己的能力，慢慢地学会了修身养性静能生慧，感受到觉知带来的那份正向的引领。

洞见：兴趣爱好只要坚持一段时间，我们的身体就会奇迹般地发生变化，说通俗一点，我们足够安静了，定力、智慧自然就来了。

---

* 2017年6月15日，日精进第266天。

《心动力》读后分享*

李美针

今天下雨，我偶然翻起之前看了一半的书，在书上看到一句话“越懂黑暗，越相信光明”，就是说，你对黑暗了解得越多，对光明就越有信心。

这让我又想到很多人都喜欢说的随缘，大多数人秉持的随缘正在无意识地错过很多机会。

随缘，就是面对一个选择，该怎么选的问题，而选择，无非就是基于爱和怕两个念头。

我想，最大的随缘是无论发生什么我都继续向目标努力，最大的随缘就是唐僧取经。任凭什么挑战和障碍我都随缘，但目标丝毫不动摇。

在《心动力》这本书中，我们会探索我要成为谁的问题，也就是说随缘而信念不变，这需要至大的勇气，而这种勇气来自对生命的爱。如果最后放弃了目标，那就不是随缘，而是害怕战胜了爱。

洞见：越多地看见你在害怕着什么，就要越多地去爱。同样，懂得了什么是黑暗，才知道什么是光明。

---

* 2017 年 6 月 13 日，日精进第 264 天。

户外分享会上看世界*

朱明英

第一次去参加日精进秋天组的聚会，一点半我准时到了约定好的市府广场，已经有好几个同组的人在那里，而我一个人也不认识。于是就感觉好没意思，也不知道该怎么跟大家打开话匣子，感觉好尴尬，心里就后悔着不该去，早知道如此，就说没空不去了，这样既不用担心客户会不会过来，也不会有这种无聊与不适应感，但大家都来了，只能硬着头皮跟着走了。我报了个到，不一会儿我们就出发了。

我随大部队来到大陈村赏荷花，发现荷花很美，感觉自己已经很久没有接近大自然了，一直只是忙于工作，都快忘了大自然的气息。群里人才济济，一路听着他们的精彩分享，认识了组里许多充满正能量的优秀帅哥美女，我的心扉也打开了，我还愉快地与他们合了个影。让人兴奋的是所谓“国内第一”的厕所，进去首先入眼的是宽敞的大厅，大厅里可以休息可以喝茶，还可以做买卖。坐下休息时更是意外地听了村书记所说的农村改造的经历，收获了很多企业经营与创新的理念，让我重新审视自己的人生方向，把自己当成一粒小沙石，融入群体的大世界中去。

洞见：再忙也不要只活在自己的小天地里，多走出去看看小天地外的风景，才能把目光放得更远，学到更多知识，有更深一层的成长。感谢所有家人的支持与鼓励，感谢群主，给我创造了这么一个学习与自省的平台，我将追随着团队的脚步，努力争取最大进步与成长。

---

* 2017 年 6 月 17 日，日精进第 555 天。

控制情绪*

陆 毅

今天早上老妈做包子，忘记把火关掉，结果把整个锅都烧焦了。等我起来进厨房时，已经煳味十足了，锅也报废了。见到如此情景，我不免发了两句牢骚，刚想说第三句时猛然觉得不妥，不应该这么说老妈，她都已经很难过了，我还雪上加霜，此时我应该说的是没关系，让我来处理，而不是指责。

我们小时候带给父母的烦恼何止这么一点，比这个大得多的事情很多，但是我们的父母还是很耐心地对待我们，为我们的成长操碎了心。这么点小事情真没必要发火。想到这，我放低音调，转而安慰我老妈，老妈一开始很是郁闷，一个劲地说她自己记性不好。在那一刻我更是内疚无比，不是因为老妈的无心之失，而是因为我对待此事的情绪，对待老妈的态度，这真的不应该。后来经过我再三宽慰，老妈的心情才恢复如常，我们又顺便聊起了家常琐事。

洞见：人生不如意之事十有八九，很多时候当意外发生时，我们经常把小事当成大事，任由不良情绪蔓延，在伤害别人的同时也伤害了自己，事后想想真的是没必要。其实我们有时候有情绪很正常，但是我们需要去控制，去疏通，而不是靠大声说话或者发脾气去解决。控制情绪是成熟的表现，控制情绪才能让我们保持愉悦，才能让我们保持冷静，控制情绪才能掌控我们的人生。

---

* 2017 年 6 月 8 日，日精进第 7 556 天。

用　心*

李　丽

前段时间去参加了 LP 的学习，本来这个学习分为 3 个阶段，但是因为时间的冲突，我完成了前面的 2 阶段后，3 阶段的学习没能继续。但是这几天，原来的一个同学，因为个人原因也成了下一班的同学，并且他给自己定了一个目标，就是让原来没能一起走的同学，一起跟着这批同学来完成这个目标。今天同学接我的路上，他在用自己的方式感召我。我告诉他："真的想要，就不要装作不在乎，其实当你说你不在乎的时候，就是你缺乏能量的时刻。"

没过多久，他就给我发信息，明确地告诉我他的想法、他的坚持、他的目标。当我给他一个艰难的任务时，他也坦然地接受了，并且表示愿意把做成这件事作为自己的一个突破。

说实在的，每个人都有为当下目标停止奋斗的理由，也有把时间的冲突作为充分的理由，但是我的同学，一个曾经在我眼里非常不认真学习的男人，居然发起一场不一样的行动：他首先感召他现在的团队成员支持他，又感召老师、机构为学员做好授课时间的调整。为了确保同学的到来，他不厌其烦地去完成每个人给予的挑战！当看到他如此努力地去实现目标，原本淡定的我也被带动起来。不管最终的结果如何，他为此付出了他所有的努力也是值得赞许的。

洞见：用心，真心，坚持，挑战一切可能。

---

* 2017 年 6 月 25 日，日精进第 757 天。

聚　焦*

胡航华

和一个朋友聊天，聊着聊着，她就突然和我抱怨起她最近做什么都不顺，今年运气真的不好。我先耐心地听她抱怨完，然后再问她："你事情不顺有没有从自身方面思考过？"她就愣了一下说没有。我又问："所有事情的不顺是外界引起的还是自己哪里没做到位？"她回答说并不都是外界的问题，有些是她本身的问题引起的失误，特别是做错后，个人状态很差，感觉自己陷入一个不好的循环中，而且是越陷越深，出不来。我开导她："首先你不要每天都想着不好的事情，遇到不顺的事情后，要马上跳出来，调整心态，学会自我分析，分析问题的所在，学会总结，避免下次犯同样的问题。其次也要换个角度思考，毕竟塞翁失马，焉知非福，万一坏事也能变成好事呢。最后最关键的一点就是不要每天都聚焦不好的事物，那样心情肯定还是不好，一定要多想些快乐开心的事，这样事情才会越来越顺利。"

洞见：宇宙的吸引力法则就是如此，你想的事越美好，好事就会向你靠近，反之如果把时间精力都聚焦在自己犯下的错误上，每天都是怨天尤人，事态一定会变得更糟，从而影响到心态，最后肯定是深陷泥潭，无法自拔。同样是聚焦，产生的结果是大相径庭的，所以还是让我们多想一些美好的事物，这样开心的钥匙还是掌握在我们的手上。

---

* 2017年6月25日，日精进第1027天。

永远向孩子学习*

徐丁双

我怎么如此幸运，舅舅做了如何向孩子学习的示范，原来，知道和做到之间的差距真的好大。如何向孩子学习，没有扎实的修习功底，真的难以做到。

每个大人，都以为自己是孩子的老师，用最通俗的话说就是“我吃的盐比你吃的饭都要多”，于是，孩子永远是没有发言权的，孩子说的话，永远是幼稚的。孩子听大人的话，才是乖孩子。

可是大人永远是对的吗？大人的经验都是留给孩子的财富吗？孩子听大人的话，不用走弯路，就是孩子最好的体验吗？不犯错的孩子就是优秀的孩子吗？我们又为什么要向孩子学习呢？我们向孩子学习什么呢？

我怎么如此幸运，还好，自己修习了，还好，自己知道九大密码中的虚心，所以不再居高临下地对待孩子，开始和孩子平等地交流，但要向他学习，好像还真的没有多少可学。总是会认为自己比孩子懂，特别是修习以后，越会感觉自己比别人懂得更多，但如果把握不好，就会走入修习的误区。

我怎么如此幸运，还好，修习当中有一个密码叫作谦虚，让我们可以不再自以为是，让我们明白每个人都是我们的老师，而孩子也是我们的老师！

我怎么如此幸运，原来孩子最讨厌的就是说教，而我们最喜欢做的事就是说教。为什么会有代沟？原来代沟就是这样形成的。一个喜欢教别人，一个不喜欢被说教，代沟就自然而然地形成了。

我怎么如此幸运，原来孩子最喜欢听的话，就是我们对他的佩服和认可，只要我们找出他的优点和特点，他就会展现他的优点和特点给我们。当我们去

---

* 2015年06月1日，日精进第19天。

找他的缺点时，他就把他的缺点放大给我们看。

我怎么如此幸运，真学和假学就在我们的起心动念间，当我们真心把孩子当成智者时，他就可以指点我们。当我们真心把孩子当成老师，他就会教导我们。可是我们真的能够像舅舅一样，跪着向他们请教吗？我们真的可以放下我们的经验吗？这正是我们向孩子学习的重点。

我怎么如此幸运，如果没有修习，真的不会懂得与 17 岁的儿子沟通，原来父子之间的沟通水平是最差的，竟然是负 9 级 98，原来最不了解儿子的就是父亲。

阅读的力量*

杨宜敏

五一期间全家游览了衢州的孔氏南宗家庙，去感受伟大思想家孔子从极朴素的自然法则中演绎出的生命大智慧。我对儿子说，素有半部《论语》治天下的说法，就买了本线装古籍，又买了高中课标《论语通译》，和儿子一起翻阅起一些耳熟能详的句子，如“学而时习之，不亦说乎！有朋自远方来，不亦乐乎！”“三思而后行”，等等。在翻看过程中，我想我已给儿子种下了应翻看此书的种子。

我又顺势告诉儿子，前几天我翻看了自己十七岁那年的日记，记下了一段座右铭，即“天将降大任于是人也，必先苦其心志，劳其筋骨，饿其体肤，空乏其身，行拂乱其所为，所以动心忍性，曾益其所不能！”对我的影响至深，我想我一辈子都会去真真切切地感受着这段话，但这段话出自哪位作者好像忘了，儿子马上拿出《经典诵读 200 首》，一边找，还一边朗读经典片段，最后找到了《孟子三则》，原来是孟子说的。一晚上的阅读互动让母子俩加深了彼此的了解。

回忆自己的过往，虽没有读过很多书，但是每个阶段始终都会有几本书在指引我的人生方向，我会订一些书刊，会到书店走走，会到网上淘淘，特别是在遇到困惑时我会不断地在书中找寻方法，找到慰藉的理由，找到一些心灵深处的共鸣。“书中自有颜如玉，书中自有黄金屋”，始终把读书当成我学习中最佳成长方式，也让我领略到始终看书学习的结果是与众不同，让我此刻内心的

* 2017 年 5 月 20 日，日精进第 941 天。

富足远远高于物质的富足。

洞见：人格魅力需要不断地熏陶，熏陶方式之一就是阅读好书！阅读的力量来自行动，让我自己先爱上阅读，让自己真实感受到阅读的乐趣，我才能言传身教给儿子！

走路的幸福*

杨宜敏

锻炼身体一直以来都是我们夫妻俩的奢望，现在为了健康，我们俩只要有空，就沿着永康江走路。走着走着，以前认为很远的地方也不觉得远了，以前觉得走得很累的一段路，如今越走越有意思，不断地穿梭于一些小区马路，看着沿江的风景，看着沿途的店铺，连同从没走到过的地方都有一番不一样的景象。边走边聊，边走边看，聊生活，聊工作，聊感情，聊子女，聊老了以后的生活，这成了我们夫妻俩最最美好的时光，幸福感爆棚！

普普通通的散步走路竟然成了奢求，如今突然发现自己已经被工作和聚会蒙上了眼睛，一直只是应对着各种各样的事务，一直为了有更富裕的生活而努力拼搏，如今终于明白：活在当下，该锻炼就锻炼，该休闲就休闲，该聊天就聊天，不要说等空了再说，时间一去不复返。

眼中的世界是大是小，是美是丑，是明是暗……不取决于谁，只取决于那独一无二的你，你想开心就开心，你想快乐就快乐，忙碌中放慢脚步，享受当下和平幸福的大好时光，享受当下的夫唱妇随，享受当下的父母健在儿女绕膝，享受当下一起奋斗伙伴们的努力工作，享受当下亲朋好友的关心和支持，尽情享受当下的每一分每一秒，活出最真实的自己，活出最精彩的人生。

洞见：夫妻同心同行同修，心灵的同频共振才是最美好的邂逅。

一切都不如来自内心的富足，内心的喜悦。但是内心的自我满足感不是随便能够触摸到，而是对前途充满希望，并且一直朝着既定方向发展，对自己所实现的愿望由衷地产生满足感、幸福感、成就感。

---

* 2016 年 12 月 11 日，日精进第 784 天。

感恩分享*

骆建兰

我已写了 649 天的日精进。649 天，我每天把它看成是一份美好的工作，是我人生当中最喜爱的一份事业，我每天都不会忘记这件有意义的事情。今天是 2016 年 9 月 12 日，是我心中永远难忘的一天，今天我在北京的舞台，与几千人分享我在嘉康利的心得和感悟。

你帮别人，别人会帮你，你施于别人，别人会回敬于你，你给世界几分爱，世界会回你几分爱。种下宽容，收获博爱，种下愉悦，收获快乐。我是爱的传播者，我怀着一颗感恩的心，带着饱满的热情，去帮助需要帮助的人。

感恩梁老师给予我这次分享机会。我的成长，我在嘉康利的人生价值，我付出的时间和精力，所有的努力都没有白费，机会都留给有准备的人，心在哪里，收获就在哪里。在这几天的学习里，我聆听了各位总裁董事的精彩分享，也点醒了我的梦想，3 到 5 年要规划出我的目标，我含着激动的泪水一直对自己说，真的不能待在家里，享受着安静的生活，多少人需要我们去传播，去经营，去服务，优秀的引导人总是马不停蹄，她们的所言所行深深地打动我的心灵。

洞见：从北京带了很多书籍回来，我要读懂它，它是我人生的财富。这次大会对我来说很重要，是我人生的转折点，更是我人生的新起点。分享健康是一份大爱的事业，是一份伟大的事业，我一定要抓住这次机会。所有的辉煌都是干出来的。

---

* 2016 年 9 月 12 日，日精进第 649 天。

感恩母亲节*

吕桔燕

特别的日子须用特别的方式去度过，今晚，我参加了母亲节集体活动。刚到会场，看到房间里排好了椅子，正中央排满了用玫瑰花瓣做成的“母亲节快乐”五个字，另一个房间放了几十个的粉红色的盆，感觉非常温暖。

6 点钟，活动正式开始，第一个环节是洗脚。这是我第一次帮妈妈洗脚，我蒙上妈妈的眼睛拉着她找到位置，端来水，轻轻地帮她脱下鞋。妈妈刚开始有点不好意思，慢慢地就放松下来了，感觉很幸福。第二个环节是分享。身边有一位帅气的男人单膝下跪，抚摸妈妈的手，深情地对他母亲说：“谢谢您，母亲。”这样的场面让我和身边人感动流泪，而他们母子间的一次心灵沟通，瞬间化解了他们一家婆媳及母子之间的矛盾。

人生太多的第一次都是妈妈给予，妈妈随着年龄的增长，增添了好多白发。母亲，您面对如此多的艰辛也只是微微笑了一下，一声抱怨、喊累的话语也没有。母亲，您几十年如一日，每天重复着相同的却有着不同内涵的家务。如今我一天天地长大，懂得体贴您了，而您却还是一如既往地呵护我，让我明白了您过往的不容易。我们要在事业成功后第一时间告诉妈妈，学会感恩，学会行动。妈妈，我爱你！

洞见：感恩的心，感恩有您，再忙也要常回家看看，回报父母最好的方式是陪伴，听着他们的唠叨，陪伴他们慢慢地变老。

---

* 2016 年 5 月 8 日，日精进第 299 天。

寄语女儿*

吕秀兰

女儿：

妈妈今天把你送到学校，感慨万千。因为再过两个月你就十八周岁了，十八岁是一个里程碑，属于你我的里程碑。更意味着你长大了，以后的路要靠自己走。今天妈妈有一些话要嘱咐你。

记得你自小学升初中时，你考上了百年名校——永康中学，妈妈非常高兴，我梦想着你上清华、北大。可是后来我发现自己错了，平时妈妈忙于厂里的事，把你寄宿在学校，没有时间陪伴你，没有注重培养你的学习习惯，直至你今天考上了大学。你知道妈妈的肠子都悔青了，后悔没有多关心你一点，没有多一点走进你的生活。虽然你现在上的不是名牌大学，但也是你努力学习的结果，学习好的不一定是能人，但是不学习的人肯定成不了大器。

大学是你人生旅行途中新的起点，也是梦想的新起点。青春时光是美好而短暂的，大学生活也是有限的。人生在任何阶段都要不断地努力学习，用知识充实自己的脑袋，才不会让社会淘汰。在课余时间不要做低头族，改掉手机不离手的坏习惯。学校里的各项运动、活动都要积极参与，培养自己的责任心。运动可以使你身体健康、精力充沛。公益活动可以让你真正去学会关怀、照顾身边人，甚至是陌生人，同时也是最能培养你的道德情操，你要多去参加。

任何事都要怀着感恩的心去做，三年时间要学会以后的生活技能，抓住每一个可以学习的机会。我允许你平凡，但不允许你不努力。在这学习的黄

* 2016 年 9 月 10 日，日精进第 272 天。

金时期，要贪婪地吸收营养，富足你的脑袋。脑袋富足了，想要的一切也会跟着来。

社会是现实而严峻的，学业与生存相比，学业有成是得以生存的条件。你一定要记住：少壮不努力，老大徒伤悲。人生之路在你面前展开，希望你选择快乐，希望你追求卓越。

孩子，妈妈永远永远爱你！

妈妈

2016.9.10

指点迷津*

朱 莉

今天有幸在某特色小学林校长家与朋友一起喝茶，交谈中，林校长的许多人生哲学与新的教育理念让我受益匪浅。

林校长与我们分享写日精进的好处：第一，让我们不完整的想法通过提炼、沉淀变得完整；第二，能记录我们每天灵光一闪的理解、理念与想法；第三，能不断地静下心来审视自己、发现自己、改变自己。

我何尝不是呢？从开始写日精进到我对自己书写的怀疑再到坚持；记录每天的所见、所闻、所做、所想、所悟，从写一句写到四句五句，都是有感而发，我深有体会。

当林校长与我们聊孝的本意是继承时我大为惊讶。他指出只有孩子懂得继承，继承父母的优点，接受父母的缺点，才能弥补父母的缺点；继承家族的独有特点、精神，牢记家族的根，才是对父母真正意义的孝，才能让自己成为有意义、优秀的人。我一直认为孝的本意是顺从与孝敬，但今天分享林校长关于孝是继承与接受这样的观念，着实让我对孝的本意有了更深一层的理解。

林校长是个非常喜欢收藏古玩和石头的人，从进门的老式屏风、青砖扶手到二楼的各种古玩，再到地下茶室的石磨、石窗等等，无疑透露出一个文人的儒雅与喜好。缕缕茶香中 2 个多小时的聊天如沐春风般沁人心脾，深深感受到林校长的智慧与大爱的同时，更多的是感受林校长对教育的独特见解与独到做法。

洞见：与智者为伍，不仅能为你指点迷津，还能让你豁然开朗。感恩林校长的分享。

---

* 2016 年 2 月 29 日，日精进第 50 天。

一位老师的师德*

陈　芳

我有一位如妹妹般的好友是一位年轻的特级教师，在小学教数学兼班主任。我刚好来金华学习，顺便与我见面。刚坐下，代班老师的电话就打来了，说班里有两个学生打架，其中一个因为得了某种疾病，动不动就会无缘无故地发火，有暴力倾向，今天打了另一个同学的脑袋，而这个被打的同学的脑袋刚刚做过手术……看着好友冷静地打了几个电话，处理好事情，我忍不住问，班里有这样的学生是否会影响你全班的成绩。好友笑笑："其他的任课老师甚至连家长都已经放弃他了，提出只要他在课间不闹腾，并且把他会做的作业做完，其他的就没有什么要求了。但是我不这么认为，我要求他和其他学生一样必须完成作业。因为我觉得孩子的病不是他无缘无故发火的最终原因，最重要的是家长对孩子的教育方式，每每孩子发病，无论是伤害了谁，家长都先说别人的不好，是别人影响了孩子的行为！这样的家长教育孩子，没病都要有病了，所以我一直教育孩子们要懂得谦让，成绩是很重要，但做人最重要。很多时候老师的付出不是用成绩来衡量的。"

我又问她，班里有没有傻傻的学生，她笑说，5+1=6，1+5 等于多少就不会的人算傻吗？为了不让这一学生被其他学生嘲笑，她在班里立下规矩，要求同学们多多鼓励他。因为这个学生其实很努力，只是要想得久一些，所以每次午休时间，好友都会给这学生补课，用最笨的方法，让他学会了超出 5 个手指以外的加减法，虽然每次成绩排名都靠后，但也不是全年级最后。她认为每一

* 2017 年 4 月 13 日，日精进 674 天。

个孩子的特长不一样，都是她的学生，不能丢下他们，一直坚持做自己问心无愧的事就好，不管别人怎么说。

洞见：每个孩子都能遇到那些牢记自己职责的良师，孩子们遇到有师德之心的老师是幸运的。

学校爱的教育*

蒋淑芬

记得上学的时候我数学比较好，因为我比较喜欢数学老师，学生大多如此，喜欢哪位老师，哪门课程就特别好。前几天有个家长提出，她的女儿数学不太好，因为遗传了他的基因。当时教数学的老师马上说："如果宝贝对数学兴趣不大，他一定不会让孩子讨厌我，一定会让孩子喜欢上我，说不定哪一天宝贝对数学就有兴趣了，可不能就因为不喜欢老师而影响某门学科。"我的女儿就是很自豪地说数学老师都叫我们宝贝的。说实话，我作为母亲都没有经常那样称呼，家长开放日时，课间有很多学生围着老师在玩耍，显然不是我们那时代对老师特有的敬畏而远离的情景。

今天接到学校老师的信息说，孩子考完试了，一定要狠狠地表扬他们。她会要求我们罗列孩子的 10 大优点，也向我们强调教育不是雪中送炭，而是锦上添花，如何做好家庭教育，如何做好孩子过关的支持者。这一天我们还收到校长送给我们的书《孩子，你慢慢长大》，让我们家长不要给孩子过多的成长压力，每朵花的花期是不同的。晚上我和朋友聊天，聊到学校，我满脸喜悦地分享其中的故事。旁边有一位同校的学生，我问她："你喜欢你们老师和校长吗？"这位小朋友满脸自豪地回答，他们校长和老师都很喜欢学生，校长下雨天也在校门口接大家。

洞见：教会孩子养成学习的兴趣比教会孩子某一门课程的文化知识更难，搞定这些调皮有个性的孩子，走进孩子的内心，做妈妈的我们都是

---

* 2017 年 5 月 27 日，日精进第 513 天。

觉得难度很大，老师有那么多的学生，做一位好老师太不容易了。所以在一所充满爱的学校学习，学生是幸福的，家长是幸福的，充满爱的学校陪伴着我们和孩子一起成长，感恩学校的老师，感恩校长培养了富有爱心的老师！

活在当下*

叶园芳

现在的我和以前比变化很大，以前从事餐饮服务行业，每天要微笑迎接顾客，每天要为店里的业绩操心，要热情服务顾客，希望因此能给顾客带来好的影响，提高店内的好评度，以及得到顾客认可充卡消费，增加营业额。这样的环境造就了外表活泼、内心热情的我。那时每天很开心，但仅限于如此，没有更大的高度可言，甚至在很多人眼里，我只是一个端茶倒水的服务员，招之即来挥之即去，如顾客心情不好冲你发脾气，你却只能点头微笑，心里的委屈也只有自己清楚。

之后店里接了一场读书会的活动，我正好服务本场活动，我看到那些嘉宾一个个儒雅而朴素，每个人身上都充满着艺术细胞，他们的一言一行，彬彬有礼。台上读书时散发着的正能量是那么的无声无息，却又叩动很多人的心扉，我渴望有那样强大的内心世界。特别当我看到一位优雅的女子坐在查询台前，端庄的坐姿，手里握着茶壶慢慢地、轻轻地冲泡着茶碗。谁要有那样的姿势，在我们餐饮行业中是要受批评的，在这个快节奏的时代里人人都要求快，因为有一种观念：时间就是金钱。但这位女子却慢得自然，慢得舒适，慢得享受，外人看去也很赏心悦目。于是她成功地俘虏了我的好奇心，终于有一天，为了心中的好奇，我走进了这个优雅的茶行业。一开始现实却不是我想象的那样，不是每天优雅地坐着泡茶，而是到茶庄前一个月基本每天重复打扫着卫生：扫地、拖地、擦桌子、洗杯子。就这样过了一个月，心中很是不解，我是来学茶艺的，怎么天天打扫卫生，而且要求一尘不染。这时老板娘好似看懂了我的心

* 2017 年 6 月 18 日，日精进第 202 天。

思，便与我进行了一次深入交谈，这次的谈话使我印象很深刻。有一句话，一直是记忆犹新，她说："一个茶人外表的状态，完全是要从内心的淡定、坦然而呈现出来。一个茶人能坐在席前不急不躁、不慌不忙地泡茶也是源于内心的宁静。所以新来的人员，第一个月要从打扫卫生开始。因为这是一个可以用简单的劳作和自己对话，稳住自己的内心，通过打扫外在的物品来获得内心清洁的一个过程，在这个过程里，你可能无数次问：'自己为什么来，想获得怎样的自己？'也在这一个月稳住自己，慢慢你会发现自己不再那么急躁。"

终于了解了老板娘的良苦用心，我跟着她的脚步越来越喜欢茶，性格也随之渐渐变得随和、安静了许多，一个人待一天也不会觉得孤单。我会为自己烧菜做饭，一个人也可以吃得很欢，慢慢地，也不像以前一样地活蹦乱跳，突然间感觉变了一个人。有时还会想念以前疯癫的时光，觉得那个时候自己很快乐，觉得自己不应过早地失去激情，于是我找了以前培训的老师聊了这些问题。他一句话点醒了我："如果你不能活在当下，那么你学多少本领都没用。"对呀，人们如果总是怀念过去，遐想未来是多么的痛苦，岂不误了人生！

洞见：学会去平衡自己的两种性格。过去的已成回忆，未来的还没有来，当下才是我们最好的时光，享受当下，活在当下。

学会拒绝*

胡敏华

这几天宝贝高考结束了，她和我说："妈妈，妈妈，我要去当家教。"接着又说："妈妈，你给我找一下小学和初中需要家教的学生吧。"我说："宝贝，你要学会自己想办法啊！"后来宝贝和我说："妈妈，我叫小学马上毕业的妹妹给我去对接了。"

看到女儿的自立，回想起宝贝一路的成长，爸爸妈妈是一次一次地惊喜。中考，你以优异的成绩提前考入了最好的学校。宝贝，妈妈很为你骄傲。妈妈知道你也很要强，喜欢报喜不报忧，妈妈都在默默地关注着你的点滴变化，妈妈一向希望你不要给自己太大压力，只希望你心态好、身体好，永远积极阳光。妈妈每次和你交流、聊天就像朋友一样，给你更多的是情感教育，学会尊重老师和同学，尊重和感恩身边的一切，你也慢慢接受和做到了。宝贝，妈妈身边有很多认识你的朋友，都说你很优秀，妈妈知道看一个人的优秀不能只看学习成绩，而是要看其全方位的成长。

洞见：女儿的自信独立，让我明白了原来学会拒绝也是有好处的，我们不必要为孩子安排好一切，而是需要让孩子走出自己的路。只有孩子走自己的路，才可以更加自立地生活。孩子的自立，远比孩子的成绩来得重要！

推荐词：送人以鱼，不如授人以渔，看似简单的道理，在孩子面前往往因假借"爱"的名义，给疏忽掉了。做到才是硬道理。一个简单的拒绝，却是孩子成长自立的开始。

---

* 2017 年 6 月 11 日，日精进第 195 天。

成功来自不断的练习*

胡晓爱

杭州三天三夜学习陈安之老师的“成功学”已经告一段落。在这三天里吃饭的时间都是很紧凑的，而且每天晚上都要学到十二点以后，每一个讲师讲完都会招收学员。这学费少到一千，多则十万，看到一批批男男女女上去，大把大把的钱交出去，银行卡刷个不停。看到他们对学习的渴望，渴望快速成为超级演说家，渴望快速赚取更多的钱，渴望快速摆脱现状取得成功。我的心何尝不是这样的呢？谁都想在短时间里倍增知识、倍增见识、倍增胆识，谁都想让自己在短时间里成为有影响力的成功人士。但我们可曾想过，舞台上的引爆只是成功的开始，成功是无数次演练后的成果。

我们有个晨练队，队员们每天早晨在香樟公园的磐石舞台上练习，有唱歌、讲故事、分享生活中的感悟。罗马城不是一天建成的。每天的练习是为了点滴的进步，每个人都从紧张害怕上台，经过不断地练习慢慢地喜欢舞台，这些都是练出来的。花钱培训固然能提振信心，在短时间内提升自己的能力，但是发挥培训的最大成效却需要平时的巩固，也就是说，花的钱多，不见得就能成为超级演说家。明白这一点后，我心中暗暗自喜，我没有去花更多的冤枉钱，我更想跟晨练队的兄弟姐妹们说：“通过这次的学习，我终于明白了，所有的一切都是要通过无数次的练习才能成功到达彼岸，没有任何捷径，更没有省力的途径。”

洞见：只要心中有梦，只要努力坚持、只要信念坚定，就不怕没有进步，就不怕没有突破。让我们一起加油！

---

* 2017 年 5 月 13 日，日精进第 183 天。

小大人的众筹故事*

章乔瑀

女儿今年 16 岁，从小就是一个小大人。中考刚刚结束。面对“玄奘丝路，四天三夜，九十六个小时，一百零八公里”的众筹项目，我是不敢去挑战的，女儿却对我说：“妈妈，我去，读万卷书，行万里路，回来我跟你分享！”当即发起了众筹，她让自己没有了退路。女儿只用一刻钟的时间作了决定，我为自己的懦弱惭愧，为女儿的勇敢鼓掌。

这个活动的众筹环节需要大量的人脉积累和朋友间的相互信任，开始众筹的时候女儿一直在担心，怕完不成，她说她朋友圈没有那么多人，19 900 元，对她来说是一笔很大的费用。我告诉她，众筹可以有很多方式，妈妈也会给予支持！通过广发朋友圈，短短二十四小时，完成了 50%的众筹，让女儿更加有信心，更加有勇气了！剩下的 50%怎么办呢？她必须用各种方式去不认识的人群中众筹，从刚认识的到后来跟不认识的朋友分享这次活动，让别人从不了解到接受到佩服她，整个过程都非常努力去做，从 6 月 19 日中午 12:00 开始到结束，花了 5 天的时间，众筹终于结束。

女儿对众筹活动也有了更深的理解，她认为，一是众筹过程中参加者不断地发朋友圈能够增加主办方举办活动的影响力，这对未来组织集体活动是一个极大的启示；二是想让大家通过众筹检验自己平时的交往能力和大家对你的认可，在今后更应该踏实做事，诚信待人；三是费用是由朋友们众筹来的，在徒步的过程中遇到困难，也会增加走下去的责任和勇气，磨炼在困境中的忍受力。

---

* 2017 年 6 月 20 日，日精进第 95 天。

洞见：一个人如果不走出去，眼前就是世界；走出去，世界就在眼前。通过众筹的方式，我明白孩子的内心是如此的强大，如此的勇敢。我相信整个活动下来，女儿的收获会更多。

加油，女儿!

自然后果法*

王剑锋

今天在一个育儿网站里看到了一个育儿方法——“自然后果法”，意思就是孩子的行为，让他承担自然会发生的结果的教训，以达到让他学习的目的。

庆幸自己一直都是这样实践的，只是今天才知道还有这么专业的名词。感觉这个方法确实很有效果，我有许多实践经验。比如儿子蹒跚学步的时候对不锈钢热水壶特别感兴趣，看到上面变形的镜像就会咯咯大笑，我怕会不小心烫到他，警告多次没有用，就把热水壶烧得有点烫诱他去摸，烫了一次以后，他见到热水壶就喊“阿呜、阿呜”，表示这个东西有危险了，这确实是一个很有效果的方法。

还有一个方法虽然可能有点过火，但还是很有效果的。为了尽量让他少喝饮料，我特意在他从来没有喝过可乐的时候往可乐里加了醋让他喝，让他以为我们喝的可乐就是这个味，喝过一次以后，他到五六岁了才去尝试喝可乐，才知道可乐好喝！

洞见：保护孩子不是不让他接触危险，而应是将危险控制在可控范围内，有时甚至要造点危险让他体验，让他从中体验到自然后果以及应对方法。没有谁可以保护孩子一辈子，保护孩子最好的方法就是用小跟头、小危险锻炼孩子，让他学会独立，能自己应对，做出正确选择，小时候多摔小跟头，长大了才不容易摔大跟头。

---

* 2017年2月7日，日精进第43天。

阅读那件小事*

吴乐茜

朋友问我，你看书能把里面的内容全部记住吗？我想了一下，确实不能把里面的内容都记住，但是我觉得看过的书就像吃过的食物，虽然会忘了以前吃过的东西，但会转化成养分，滋养着我们。看过的书会转化为我们的信念，从而改变我们的行为。看书也会让自己的心静下来，因为心不静是没耐心看下去的，所以每天让自己静下来，好好学习一下，非常值得。

一书一世界，每本书都有自己的生命和意义。每个人阅读后收获是不一样的，你怎么解读世界，世界回应你的就是什么。不断地看书，可以扩展自己的视野，从而多维次地去看世界。

小时候读书，我们一般都学习“术”方面的书籍，它可以在日常生活中加以应用，教会我们谋生的技能，有利于我们很好地工作。所以上学是我们人生的必经之路。

“学到老，活到老”，长大了读书，通过阅读一些“道”“因”方面的书籍，提升自己的情商和逆境商，让我可以有更好的心态去积极面对现实生活。

以前曾天真地以为毕业了，就不用看书了，这实在太愚昧了。书是我们滋养灵魂的一条通道，从书中可以增强自己的内力，提升自己的内涵。很多信念也可以翻转，改变自己的人生。以前总是抱怨儿子不喜欢看书，我相信只要我自己改变了，先爱上阅读，儿子也会改变的。儿子是我的“复印件”，为了儿子，我一定要让自己优秀，潜移默化，那么儿子也会优秀。

---

* 2017年4月7日，日精进第107天。

自我救赎*

徐 景

昨晚注定是失眠的。

林刚丰校长真实生动的分享课，让我从羞愧中觉醒。同是家长，在教育认知、方式上的不同，教出来的儿子的性格也截然不同。他家儿子各方面表现出来的出类拔萃，正是我们这些家长希望自家孩子达到的。可是往往事与愿违，胆怯懒散是任课老师给我儿子的评语，我在懊恼、责备儿子的同时，何尝不是在责备自己？因为孩子就是一面镜子，他把我的弱点照得那么清楚，以至于一直以来我都不想直视。是啊，其实很明白自己的不足所在，越是明白，越希望儿子超越自己。林校长的一句“你想养什么样的鱼，必须先凿怎样的河。”让我内心久久不能平静。这些年一味地要求他要怎样做，要求他去改变，自己却找各种理由不前进、不学习、原地踏步，自己都做不到凭什么去要求他！我必须先自我挑战，只有改变自己，让自己强大才能去影响别人。因此，我今天义无反顾地选择加入这个充满正磁场的大家庭，在这个大家庭中我看到了付出，看到了相互学习，而更多的是坚持与自律，那么我就先学会坚持与自律，让这颗种子在自己心里生根发芽，在儿子身上开花结果。

洞见：孩子身上的缺点很多就是自己身上的不足，往往就是由自己错误的教育方式造成的。父母是孩子的镜子，孩子是父母的缩影，正人先正己，身教重于言教。

* 2016年11月27日，日精进第1天。

伊宝分橘记*

周雨露

由于我的身体原因，我的伊宝贝，从四个月大的时候开始跟着爷爷奶奶生活，只有在周末得空的时候才回到我的身边。然而，每一次和伊宝贝的接触，都会带给我满满的惊喜。

昨天头疼得厉害，于是回家准备让婆婆帮忙抓痧。伊宝贝看到爸爸妈妈回家了，特别地开心，一会粘着要抱抱，一会又拿着好吃的与我们分享。看到宝贝甜甜的模样，突然觉得身体的不适减轻了。婆婆说："伊伊，我们今天去超市买的橘子很甜，快给妈妈拿一个尝尝。"听完，伊宝开心地去拿桌上的橘子，但是她没有马上递给我，而是跑到垃圾桶旁边，一点一点地开始剥皮。手抠不下来的，她用嘴巴去咬。"这个小馋猫，让你给妈妈拿橘子，竟然自己吃上了。"婆婆打趣道。但是等她扒完皮，她竟然把橘子放到了我的手上，然后喊了一声"妈妈"，并且把橘子轻轻往我这里推了一下，又指指嘴巴，示意我吃。看着手上这个被"蹂躏"得体无完肤的橘子，突然满满的感动。我的伊宝虽然只有 16 个月大，刚刚开始蹒跚学步，刚刚开始牙牙学语，但是都已经开始照顾人了。品尝着她给我剥的橘子，我对她说谢谢，她开心地朝我点头，围着我蹦蹦跳跳，我知道她能明白我此刻的激动与喜悦。感恩公公婆婆把她教得这么好。

洞见：孩子都在很努力地学习、成长、进步，作为他们的爸爸妈妈，我们又有什么理由不努力、不学习、不提升？要做一个让伊宝引以为豪的妈妈，我还需努力，赶在孩子之前，让自己快速成长为一个合格的妈妈。

---

* 2016 年 12 月 2 日，日精进第 6 天。

花朵的绽放*

李红球

下午三点左右，随三位摄影师一起下乡去小颖家走访，顺便拍影集。

我是第二次去小颖家，上次送生日蛋糕的情景还历历在目。放学回家看到我们这一群人时，她很惊讶。

我走近她："还记得我吗？"

她只是"嗯嗯"地点点头。

"那记得我什么时候来你家的呢？"

"为我过生日的时候。"

"哇！很开心你记得我！来，拥抱一个！"

一个简单的拥抱拉近了我们之间的距离，增进了我们的情感！感恩让我遇见小颖，大大咧咧而不失细腻的女孩子。

16 点 30 分，天色渐渐暗下来，为了赶在天黑之前顺利拍完孩子的写真影集，我特地带了具有民国风的少女装让她换上。在这期间，我向她介绍了我自己，听我介绍完名字时，她哈哈哈地来了一句："今天我在学校刚好踢了一个红色的球。""哈哈！正好把我踢你家来了，来来，拥抱下……"她的力气不是一般的大，竟把我整个人抱了起来。我和她的距离又一次地拉近了。

"赶紧赶紧换上衣服。"我催着，她特地关上了门窗。她 13 岁了，懵懂怕羞，换裙子时一个人跑到衣柜后面换，一些小小的举动，足以表现了一个女孩子的少女情感，她已慢慢地走进青春期。

* 2016 年 3 月 9 日，日精进第 25 天。

小颖换上了一套复古的少女装，由我当她的小助手。两个帅哥摄影师给她拍照时，她特别放不开，笑容总是那么拘谨。还好，摄影师都挺亲切的，慢慢地沟通交流着，随着时间的推移，她那最可爱、最真情的瞬间在“咔嚓”声中走进了镜头中……我们的交流更进了一步，她的性格似男孩，有时还会和我们称兄道弟，把摄影师们逗乐了。我俩走在一起，她的手搭在我的肩膀上，如同兄弟。

同时，她总会露出柔情的一面。在油菜花田里拍照时，她撑着伞来了一个让我们都意想不到的动作：一只手独立撑伞，高举着，来了一个下腰！哇！好美！摄影师们赶紧抓拍，小颖不厌其烦地重复着……每个女孩子都有一个舞蹈梦，也许这就是她想表现得最美的画面！

彼此熟悉之后，大家开心畅谈，无拘无束！小颖的写真美美地定格，摄影师们完美收工。

期待她的青春少女影集，相信青春美少女的影集不久就会出炉。这样的写真对我们而言只是简单地留影，而对这些孩子们而言，这就不仅仅是一本普通的相册，相册的背后是走出艰辛生活的希望，她的微笑是改变自己命运的冲锋号。

踏上新的路程——加入精进群*

梁飞龙

一次偶然的机会受朋友邀请参加日精进分享会。活动快结束的时候朋友问我要不要加入该群，开始的时候没想过加入，只是参加个活动而已，朋友倒是极力推荐。其实，精进人每天坚持的精神值得我学习，受到精进群精彩的分享会影响，我也上台说出了入群的想法。

活动结束之后，一路和朋友聊着精进群的人和事，觉得他们都挺厉害了，我要和他们一起学习。同时我也在担心我能不能坚持写精进，犹豫不决中我没有决定马上缴费入群，因为我知道这条路一开始就别想结束，万一不能坚持岂不很没面子？那还不如先不加入。但是考虑再三，我想我自己说过的话不能后悔，别人都能做到，凭什么我做不到呢？

今天是我写的第一天，虽然不知道写什么最合适，但是现在还是挺开心的。因为我知道接下来的精进路上，可能会改变我的生活习惯，每天可以给自己独处思考的空间，让我回想今天发生了什么事做了什么事。我觉得每天如果能够这样一定会挺好的。

最后感谢我的好朋友让我有这机会加入精进群，感谢群主创建了这么好的一个平台。感谢他们。

洞见：很多时候，我们会觉得自己没有准备好的事，不敢或不想去做，其实应该问自己内心想不想要，想要，就马上行动起来，可能一开始去做不一定多好，但是只要用心、坚持去做，相信会越来越好。

---

* 2017 年 3 月 19 日，日精进第 1 天。

桃花燕子飞*

孔令哲

春光明媚，既是假日也是踏青好时节，下午陪果果在小区里走走，各种花均已争相盛开，最先入眼帘的依旧是那桃花。

桃花，从古至今都是文人雅士吟诵的对象。从最早的诗经，“桃之夭夭，灼灼其华”，到白居易的“人间四月芳菲尽，山寺桃花始盛开”，再到苏轼的“竹外桃花三两枝，春江水暖鸭先知”。熟悉的还有风流不羁的唐伯虎的八首桃花诗：“桃花坞里桃花庵，桃花庵下桃花仙。桃花仙人种桃树，又摘桃花换酒钱。酒醒只在花前坐，酒醉还来花下眠。半醉半醒日复日，花落花开年复年。”关于桃花，还有那令无数人向往的圣地——桃花源，《桃花源记》通过对桃花源的安宁和乐、自由平等生活的描绘，表现了作者追求美好生活的理想。金庸先生也为落拓不羁的黄老邪修了一座与他性格气质相配的桃花岛，作为一个金庸迷，也好生羡慕了一番。今年的热播剧《三生三世十里桃花》更是把“桃花”意象的含义发挥得淋漓尽致。当桃花和这么多文人墨客联系在一起，桃花就不只是桃花了，更是一种文化，代代相传。

桃花与我关联的一个物件就是第四版的一元纸币，我们泉友称之为 961。这张纸币的背景就是桃花燕子，且纸币的颜色也非常像盛开的桃花。燕子是欢快勤奋的报春鸟，桃花绽开于春光明媚之际，“燕子桃花”占尽春光，将万里江山装扮得分外妖娆，并寓意美满幸福和青春常在。还有就是孙慰祖老师取自《桃花源记》的一方印章：忘路之远近。刻的时候孙老师说寓意极好，年年桃花依旧燕子飞，又是一年好时节，哼唱的是阿牛的那首《桃花朵朵开》。

洞见：美好心情，才有美好的事情发生，一年之计在于春，愿这美丽的桃花伴随着我们。

---

* 2017 年 4 月 2 日，日精进第 127 天。

山高人为峰*

孔令哲

说到红塔山，有一句响亮的广告语：山高人为峰，今天我们一行人走进红塔集团参观学习。

说到香烟，大家第一反应是吸烟有害健康，可是为什么不直接把烟厂给关了呢？答案是为了税收和就业，红塔集团为云南及国家贡献了数以千亿的税收和大量的就业岗位。走进红塔集团，迎面而来是非常现代化的行政楼和厂房，进入车间，没有太多工人，都是一水的数字化流水线，从卷烟加工到包装到物流仓储都实现了机械化。所以从今天的参观可以看到自动化、智能化、机器人化的时代已经到来，未来是更智能的时代。

从第一次工业革命开始，人类征服自然的速度越来越快，我们站上第一高峰珠穆朗玛峰，征服了广阔的海洋，征服了极地世界南极。普通的自然界已经无法阻止人类前进的步伐。进入 21 世纪的互联网革命，尤其是大数据支持下的智能时代的来临，对我们人类提出了新的挑战。2017 年 5 月，在中国乌镇围棋峰会上，智能机器人与排名世界第一的世界围棋冠军柯洁对战，以 3 比 0 的总比分获胜。围棋界公认阿尔法围棋的棋力已经超过人类职业围棋顶尖水平，在 Go Ratings 网站公布的世界职业围棋排名中，其等级分曾超过排名人类第一的棋手柯洁。而这些只是智能时代的刚刚开始，马云甚至将这一事件比喻成电力时代的电灯泡，未来，智能机器人会颠覆我们的想象，如何驾驭好机器人才是我们的新课题。

洞见：智能时代的车轮滚滚而来，我们需要有一种精神，站在机器人的上面，山高人为峰！

---

* 2017 年 6 月 8 日，日精进第 194 天。

尚器

世界同源本体

俞晓红

这些天尽管在美国语言不通，但我们被照顾得好好的，上帝给我们派来了一位“天使”，她的翻译太好了，人也很好，任何时候只要有需要，她总是没有任何怨言地为我们服务，这让我十分感动。因为有她，我们可以好好上世界顶级大师的课，我们可以买到喜欢的珠宝，我们可以顺畅地与外国人交流。

一同上课的伙伴都那么热爱付出，都那么友善，那么亲切，我们不会英语，不懂如何做好厨房工作，他们却很有耐心地教我们。虽身在异国，但人们的心却是如此亲近，每当我们做错了，没有任何的评判，有的只会是友爱的提醒。在美国的这些日子里我从每个人身上学到了很多，友爱、善良、付出。

在这个时代，每个人都必须活出真实的自己，你才不会浮躁，你必须用你的直觉来给自己做决定，“心有灵犀一点通”。一旦每个人都感情共鸣了，每个人就是光和爱的化身，这个世界就会万物一体，不再存在国家和民族的隔阂。

我爱上了日精进*

黄文英

刚开始跃跃欲试不敢写、不敢发布，1 239 天后却猛然发现：写日精进已是我的一个习惯，早已滋润到血液、骨髓、心底，不用提醒不用监督，就好比穿衣一样自然。

回顾我日精进三步路漫漫走来：

一、刚开始“无材可写”

往往无病呻吟，像记流水账一样，读之无亮点无精髓，后来发现自己的工作状态也是如此茫然：不主动、不聚焦、没深度，做事深一步，语言自然有厚度。

二、途中“言语肤浅、咀嚼无味”

多少次阅读他人日精进照见了自己的肤浅，同一个话题我只能看到 A 点，为什么他却能洞察到 B 点、C 点？差不多的问题我的处理方式远远不及他人从容、大气，原来处理一件事的结果不是能力问题、不是财力问题，而是格局、胸怀决定结果。

三、敢写敢发、敢说敢做、做我所说

创业者都敢想敢写，可不见得敢发表于众，多少好计划写出来怕人看到，觉得不好意思，锁在抽屉里无疾而终。再好的策划锁着就锁住了春秋，一个人走得快，一群人才能走得远，任何梦想只要离开了团队都是浮云。

我借日精进敢写到敢发，发精进文化群以接受监督，发公司群以自律，言

---

* 2017 年 6 月 4 日，日精进第 1 239 天。

行一致，发朋友圈昭示于众。

有时真怕自己说得冠冕堂皇，唯恐显示自身的不成熟。不管是否有人关注，发表了就当自己已昭告天下了，知信行三者合一，才会日日锤打出从容的自己，读他人修自己才会日渐圆融。

写日精进岂敢轻言？

写日精进岂是私事？

写日精进岂能放弃？

我真的爱上了写日精进！

随 想 两 则

杨其卫

坐飞机有感

不知不觉，飞机已飞了一个多小时，飞机在空中飞行时根本不知它有多快，只有在它降落进入跑道时，看到旁边的参照物，才能感知到它的速度。飞机需要航线，每一个点都是他的参照物，人也一样，需要有参照物。于我而言明确方向树立目标，将大目标分解成一个个小目标，将小目标作为一个前进的参照物。

调理颈椎病

前两天到一专业治疗颈椎病、颈腰突出病的诊所，他就拿一截圆木头使劲在我肩膀上滚动往下压，事后感觉舒服了很多，比推拿店还有效果。通过这件事，我突然悟到了一些东西……，第二天就叫门卫给我找了两块石头捆起来用扁担挑，大概八十来斤，两只肩膀挑了十几分钟，就感觉很好。

很多病是时代造成的，肩膀本身就是挑东西的，可现在哪有人挑东西，所谓的富贵病就是缺乏锻炼造成的，多动少坐会有你意想不到的效果，不妨一试。

生活里的“碎碎念”

陈 涛

平日里显得斯文少言的我，其实内心有不少躁动。拎东西不管多重，喜欢一次拎完；做事情也喜欢量化，做快一些；工作上有自己的“态度”，喜欢直言不讳；有时候得不到别人的回应会患得患失。

终究还是少了那份“安静”，少了与自己内心对话、交流的机会。我一直以为自己很安静，生活中我能独处，但这也只是形式，自己的修炼太少才会患得患失，这就是关键。静心修心，值得一辈子践行。

特别欣赏拥有好习惯的人，比如每天按时跑步，每晚坚持读书，抑或每顿早餐喝一杯牛奶。这种习惯可大可小，但它表明了一种自律，也表达了对生活的一种执着，慢慢地它使人的生命质地有了不同。看到朋友分享，联想到自己今年在做的，健身不再是那么刻意、读书也少了以前的烦心，等等。

当努力并带着一些痛苦要求自己去做就慢慢将其变成生活的必需，变成自己想要的一部分，这种感觉很微妙。运动时能够觉察到自己哪些肌肉在作用，读书时能够多角度去思考。这与其说是为了养成一个好习惯，不如说是一个与自己对话、了解自己需求的一个过程。

记得马老师问过我们一个问题：你父母经常挂在嘴边，让你印象最深刻的一句话是什么？我想到的是我爸，年过半百的他经常和我说：做人要有才有德，身边有太多朋友很聪明很有才能却郁郁不得志；又或是人情世故、礼尚往来都很周全却没有自己的闪光点也鲜有成功。

既有才又有德着实困难，做人做事没有一个同一的标准，只是看你要过什么样的生活，成为什么样的人，做什么样的事罢了。

复盘·执行力游戏*

李亚奋

随着公司的发展，对于员工的能力要求也越来越高。为了能让员工与公司一起成长，并为后续培养人才做相应的知识储备，公司各部门都必须做复盘，以更好地总结与回顾。

今天由企管部发起，各部门主管，总共 16 位家人一起参与对执行力的复盘：企管干部二人为裁判，其余员工分第一组、第二组，每组 7 人，同时设定规则：现场折纸飞机，并让飞机飞过设定的距离为准。5 分钟之内哪一组飞向指定地点的飞机多为优胜组。

游戏开始，第一组急忙投入，每个人都恨不得一下子折好几只飞机，但是由于事先没有做有序的分工，大家虽然都尽力，飞机能够飞到设定距离的却并不多。

第二组开始时，队长清晰地识别了每个人的优势，进行合理分工，擅长折纸飞机的折纸，手臂力量大一点的掷飞机，能力适中的人员专门给飞机做标记，以便识别是哪一组的，总之整个过程有条不紊。

最后，第二组以 28:15 的成绩完胜第一组。

洞见：通过复盘能够清晰完整地呈现一个团队组织、分配、执行、体现结果的过程。好比平时工作，很多时候看起来快，但最终结果效率不高。而有些团队，看起来开始慢一点，却很有效率，很出成果。执行力游戏诠释了快即是慢、慢即是快的道理，让我们能够进行细致有效的分析，及时发现亮点，找到不足。

---

* 2017 年 4 月 28 日，日精进第 978 天。

致一起长大的男闺蜜和亲人

胡利曼

24 年前，刚认识那会儿，我们都还是小屁孩儿。

一起上幼儿园，一起上小学，你总是调皮捣乱，我总是嫌你烦。

青春年少时，

我记得我俩认真干过架，哭着找各自的爸爸妈妈。

我记得我们时不时去爬山，去玩水，去压马路，无忧无虑想不起回家。

后来慢慢长大，

你有你考场的失意，我有我至亲的离去。

生活越发复杂，都在逼着我们“老化”。

时间太长，经历太多，道不明发生了些啥，

却清晰记得，你说，我们是亲人，亲姐弟。

24 年后，

我已是两个孩子的妈，因为生活，几乎将要变成被柴米油盐压倒的中年妇女。

而你还是那个英俊潇洒的小伙子，如童话里的王子要去迎接生命中的另一半。

大喜之日，你说，来吧，我这一生只有这一次。

刚出月子，我说，来了，我只想见证这美好一刻。

音乐响起，新娘未出，你就哭了，眼泪决堤。

可男儿有泪不轻弹，有人说你太过感性。

而我却深知那背后无数的心酸和不容易。

一起走过的路太长，要说的话太多。

祝愿，我最亲爱的发小，能够拥有触手可及的甜蜜，能够享受令人沉醉的婚姻。

你值得拥有越来越好的生活，你必须过上越来越好的日子。

精进有感*

方淼淼

精进是滋养生命力量的源泉，是对生命一探究竟的精神。今天参加了日精进智慧群分享活动，感受了一场灵魂的饕餮盛宴，一次意志的沐浴、精神的洗礼。聆听了林校长的写日精进心得分享，看到了写日精进的实用与好处，日精进平台就如一艘航海中的船只，它在渡化愿意改变、愿意思维、愿意行动的一切有缘精进众生，而我也是有福报的众生之一。

最初写日精进是为了每天有一两个小时属于自己陪伴自己的时间，但伴随着时间越久，这种陪伴会越来越不想被打扰，因为这个时候让自己静下来，神归位了，思考的种子萌芽了，每一天的观照坚持产生了一种践行的力量。年份日久，在坚持中又有了源源不断的智慧。自己写日精进不是夸夸其谈，而是我诚实面对自身文化方面的空洞与匮乏，在日积月累中提升、挑战、改变自己，同时还有机缘欣赏和随喜他人生命中的精彩与智慧。写日精进也教导我如何用心感受身边的生活，珍惜生命中的亲人，品尝酸甜苦辣点滴的滋味。

日精进的痛苦是暂时的，未精进到的痛苦是终生的。感恩林校长，感恩日精进群家人们。

洞见：改变是痛苦的，但是蜕变后的绽放是绚烂的，用一生去稀释痛苦，还是用一段时间去品尝一生的痛苦，然后享受满满的幸福呢？相信自己的选择无疑是明智的！

---

* 2017年3月18日，日精进第181天。

同学情深*

孙肖英

时光荏苒，岁月如歌，回首同学生涯，时间过得真快，弹指一挥间，二十六年过去了。当年我们走出校门的时候，还是青春美少男少女。这些年为了工作，为了家庭，为了孩子，我们一直在奋斗、拼搏！如今，我们慢慢变老了。

分别 26 年的同学能欢聚一堂，虽然没有了那时的童真，但是童趣味十足！回首风风雨雨，有太多的感言，有太多的追忆。而如今的我们，已为人夫，为人妻，为人父，为人母。步入社会，成家立业后，才知道青春的可贵。

在一起回忆儿时的同桌与玩伴，历历在目，挑子、玩绳、玩泥巴、猜拳……，欢声笑语一路高歌。要的就是回忆里的学生味，敞开话题无拘谨的聊天，开着玩笑！虽然时光流逝了我们童年的纯真，但是岁月开启了我们少年的懵懂，而同学少年结下的情谊是一片真诚的心灵花瓣，是一种千金难买的情缘。

同学情就是这样的纯朴而且没有一点利益关系，我们要珍惜这来之不易的彼此共处的时光。哪怕是多年不见，只要一链接还是会连上。那就是纯真的友情！流水不因石而阻，友谊不因远而疏。

光阴似箭，转眼间，2 天时间即将过去，默默回忆着这几天的欢声笑语，特别的珍惜与难以忘怀！相聚是短暂而又愉快的，在充满激情的聚会之后，互道珍重，又要各奔东西了，之后又将是长长的别离，但友情的芬芳会给我们平淡的生活增添一缕和煦的阳光。

---

* 2017 年 6 月 9 日，日精进第 759 天。

这二十六年一次的珍贵聚会，终于在我们的欢笑声中结束。虽然在这里画上了一个圆满的句号，但更是一个新的开始。再过二十年，我们再相会。我想，那时一定会是更加美好……

洞见：回忆永存，珍惜现在所拥有的！感恩曾经的相遇，让我铭记于心！岁月虽远，但情正浓，让我们把握和珍惜当下……

分享种子*

陈柳丹

唯识因缘万法生。种子生现形，结果自然成。今日与二十年未见的同学一起喝茶，这也是第一次用种子原理来分享，以往会用教练技术来解决，其实也相道，只是发现运用种子更加柔软，更加让对方接受。聊天中我得知她落下了很多同龄人应该有的生活，于是有了以下对话，特记录如下。

第一步：简单地说，你想要的是什么？

老同学回答：要一个家，有宝贝，放开所有的伤痛，还有那些不断浮现的记忆，想该年龄想要的一切。

第二步：先与她分享，种子颠倒播种，以及四步骤。

老同学想了想：我应该去找一个跟我一样面临同样问题的人，然后帮他们解决。

老同学苦笑道：这不难，我身边几乎有许多像我一样年龄还未成家，存在同样的问题。

我：同意，分两个步骤，第一步选择对象，第二步做计划。选取一个跟你有类似需求的人，然后计划你要怎么帮助他。

第三步：要做什么？

老同学回复：去当红娘。

我：怀着慈悲心做这件事非常重要。如果你亲自试验金刚法则并发现其效用后，你将会成为活生生的好榜样，心怀大慈悲这种感觉能够更好地运用这套

* 2017 年 2 月 2 日，日精进第 492 天。

法则来处理分手的伤痛。仅仅通过自己的成功，形成向外人传递的连锁反应，照亮数百人的生命。

第四步：回去践行。

老同学：找有相同经历的，和自己一样有需求的，还可以是孤寡老人等。

我：看来你已经把所有的步骤都记得滚瓜烂熟了。我觉得对你来说尽快脱离这羁绊，并继续往前走并不是什么难事。只是往哪里走却需要我们好好讨论。

最后，我与她分享，种子可以运用在家庭、工作、朋友的生活当中，我自己从学完种子，对种子文化感悟是深刻的，练习什么，就会精通什么，心在哪成绩就在哪。

非常愉快的交谈，就在喝茶过程中完结，看着她好像找到钥匙，找到心门的力量，轻松愉快地离开，我也是满心欢喜。

洞见：想要什么先付出什么，从此种下陪伴的种子，才能收获幸福的家庭。越分享越收获，与其说，分享帮助他人，看种子种在那个被帮助者的身上，不如说是种在了自己心中。

日精进心路历程

徐雄文

从 2015 年 6 月 30 日至 2016 年 8 月 18 日，共写日精进 416 篇，不知不觉坚持了 416 天，加入企盟会后，发现很多老师都写日精进，觉得很有意义，非常好。自己也想写，但有一次参加日精进聚会，听说一天不写或超时要乐捐三百元，就没有加入，怕自己坚持不了。聚会结束时偷偷地溜走了，连拍照的勇气都没有，但回家后一直很后悔，第二次白云禅都寺聚会时，勇敢地站上了舞台，开始我的日精进心路历程。一开始就没有结束，记性不好不是理由，只是习惯不好而已。我们都是凡人，需要他人的监督，这不是改变自己不良习惯的一种好方式吗？到现在已经 416 天了，我每天坚持把自己写的日精进发到各个群和朋友圈，发现收获大了，拥有了很多的微信粉丝。每天都有很多人读我的日精进，也变成了我另一张名片，因为我的正能量影响了很多朋友，同时很多人冲着日精进来投奔我，吸引很多人才加入新能达，给公司注入了很多新鲜的血液。公司成立了日精进群，让优秀的员工加入此群，用他们的正能量影响后进的人，也收到了良好的效果。

洞见：日精日进，日践日行，日精进爱上你，此生不分离，伴你一辈子。

快乐五一*

徐祖敏

多姿多彩的五一节，累并快乐着。早起乘坐高铁奔赴杭州千年古刹灵隐寺。灵隐寺自然景色优美，古木参天，郁郁葱葱，环境清幽，让人心无杂念，静享当下。寺庙里面安放的“修、善、缘、恒、忍、静、慈、隐、常、思、戒、乐”12 字人生一字禅，充满大智慧，令人大彻大悟。登顶飞来峰，高瞻远瞩，感悟王安石的千古名句：“飞来山上千寻塔，闻说鸡鸣见日升。不畏浮云遮望眼，自缘身在最高层。”

下午来到西湖断桥，亲自助阵在那当志愿者的姐妹花宝贝女儿，身临其境，才知晓当志愿者的艰辛和不易。由于女儿是校青年志愿者协会的负责人，从一开始的策划、联络、招募志愿者到最后的活动实施，都花了大量的心血。对来自五湖四海的游客可能提出的问题，对西湖每个景点、每个传说、每条公交线路都要了如指掌，做到心中有数，这样才能对游客所遇到的问题对答如流，真正帮助到每一位需要帮助的游客。

姐妹俩从早上六点多出门到下午四点结束，一直坚守在工作岗位上，尽职尽责，针对游客问题，分工明确，配合默契，耐心解答，收获了友谊，收获了智慧，让我这当妈的刮目相看，打心眼佩服两女儿，太棒了！活动结束，犒劳女儿，陪她们美美地用餐，畅谈活动的体会和感悟，匆匆道别，我回永康，俩女儿各自回校，五一假期圆满落幕。

---

* 2017 年 5 月 1 日，日精进第 641 天。

洞见：

1. 人生处处是修行。我们每个人的心灵，都需要一方净土，安放好自己的灵魂。面对世间纷纷扰扰，放空自己，思自己所思，想自己所想，给内心以清明，做到遇事宠辱不惊、淡定从容。

2. 赠人玫瑰，手留余香，爱出者爱返。当你给别人一份快乐时，你就拥有了两份快乐。传递爱心，传递正能量，相信自己身上善的力量，帮助别人，成就自己。优秀源自教育，生活就是教育的方向，愿女儿在四年大学美好时光磨砺下收获扬在脸上的自信、长在心底的善良、融进血里的骨气、刻进命里的坚强。向上向善，健康快乐成长。遇见更优秀的自己。

3. 中国梦，劳动美，致敬每一个生活努力的人！祝大家节日快乐！幸福安康！

永哥精进 1 000 天*

钱　永

日精进今天终于跨入 1 000 天，三年来坚持每天写，写着写着就成了个习惯，这是每天一次自己照镜子的机会。人性有向善向上的一面，也有向恶向下的一面——贪、执、色、懒、杂念……通过写日精进，察觉自己当日的所思所想，去其恶念，也是对自己能量的一大提升。通过写日精进，认识王阳明等仁人思维的闪光点，在这过程中，体会灵性心学，辟谷、禅修、打坐、参与公益。虽然经常反复，但在不断修行中提升自我。

洞见：回看自己所写的日精进，大致分为三个阶段。第一个阶段以叙事为主，就如当天的日记，虽然没有多少自我提升，但养成了一个坚持每天写的好习惯；第二阶段为自我的突破与烦恼，多是些云里雾里的感想，是自大又经常回归到现实的无奈；第三阶段为当天所及事件，及正向的感念，心中充满快乐，发生什么事都是对自己的印证，有种达到无我的幻念，突破 1 000 天，也是一个很好的节点，清除过多的自我幻象，放下再放下，从零开始，做一个实实在在的真我。

非常感恩日精进这个大群体，虽然大多活在自我的框框里，但在无形的影响力和一定的规则中推我前进！1 000 天的小目标已实现，下个写日精进 20 000 天的目标与智慧的家人们一起启航。

* 2017 年 6 月 17 日，日精进第 1 000 天。

我们如何创造美好世界*

程小平

什么是美好世界，什么是美好事业，什么是天堂？它从来不在外边，它从来不是凭空而来的，它是我们创造的。我们可以经由种下相对应的种子，而创造我们想要的世界。

比如我希望我的先生对我甜言蜜语，总是对我说好听的话，我要练习对我身边的人说甜蜜的话，如谢谢你、我爱你、对不起等。让他人感受很开心，很甜蜜，而且要用喜悦的心情去说。我选择最肥沃的土壤（如婆婆）来耕种，其实刚开始练习时还是很困难的。有一次为了给婆婆说一声谢谢，我在厨房等待时机，感觉汗都要出来了。后来我鼓起勇气，抱住婆婆，对她说谢谢你给大家准备了早餐。然而“我爱你”还是卡住了。但是没有关系，我知道我在有意识地种下一颗强大的种子。昨天婆婆在外旅游，我给婆婆打电话提醒她劳逸结合。我还叮嘱别人照顾好我婆婆，听得婆婆乐开了花。婆婆跟我讲她第一天旅游的一些趣事，包括晚上在酒店里和家人、朋友打牌，我都很认真地听。我一次次练习对婆婆说好听的话，让婆婆感到心满意足。最近一个令人可喜的变化发生了，我两个儿子起床时像小猪一样听了让人心烦的嚎叫声，变成了爽快的应答声，听了让人心情愉悦。

我们的美好世界就是通过这样种下种子创造出来的。我们的世界是真实的，因为它是我们的种子创造的。我们只要做一点小小的改变，就可以创造一个大不同的世界。

---

* 2017 年 6 月 22 日，日精进第 704 天。

读功课后发生的奇迹*

吴琛琛

某天下午，我身边刚好就发生了一个奇迹。我们结束了一天的课程，老师突然给出了一个任务，内容是：需要和一位同事去买冰！我们商量了一下：（1）去肯德基买，不划算，就算买 2 杯可乐也只有一点点冰；（2）去奶茶店买，就算给钱也要把任务完成！刚说完，就看到街角的拐弯处有家奶茶店，跑进去一问，她们以为我要买奶茶，说了句：我们打烊了！我说：我想买冰，我可以给你们钱！但是，我需要很多很多！她们这才反应过来，她们边拿袋子边说："买冰啊？！那不要钱，我们就是冰多，要不要给你换个大点的袋子？"边说边把冰往袋子里装；我当时特别感谢，赶忙说够了够了！我们把钱给她们，她们也没有收。

宇宙很神奇，知道我很迫切地想要冰，她用另外一种方式给了我，还给了我一大袋！与此同时，我的同事在另一家奶茶店买了 2 杯奶茶，也免费地取到了冰！

洞见：宇宙真的很神奇，当你的内心迫切想要什么，宇宙毫不犹豫地都会给你！而且，从不吝啬！

* 2016 年 12 月 2 日，日精进第 827 天。

父母的力量*

董晓燕

昨天看了一篇文章，虽然很多年前也读到过，可做了妈妈后感觉特别不一样。哈佛大学心理学教授罗森・塔尔曾对一所小学进行了实验。他们从一至六年级各班中选中了 18 个班，对班里的学生进行了未来发展趋势测验。之后，罗森・塔尔以赞赏的口吻将一份占总人数 20%的“最有发展前途者”的名单交给了校长和任课教师，并叮嘱他们一定要保密，否则会影响实验的正确性。8 个月后，他们再次来到这所小学，对 18 个班的学生进行复试。

结果奇迹出现了：凡是上了名单的学生，个个成绩都有了较大的进步，且活泼开朗，自信心强，求知欲旺盛，更乐于和别人打交道。其实，当初那份“最有发展前途者”的名单只是罗森・塔尔教授随机挑选的，不过这个谎言对老师产生了心理暗示。在这 8 个月里，左右了老师对名单上的学生的能力评价，老师又将这一心理活动通过情感、语言和行为传染给了学生，使学生强烈地感受到来自老师的热爱和期望，从而在各方面得到了异乎寻常的进步。人们把这种现象叫罗森塔尔效应。

洞见：我们嘴上眼里的孩子，就是孩子未来的样子。在家庭教育中，孩子是父母的作品。文章没写好，不是笔和纸的错；孩子没管教好，责任不在孩子，孩子的毛病要在大人身上找。农民怎样对待庄稼，决定庄稼的命运；家长怎样对待孩子，决定孩子的命运。庄稼长不好，农民不会责怪庄稼；孩子发展不好，家长也不能责怪孩子。从自己身上找原因，学会真诚地赞美和帮助孩子，与挑剔指责相比，孩子更需认可。

---

* 2017 年 5 月 12 日，日精进第 726 天。

觉察，突破，体验*

吕欣颖

晚上参加日精进智慧群冬天队的聚会，倍感亲切，因为我们都为了同一个目标而走到一起，有共同的爱好、共同的话题、共同的修行方式，不是一家人胜似一家人。为了大家相互之间能更加熟悉，我们谈起如何举行下一次冬天队的活动，大家提议说让我组织，这让我倍感意外。

如果是在以前，我肯定是拒绝的，因为担心自己做不好、能力不够、被人笑话。其实听到他们的提议时，我的第一反应还是跟以前一样的，但这一次，我接受了。因为我每天都尽量让自己觉察内心的一切念头，哪些念头在不知不觉中影响我的生活，很庆幸，这次内心的第一反应是自我否定时，立马被自己捕捉到，并拎出来，让自己去面对它，突破它。接受了之后，心里默默地为自己鼓掌，因为我从来没有组织过活动，觉得这也会是一份好玩的体验。

洞见：对于没经历过的事情，很多时候我的第一反应是质疑自己，然后否定自己，可能是出于恐惧，也可能是因为自卑。觉察并直面自己的这些念头，有意识地让自己去做一些以前从没体验过的事，用一次一次的突破和体验去丰富自己的生活，向自己证明：看吧，这么好玩，哪有你想的那样。我们的生活是在每一天的行动里，而不是活在“我以为”里或是别人的体验里。

* 2017年1月13日，日精进第117天。

精进一生，践行一生*

俞丽君

这几天，日精进文化协会领导一行与各个队同步进行会员企业走访，为的是进一步了解各会员企业发展现状，增进各会员之间的感情。我也不例外，前几天应爱绸老师连续几次联系，问我什么时候方便拜访，恰巧我那几天出差湖州总公司学习，后来决定安排在 6 月 22 日走访我们公司。于是昨天下午应老师和三位精进家人一起来到我们公司，一落座，几位老师就非常关心地向我们了解公司目前发展的状况，我仔细地把公司介绍一番，听完我的分享，几位老师就啧啧称赞我们具有智慧眼光及勇敢拼搏的精神，并且送上一本《工匠精神》的书给我们。短短二十分钟心与心的交流，让我们精进人更加亲近，不是一家人，胜似一家人！

洞见：不知不觉，我的日精进已历经了 488 天，回想当初的试试到今天成为习惯，不禁由衷敬佩自己！记得当时我的搭档菊平姐跟我说："丽君，你也开始写日精进吧，我已经加入日精进群了，在这里可以让我们有更多的学习与成长的机会，因为这个平台汇聚了永康各行各业的成功企业家，每天在群里分享他们的成功心得。"就这样我开始写日精进，但只是试着写写，不敢正式加入日精进协会，因为担心自己写不好，没时间写，没内容可写。就这样随便写写也坚持了 3 个多月，最后在群主颜秀丽老师的引导下，我正式加入了日精进群，真正开始对自己精进一生、践行一生的承

* 2017 年 6 月 23 日，日精进第 488 天。

诺。一路走来，在精进人的身上我看到了精进人不一般的精神，一是坚持的精神，二是坚定的信念，三是执着的智慧，四是敢于担当的精神。这是一个非常严谨又有爱的团队，这是一个非常高效又自律的团队，我为自己成为精进一员而自豪!

能量之场*

俞丽君

今天，好朋友给我打电话说企盟慧的学习平台很好，还看到我和儿子在企盟慧学习后的成长与蜕变，对此非常感兴趣。她说想让大学放假回来的儿子也前来学习，所以先向我咨询企盟慧到底是学什么的，她的儿子进哪个班比较好。我告诉她，谁都可以来企盟慧学习，因为企盟慧有很多课程，适合各个群体。接着我就跟朋友一一做介绍，目前企盟慧有四个班，第一，企盟慧总裁智慧班，专门为企业老板设计的课程，培养企业主领袖的能力；第二，企盟慧特训营，专门为企业员工及高管设计的课程，为企业培养合格的人才；第三，企盟慧小小总裁班，专门为小朋友设计的课程，从小培养孩子的演说能力；第四、企盟慧女性智慧班，专门打造魅力女性的课程，为女人解决家庭、孩子、事业中的困惑；第五，企盟慧财商智慧班，专门为企业会计设计的课程，为企业专业培训财务风险管控的知识，等等。介绍完毕，我告诉朋友，她的孩子可以选择企盟慧特训营，这是一个训练年轻人的平台。朋友听完我的建议非常赞同，并说放假回来就送儿子过来学。

洞见：企盟慧是一个神奇的能量场，只要来这里学习都有很大的成长与改变，因为这里充满正能量，在这里我们学会了为人处世之道，明白了如何感恩，学会了如何经营家庭和事业等等。这里汇聚了永康各行各业的成功企业家，他们几年来花费了巨额的学费外出学习，学回来后在永康搭建了企盟慧这么一个学习的平台，为的是方便永康更多爱学习的人士，并且把他们的成功经验传授给每位学员。

---

* 2017 年 6 月 24 日，日精进第 489 天。

最落地的修行道路*

胡大思

今天参加了日精进智慧群的新人分享会，作为新人，第一次参加群里的活动，感受着所有成员营造出来的满满的能量场，新人激情四射，前辈个个透露着智慧的光芒！

人的一生，就是一个修行的过程，修行的道路很多，儒释道、基督、教练技术、企业魂、斯巴达、种子的力量等。在我的认知中，日精进是其中一条最落地的道路！

从日精进的规矩开始，一天不写，乐捐 100 元，每天必须写，只有开始，没有结束。对于这么一条如此长的道路，充满挑战的道路，充满未知与不确定性的道路，在我们敢去接纳的那一刻，就把做不到放下，把所有的担心和恐惧放下，内心的成长瞬间爆发！

每天的日精进，向内看，去总结每天发生的事，每天的收获，每天能够布施的正能量。这是一条修行的最简单的道路，每个人都可以做到，很实在，操作起来也特别简单，体现着大道至简的真谛。

日精进智慧群是最严谨的群，本着严格就是爱的精神，每天的检视挑战着每个人的舒适圈，让自己的舒适圈不断扩大，让这种挑战成为一种习惯。有了日精进的基础，生活中一些需要毅力、需要坚持、需要自律的挑战，都不在话下！

日精进智慧群，一个不断精进的团体，一个智慧的群体，一个拥有超级正能量的团体！在这样的团体中，一大批优秀的人，不断地散发着积极的能量，有了这些榜样，就会相互推动着大家共同成长！感恩遇见！感恩日精进管理团队的大爱付出！感恩所有的日精进家人！

* 2017 年 3 月 4 日，日精进第 163 天。

护　台*

朱有福

今天早上起床已经是 6 点 20 分了，我赶紧洗漱后一路小跑去香樟公园，我想：今天有谁在坚守磐石舞台？

走近公园门口，看见了韩姐、英姐、军哥、董大、晓爱在异口同声地喊：“哇！今天是多么美好的一天啊！充满着爱、热情、效益、感恩，PAO！……”整齐划一的动作，激情高昂的欢呼，让香樟公园拥有了别样的韵味。

香樟晨练队始于 2014 年的秋天，由某铜门董事长等七位大爱的企业家引领，追随者走过、路过的捧场、护场，不知不觉地走过了 3 个春夏秋冬，365 天每天有人看台、守台、护台，真的是不简单。

磐石舞台有自己的文化：回归童年，无拘无束；感恩一切，天长地久；活在当下，呈现真我；放飞梦想，潜力无限。磐石舞台有六大特点：舞台最小，观众最多，层次最高，历史悠久，从不彩排，从不限制。

今天，第一个上台的是韩姐，她带领我们唱队歌：“晨风吹，阳光照，晨练队员起得早来起得早……”第二个上的是巧研，她朗诵自己写的诗：“绿水青春，鸟儿歌唱……啊！美丽的香樟公园。”紧接着上台的军哥，他把励志语“没有礁石的阻挡，哪有浪花的激越……”诠释得恰到好处。英姐的一首词《中国梦》让我们豪情万丈。

我最后上台诗朗诵：

---

* 2017 年 2 月 9 日，日精进第 550 天。

磐石，我们的舞台。

你是石，沉淀了千百年，

默默地为人类奉献；

你是台，辗转了千万里，

联姻天上人间。

丽州为你写家史，

香樟为你赋诗篇。

磐石的传说，催人泪下；

舞台的故事，感人心田。

磐石，我们的舞台。

香樟石，你叩开了圣殿。

香樟石，你叩开了中华民族演讲的圣殿！

你是魂，随风儿潜入夜，

呵护着巨龙的蜕变；

你是魄，追云彩伴日月，

欣喜凤凰乔迁。

五金为你传美名，

九狮唤你去飞天。

磐石的信念，四海弘扬；

舞台的英姿，九州彰显。

磐石，我们的舞台。

仙人台，你保障了强健。

仙人台，你保障了中华儿女体魄的强健！

洞见：水滴石穿不是水的力量！感恩晨练队员们的守台、护台，让香樟磐石舞台成了永康市区的第十一景。

一个与众不同的团队*

任志革

人生如旅途，经历的每个阶段都是不同的风景。在云溪街碰到向前同学和日精进的参与者，在颜秀丽群主引领和影响下，形成了一个组织完善、纪律严明、自律自觉、积极向上、充满爱心的社会组织。感谢日精进家人们的支持和鼓励，有幸踏上一列只有开始没有结束的火车。每天写日精进好处是，可以回看今天做了什么，还有什么遗忘的，可以做得更好的是什么。

在群里写了一段时间，大家相互学习、共同成长，也同时照见自己的不足，吸收他人的优点和长处。展示每个人稀奇古怪的想法，不同的观点，不同的经历，不同的生活状态，不同的角色，不同的位置。所表达的观点，所倾诉的烦恼，每个人都得到了如实的呈现。

有时看到群友写的就会发现像自己也曾发生过，同时发现跟价值观不同的人交往很重要。“人到中年，不如人”，这句话听起来很刺耳，但却真实反映了一些人的心态。

通过日精进让我渐渐地认识了不同的人，他们诉说着不同的人生路，日复一日分享着走在路上的收获，让我们忐忑的心慢慢安定，因为还有很多像我一样却又不一样的人正走在路上。

洞见：一切就如镜子般地照见我自己，有用的吸收，无用的删除，有影响力的团队让我快速成长，拓展了我的宽度与高度，提升了我的格局，让我去掉伪装，活得更真实。

---

* 2017 年 6 月 9 日，日精进第 97 天。

一个人走得慢，一群人走得快，日精进将引领我走向更高更善，相信在精进路上能够创造出不一样的人生。

推荐词：短短的 97 天精进，让自己有如此的感悟，真不简单。如果是 970 天、1 970 天，相信路会走得更宽，影响的人也会更多。

精进的力量*

童真真

今天日精进家人来访，特意送来《工匠精神》，这是我梦寐以求的书籍。精进家人个个都是优秀者，年轻的会长除了公司管理得好以外，还非常有爱心，90后的年轻人程队长在澳大利亚留学8年舍弃海外前程，一如既往选择回来拓展自家的企业，任队长看着嬉皮笑脸，其实是非常有阅历的一个人。感恩遇见，让我们相知、相识。

今天非常开心，他们的到来让我们的企业文化有了新的内涵，下午刚好是我们的管理人员周会，而我们的厂长是非常懂得感化的一个人，认识到自己和管理员都得提升，说："那么多人都在写日精进，作为管理者我们可以搞个周总结。"

听到这里我来兴趣了，因为程姐的公司有个周精进刚好可以引荐。我上台分享了写日精进的心得，这不仅仅是提升自己，同时也是留给孩子的最大财富，这是一种传承。如我们把写周精进当作是一种事业来对待，那么1年后，5年后，甚至10年后再给孩子看看父母作为管理者，是如何做事，如何提升自己，以及如何对待自己的职员。这将比你赚再多的钱都更有价值。尔后，我们非常聪明的领导们提议厂长本人要弄个日计划，日日计划，大家相互监督，以此提高各自的工作效率与管理水平！

---

* 2017年6月19日，日精进第205天。

洞见：一切都来得刚刚好，写了 200 多天的精进，有的朋友说："我天天看你写的东西，连你哪天有错别字我都记得。"有的客户说："你这么用心，每天坚持，非常佩服你的毅力。"原来文字的力量是这么强大，可以在不知不觉中感化一群人。

学会演讲真好*

胡晓爱

我有一个爱好，就是每天早上去香樟公园晨练，到磐石舞台上和晨练队的队员们一起学演讲。香樟台不足一平方米，小小的，不断地上台练习，我确确实实不仅看到他人的进步，更感受到了自己的成长。从胆怯地上台到从容地应对，学演讲的同时其实是发泄内心情绪让人变得快乐，挖掘自己的潜能，让自己变得更加自信。

“我非常喜欢演讲，我非常喜欢上台。”这是我内心激动的潜台词，这次去云南旅行的途中，我甚至在大巴车上也忍不住用演讲来调节气氛，内容涉及感恩的、励志的、反思的、赞美的、释压的多种主题，通过这些主题，激励大家活在当下，立足现实，绽放生命。我的激情居然感动了一些陌生人，有人为我拍照，也有人为我鼓掌，还有人把他儿子的微信给我，叫我把内容发给他 29 岁的儿子看一看，甚至还有人要帮我报名，叫我到永康电视台华溪频道方言主题节目中讲一讲，秀一秀。

我个人非常喜欢赞美别人，六天的行程，我坚持每天都要选人作赞美的主题演讲，同行的人也赞美我：“你《赞美石头》那词说得真好！石头都要被你感化了。”这应该就是赞美带来的回流吧。

我虽然不是人生的导师，但是演讲的穿透力能够激荡起心灵的浪花，让更多人收获人生感悟，延展前行的道路，这不就是我人生成长的意义吗？

---

* 2017 年 6 月 1 日，日精进第 202 天。

洞见：演讲居然有如此大的魅力，它能让你在任何场合，任何一个领域，用你积极向上的精神去感染身边的人，带动身边的人，这种回流使人们共同进步，相互提升。

推荐词：在不同的地点，面向不同的对象，通过自己的激情感染他们，活跃气氛，一路有你，绝对精彩！

一切都是最好的安排*

徐小凤

我和施老师认识很多年，知道他爱读书，后来知道他写日精进，再后来通过一款素食，经施老师认识了很多某会的团队导师，看到他们很多人都在写日精进，但是没有人感召我去企盟慧，也没有人感召我去写日精进。也许是因为我经常在国外的原因吧，可敬的导师们也许感觉我不方便，没感召我加入。

2017 年 1 月，我走进了某会第十三届的总裁班。发现校长、班主任，还有优秀的助教们每天都在写日精进。我很佩服他们的坚持，我心里想，我不必写，我没有文化，我写不出来，我坚持不下去的。但是没有发现自己已经被身边的人影响了，只是自己还不敢面对。

3 月 18 日，去武义参加日精进群在骆驼九龙的聚会，当听了群主儿子的演讲，我很惭愧，感觉无地自容。一个孩子都可以做到，我为什么不可以？活动当天，我都不敢上台去加入日精进群，当天晚上，我反思了自己不敢尝试的原因：害怕写不出、害怕不能坚持每天写。今天下午去听“种子的力量”分享会。再一次遇见了我们优秀的群主，晚上群主再次感召我，我今天终于决定开始写日精进了。

或许冥冥之中一切都是最好的安排。在这里非常感恩某会让我成长，感恩徐校长、感恩徐老师、感恩某会的助教们、感恩同学们的帮助、感恩推荐人施老师、感恩为某会平台付出的企业家们。如果没有遇见他们，就没有我今天进入日精进群。加入某会终身不后悔！

洞见：没有一个人是无缘无故来到你身边的。一切都是最好的安排。女人成长比成功更重要。值钱比有钱更重要！感恩一切的发生！

* 2017 年 3 月 19 日，日精进第 1 天。

童真

时光不能倒流*

蔡学智

燕子去了，有再来的时候；杨柳枯了，有再青的时候；桃花谢了，有再开的时候。但是，聪明的你告诉我，为什么我们的日子一去不复返了呢？

——题记

每次一个人静静的默想时，便会想起过去的一点一滴。

时光匆匆，从呱呱落地那刻起，我已经在这个美丽的世界上生活了十二年了。在这十二年中总有无数令我难以忘怀的记忆：忘不了考试之后得到高分，老师给的笑容；忘不了运动会上赛跑时，耳边呼啸着同学们的鼓励声；忘不了在我最需要帮助的时候，挚爱的父母那温暖而又布满老茧的手；也忘不了做错事时，自己懊恼得犹如小兔乱撞的内心；更忘不了写日精进记录生活中的一点一滴时，而得到别人的赞许与认可……

人的一生中有太多无法忘却的记忆，有甜有苦，有喜有悲。可是这些都已经过去了，就像是大雨倾盆而洗刷过后的石子路，没有一丝的泥泞；又如农家房顶上飘起的缕缕炊烟，被清晨的微风吹散，不曾在世界上留有一丝痕迹。

即使这些记忆已经逝去，世界上不曾留有他们的踪迹，或许只有风知道，但也早被吹得无踪无影，我们现在唯一要做的，就是把握好现在，把握好明天，把握好属于我们的未来。

因为我们深知：花有重开日，人无再少年！

---

* 2017年6月26日，日精进第161天。

我不再害怕

陈雅璐

每个人成长的背后，都有一段属于自己的故事。那是一个个以微笑、泪水、欣慰、失落、成功、失败织成的难忘经历，每个经历都是一次成长。

以前我是一个很怕黑的人，大白天我都不敢一个人待在家里。我很想找一个机会来练练自己的胆子。机会终于来了，那是一个星期五的晚上，妈妈叫我去超市买榨菜。我心想：这正是一个锻炼我胆子的好机会，而且找回的钱还可以买零食，真是两全其美！于是我拿着钱兴冲冲地出了门。然而，一到外面我就有点后悔了，到处黑乎乎的。路边的大树像妖怪一样张牙舞爪，吓得我不敢往旁边看。而我走的又是一条路灯并不明亮的小路，只好借着路灯那微弱的灯光，我走几步停几秒，就这样，伴着恐惧向前走了十几步。四周是那么安静，我只听见自己的心跳声，我不禁将脖子缩进衣领里，仿佛一只蜗牛躲进自己的壳里才会觉得安全一样。突然，一团白乎乎的东西出现在我面前，我“啊”一声叫了出来。没想到那东西竟然被我的声音吓跑了，此时的我已经被吓出了一身冷汗，希望快点离开这个“恐怖”的地方，我加快了步伐。终于看到了超市的招牌灯，我像抓到了救命稻草似的，快速向超市跑去……

买完东西，我又不得不重走那条漆黑的小路，紧张的气氛再次笼罩了我。心想我怎么会这么胆小呢，不！我要勇敢些，我要战胜恐惧，我得想个办法才行，于是，我想起了一首听着非常好笑的神曲。一边想着这首歌的可笑，一边蹦蹦跳跳地往前走……

不知不觉我已来到家门口，我既惊讶又高兴，我竟然自己独自走过了那条小路，我的心里甜滋滋的。

洞见：恐惧来自内心，要想战胜恐惧，就必须战胜自己。

家长开放日活动*

陈钇彤

今天是我们学校的家长开放日活动，我非常激动和开心！激动的是大家长变成了大同学，非常有意思，开心的是我们做了很多有趣的活动。比如语文课上大同学和我们一起学《数星星的孩子》，一起做导学单。一节语文课变得又生动又有趣，玩得非常开心！英语课上大同学听不懂英语，我们就说："我们来教你们吧!"大同学说："好的。"我们一起做了一张英语思维导图。我们画了很多东西，最后他们也会英语了。数学课上，我们和大同学一起打牌。我是黑牌，我的搭档希贝是红牌。我和希贝一起打牌，第一局我赢了，其他都是希贝赢的，但我觉得谁输谁赢无所谓，主要是我们在开心玩的时候学到了数字奥秘。上午的最后一节是音乐课。我们都得到了一张图片，图片上有些是乐器，有些是人物。我两种都得到了：乐器和人物。下午，我们自己动手开始做水果沙拉。我们每一组做三盘，很快就做完了，拍照后，我们就把所有的水果都吃掉了，我们做的水果沙拉可真好吃！最后一节课是合唱课，合唱课上我们唱响了可爱的音符：$1234567\dot{1}$。我们分开唱，一边唱高音，一边唱低音。最后家长开放日在我们的奖励中画上了圆满的句号!

洞见：家长开放日是一个家长了解学校和了解我们学习的最好沟通方式。平时，老师上课是多么有趣啊，一天中我们不仅学到了知识，还教会大同学们英语。特别有成就感，我希望家长开放日经常举办。

* 2017年5月18日，日精进第133天。

敬畏校服*

陈艺函

早上起床的时候，妈妈对我说：“要换一套校服，改穿短袖衬衫搭配校裙。”可是我却不情愿穿校服，我对妈妈说：“我们班没几个穿校服的，因为这几天有点热，所以我也不想穿。”可是妈妈对我说：“学生要有学生样，校服代表着一种形象，在学校里就要守学校的规矩，校服是特地定制的，当然要穿，同学们不穿，不表示你也可以不穿，做好自己，同时给同学做个好榜样。如果你都不穿校服那谁还会穿校服呢？”我听了之后觉得妈妈说得很对，就把校服穿上了。穿好校服，我还特意跑到镜子面前照了照，感觉校服还是蛮好看的。我把这个过程告诉了同桌，同桌马上对我竖起了大拇指。她还夸我穿校服很好看，此时我特别地开心。快放学时老师表扬了我们穿校服的同学，要求没有穿校服的同学要向我们学习。妈妈接我放学回家时，我把学校的事情都告诉了妈妈。我心里特别感谢妈妈，于是在下车时，我给妈妈一个大大的拥抱。今天我给没有穿校服的同学做了一次榜样，我相信榜样的力量是很大的，我以后在学校尽量都穿校服，穿好校服不仅代表的是学校的风采和荣誉，更代表的是对自己的负责、自律。

洞见：谁都可以做榜样，只要你努力，只要你想要做，你就可以成为别人心中的好榜样。

* 2017 年 6 月 8 日，日精进第 237 天。

梦想的力量*

陈俣然

我今天看了一篇文章，讲的是一个小男孩追梦的故事，小男孩的梦想是成为一名魔术师并给大家带来快乐，在追逐梦想的路上，有人嘲笑他，有人讽刺他，说他笨手笨脚，怎么可能成为一名魔术师。小男孩不顾别人的讽刺和嘲笑，依然坚持着自己的梦想。最后他站在了世界的舞台上，在全球观众面前表演魔术，这就是一个梦想的力量，也是梦想的伟大。当他站在舞台上接受记者采访时，记者问道：是什么让你始终坚持着自己的梦想？她回答说：因为一场魔术，让我有一个梦想，因为一声嘲笑，奠定了我的梦想，因为一句讽刺，成就了我的梦想。梦想有着无穷的力量，是这个世界上最永恒的信念，也是你我之间唯一的精神梁柱。一个人如果失去了梦想，他将失去未来，有梦想的人叫起航，没有梦想的人叫流浪，这就是梦想的力量，我也有一个梦想就是成为一名演说家。我的梦想就是站在世界的舞台上，发表公众演说。我要让我的声音传遍世界，让世界都有中国人的声音。

洞见：梦想可以使一个人站起来，可以使一个人不再迷茫，梦想可以使一个人拥有强大的力量，而且超乎自己的想象，梦想可以使一个人失败再次站起来，坚持继续向前的信念，梦想是我们活在这个世界上唯一的理由，这就是梦想的力量！

---

* 2017 年 6 月 24 日，日精进第 264 天。

比　赛*

程浙潮

今天早上，匆匆忙忙地吃完早饭后，我和妈妈兴高采烈地去民主小学参加围棋比赛。

天下着蒙蒙细雨，一切都是很朦胧。树、草、花似乎都成了我的好朋友，向我招手，好像在说："祝你这次比赛成功！"

到了民主小学，我迫不及待地冲向赛场——食堂。那里已经来了好多小朋友。好热闹啊！过了一会儿，围棋老师叫我们排好队。把参加比赛的名字一一报了一遍后，叫我们坐在指定的位置上下棋。听老师说了一声："开始下棋。"我就不管三七二十一地下了一颗棋。场面十分激烈，对手看一时没取胜，就下了一颗叫作"扭羊头"的棋。我呢，也一直追，直到他不能下棋为止，才分出了胜利者和失败者。

第二局，我找到对手之后，对手抢了一个地盘，我怕这盘棋输掉，所以我学着对手走棋。突然，一位老师劝我说："赶紧逃吧，不然全被吃掉了。"可我不听那位老师的话，结果输掉了这一盘。真是"不听老师言，吃亏在眼前"。

第三局输了，第四局赢了，第五局输了……我总共赢了三局输了四局，我心里难过极了。

在这次教训中我领悟到了人应该谦虚、宽容，不应该骄傲、自大。

洞见：如果不吸取这次教训，早晚还是会失败的。

---

* 2017年6月25日，日精进113天。

帮助别人的快乐*

黄瑞淇

今天下着蒙蒙细雨，雨的妈妈陪着雨宝宝出来散步啦！下午我在家里看起动画片《朵拉历险记》，看完了一集动画片，我就想吃桃子。妈妈说："你要是把那个很大的包裹拆开，我就给你买桃子，这是一件不容易的事情哦！"我回答道："我会尽量完成的。"说完话我就开始找剪刀了，我问妈妈："妈妈，你有没有看到剪刀？"妈妈回答道："没有看到。"我就全力以赴地搜查家里的每一个房间，而且仔仔细细地、认真地找了每一个角落，但还是没有找到。最终我在电脑旁边找到了小剪刀。

我把剪刀放到地上，然后又仔仔细细地把包裹每一个地方都看了一遍，就拿起剪刀开始剪开很大的包裹的外皮。我首先把一个角剪开了，越剪越大，很快就把外皮剪完了。最后，我又把里面的很大的盒子拆开了。

妈妈回来看见包裹拆开了，竖起了大拇指。随后我跟着妈妈到水果店里去买又香又甜的桃子。到家以后我吃了一个桃子，妈妈问："这桃子好吃吗？我的宝贝儿。"我回答道："这是我在世界上吃过的最好吃的桃子啦！"妈妈问道："为什么这样说呢？"我回答道："只有妈妈买的东西才是最好吃的东西。"妈妈听后，感动地跟我拥抱了好久才松开了那双温暖、柔和的手。

洞见：通过这件事，我明白了要做勤劳、能干、乐于助人的孩子，多做好事。

---

* 2017年6月27日，日精进第165天。

捉 虫 子*

黄瑞希

今天妈妈说楼上的菜长了很多虫子了，能帮忙去捉虫吗？我听了赶紧跑上楼去捉虫子去了，老妈也赶紧跟上来了，我想了很多办法来对付虫子。首先我想到了在地里放点盐，让虫子咸死。我就跑到楼下拿了一碗盐撒在菜地里。撒完以后，我看到还有虫子没有被咸死。我又想了一个办法，跑到楼下画了一幅很恐怖的画，把它贴在菜地边的墙上。虫子看到了以后以为来了一个魔鬼兽就赶紧逃跑了。还有一些虫子没被吓跑。我想了第三个办法在菜地边上挖一个大坑，把菜围起来，在坑里面加水，虫子就进不来了，我们就像警察用手去捉菜叶上的虫子，虫子就像小偷一样，乖乖地被我们捉走了，我们就可以安安心心地等着吃菜了。

洞见：只要肯动脑筋，办法总会找得到的。

---

* 2017 年 6 月 28 日，日精进第 166 天。

我的好伙伴——小乌龟*

王柯尹

妈妈从农贸市场买回了三只小乌龟，我很高兴。

三只小乌龟长得可爱极了，它们穿着一件深绿色的外衣，头呈三角形，伸缩自如，头上有一对绿豆般圆溜溜的眼睛，一张嘴V字形的，鼻子小小的，不仔细看还看不出来呢，背上有一个硬硬的壳，尾巴又小又短，四条腿灵活极了。

我往鱼缸里倒入一些龟食。乌龟好像闻到了似的，慢悠悠地游过去。它来到龟食前停住了，张开嘴巴“啊呜”一口，把食物稳稳咬在口里。它继续寻找食物，张开嘴一咬扑了个空。但它没放弃，继续找着。它又找到了“猎物”，它轻松地过去，慢慢地张开嘴，还用两只前爪子帮忙着，又一粒下肚了。它接连又吃了三四粒，看到它们吃得津津有味，我开心极了，我想过不了几天准会胖三圈！

渐渐地，我跟它们的感情越来越好。我也懂得了动植物都是有生命的。

可这几天我发现乌龟背上长了许多白点。妈妈说可能是蚊子叮的，我觉得它好可怜，觉得它们在我家没自由，还生病了，我想把它们放入永康江，但又舍不得，我该怎么办呢？

---

* 2017年6月7日，日精进第118天。

马拉松初体验*

王智凯

昨天晚上，听耗子叔叔说要去跑马拉松，我也很想去。于是，今天早上我五点就起床了，比平时早起了很多。我兴致勃勃地跟着他们一起出发去横店马拉松赛场，哇，那里真的是人山人海啊，听说这一次有三万多人一起参加呢。每个人都兴奋不已，好像连空气中都闻到了力争上游的味道，大家手拿五颜六色的彩旗摇旗呐喊，还有一个大大的热气球在空中为我们打气加油。这是我第一次跑马拉松，所以我很激动，二话不说，就涌入了人群中，迈开大步一起奔跑起来。正跑着，一场暴雨哗啦啦地倾盆而下，豆大的雨滴噼里啪啦地打在我的身上，雨衣根本就穿不住。我很快就被淋成了落汤鸡。跑到了半路雨越下越大，天也越来越黑了，黑沉沉的乌云，慢慢地向我们压下来，感觉就像一个大怪物，恶狠狠地向我扑过来。妈妈气喘吁吁地说："不行了，不行了，我实在跑不动了，体验过就好了，我们放弃吧。"我说："我要坚持，坚持就是胜利。"我又继续往前奔跑，衣服湿透了也不要紧，六公里的跑道，我冒雨跑了两个多小时，终于跑到了终点。接着从终点跑回了起点，整整跑了十二公里，实在是太不可思议了，我也感觉自己挺厉害的，最后我获得了一块奖牌，这是我人生当中的第一块奖牌。所以这块奖牌对于我来说很重要，也很珍贵，我实在是太激动了，太开心了，感觉自己像个英雄，简直帅呆了。

洞见：人生当中有很多很多第一次，只要你愿意努力去争取，就一定有可能!

---

* 2017 年 4 月 9 日，日精进第 31 天。

今天，由我来掌勺*

徐雯祎

“衣来伸手，饭来张口”，这就是我的生活写照。今天有些不同，是期末的最后一个假期，也是星期天，爸妈忙，没空理我。妈妈出去的时候，叮嘱我午饭自己点外卖，晚饭给我烧好吃的。

望着爸爸妈妈渐渐离去的背影，我想，今年我十二岁了，总不能让大人们操心，在他们的保护伞下成长，也应该干点什么了。我想着想着，一个给大家做晚饭的计划在脑海里形成了。

说干就干，我从我的小金库里拿出一张毛爷爷，骑上自行车就出发了，到了绿创生鲜，我不太会挑菜，凑合着吧，我买了一斤牛肉、半斤青辣椒、三个洋葱、两条大鳜鱼，准备来个大会餐。回到家，我回想着妈妈以前的做法，把鱼放到砂锅内，添上油、盐、姜和水。接下来就交给液化气灶处理了，第一道红烧鳜鱼初战告捷。

接着，我马上投入到洋葱肉丝的制作中去。我用刀把肉剔去肥的，平时妈妈拿起刀来操纵自如，像机器轧铁丝一样，粗细均匀，可这刀一到我手上就像齐天大圣似的，总是不听使唤，打开火，倒入少许油。说时迟那时快，肉下锅子翻炒。妈妈说过盖上锅盖就会安全，我也照做了。就这样，我一把鼻涕一把泪总算把这道菜完成了。

再来个青椒炒牛肉。我把牛肉切成小块，放到碗里加入醋、酱油、香油，等待五分钟。主料腌制好了，我吸取了上次的教训，先热锅，放油时把火关

* 2017 年 6 月 25 日，日精进第 76 天。

小，放入牛肉，妈妈说过牛肉翻炒半分钟就 OK 了，香喷喷的牛肉出锅了，加入青椒，完成了！相比前三道菜这道算是比较成功的了！

菜终于做好了，我把刚刚出锅的菜盛在碟子里，端上饭桌。

终于完成了！我抬头一看钟表，已经下午四点了，午饭还没吃呢，但心里乐滋滋的。

刚刚想着，一阵清脆的开门声，把我从虚拟世界拉了出来，是妈妈回来了，我把她蒙上双眼，带到餐厅。妈妈睁开眼，目光里充满了诧异。我看到她那双带着晶莹泪花的眼睛注视着我，激动地把我抱在怀里。

虽然我烧的饭菜并不可口。但爸爸妈妈吃得格外香甜，还笑了，脸上挂满了欣慰。

洞见：黄宗羲曾说过："骨肉之间，多一份浑厚，便多留一份亲情，是非上不必太明。"可能这一顿饭并不是那么美味可口，但里面包含的都是满满的爱。从我们在医院诞生的那一刻起，父母把我们养育成人，其中有太多欢喜的汗水和教导我们成长的含辛茹苦的泪水。谢谢爸爸妈妈。

“日精进”的含义是什么

颜睿森

日精进其实是要每天进步一点点，它代表勤奋，代表用功。每天持续做一件事，做得好的和不好的，需要改进的、提高的，进行认真总结。你们猜一猜，我这个小孩写了多少天了？我已经写了七百多天了！你们大人能做到的事，我们小孩也能做到！

今天我要跟大家分享写日精进的四大好处。

1. 写日精进可以成为榜样，我妈妈写了三年多的时候我也开始写了，我现在已经写了一年多了，从来没有中断过。这就是榜样，榜样的力量是很棒的。

2. 日精进是正能量的化身，写日精进的人都是充满正能量的，他们是正能量的传递者。

3. 日精进能让我们交很多的朋友，就像现在我跟乐宝成立了儿童日精进智慧群，还有海南的小朋友，我们在一起很开心，我们都写得棒棒的！

4. 坚持写日精进，会让我们写作水平越来越高，会让我们思维更敏捷。我上次听了林校长凿河养鱼后我也学会了写洞见，洞见其实是感悟，洞见写得好，就对别人有帮助，美芳、红英阿姨都表扬我，说我写洞见写得越来越好了。

希望有更多的小朋友和他们的爸爸妈妈，加入写日精进的队伍中来，我们是祖国的花朵，是祖国的未来，希望寄托在我们身上，我们更应该持续精进！

美妙的一天*

周承超

今天我和爸爸妈妈要去亲戚家喝喜酒，爸爸开着车带着我们。一路的风景吸引着我们的眼球，碧绿的麦田像绿色的海洋，一阵风拂过，海洋碧波荡漾，黄色的油菜花，一方方一块块，似海洋里涌出的一座座小金字塔。大概一个半小时的左右，我们就到达了目的地。

因为婚礼举办地就在游乐场，于是我和表妹玩了起来，首先是划船，我们没有学过，一个劲地乱划，所以一直在原地打转，终于我用力地划了一下，却听见背后有人喊我的名字，我一回头，表妹身上已经一摊水。我们立马成了落汤鸡，看管人员提醒我们说："你们要去那边就得反着划。"于是我们重整旗鼓。给自己定下了最远的一个目标，卖力地划起来，为自己加油，最终我做到了。

吃完下午茶点后，我们来到了动物世界。这是我第一次近距离接触羊驼，有白色的和棕色的，羊驼的毛软软的。小马驹甩着它那长长的大尾巴。阿凡提的小毛驴有着一对显眼的耳朵。梅花鹿"耶耶耶"地叫唤，我想它是饿了。于是，我们告诉妈妈，想给动物喂食。妈妈们给我们三个小孩子每人各买了一袋胡萝卜。起初我们小心翼翼地给动物喂。我们将胡萝卜拿出，动物们口水直流。我们尽量让所有动物都能吃到，因为妈妈们说在这里的所有动物，都失去了自由，你发现了吗？他们都很瘦。玩了一天，我们在回去的路上睡着了，美妙的一天过去了。

洞见：我们做事要有恒心，有毅力，才能成功。许多动物都失去了自由，请让它们在自由的世界里快乐地活着。

* 2017 年 5 月 7 日，日精进第 29 天。

跋

把精进文化做出艺术的范

林刚丰

前段时间，颜会长叫我为精进文化协会即将出版的书取个名字，我想了几个名字发给她，其中包括“精进人的答卷”“精进之美”“精进路上”等。后来听闻，他们通过讨论，决定采用“精进人的答卷”，我甚是高兴。记得此前，我已经为他们在成立协会前编辑的一本册子取过名，叫《精进真经》。两本书，他们都采用我所取的书名，这让我倍感亲切与荣幸。

前几天，颜会长说，《精进人的答卷》即将出版，《精进真经》的序是你写的，《精进人的答卷》的后序，也请你来写。我欣然应允。

还记得2017年8月份，永康市精进文化协会成立大会召开之际，我作为嘉宾参与了协会成立大会。在会上我做了即兴发言，题目叫“把精进文化做出艺术的范”，引起了很多人的共鸣。此次在为《精进人的答卷》作后序时，我自然想起把这个题目当作后序的标题。

精进文化协会是一群志同道合的人共同建立的日日写作、日日发表的组织，四五年来漫漫的、纯粹的精进路，一直不忘初心，不断修成正果，一篇篇充满正能量的微文在微信朋友圈成为永康大地上的一面旗帜，文启人心智，行引人向善。

秉持“自信、自律、传承”价值观的精进文化协会在社会洪流中洁身自好，从一篇篇微文中看到了每个精进人俗气越来越少，书卷气越来越多，功利心越来越少，清气神越来越多，浮躁越来越少，静气越来越多。这里成了灵魂高贵的课堂，这里成了精神至上的舞台，这里成了文学素养焠炼的熔炉。《精进人的答卷》就像一朵天山上的雪莲，以圣洁清高为本色，以感悟传播人间真善美为宗旨，以质朴清新为文风特色，为混沌而浮躁的人心里注入清风甘雨，难得难得。

我随喜协会在短短的时间内向社会交出一份如此艺术化的文化答卷，我看到每一个精进人在精进路上不只自娱自乐，而真正把“传播精进文化，践行精进正能量”当做一份荡涤文化浊流的使命与一份促进社会文化自觉的责任。

“精进一生，践行一生”是一条很长很长的路，我期盼精进文化协会在今后的发展道路上要走得慢一点再慢一点，低调一点再低调一点，斯文一点再斯文一点；走慢一点才不会摔倒，低调一点才不会受人非议，斯文一点才会让朋友圈的“日精进”更加充满真诚与智慧。

再次祝贺《精进人的答卷》的面世，愿每个精进人持续地每天精进一点点，让自己的灵魂跟上自己的脚步，为“把精进文化做出艺术的范”再添新砖新瓦。